最爱你

我在路上的时候

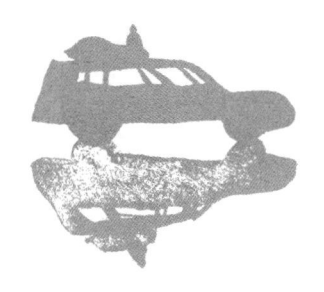

石一枫 著

时代出版传媒股份有限公司
安徽文艺出版社

图书在版编目（CIP）数据

我在路上的时候最爱你/石一枫著.—合肥：安徽文艺出版社，2020.1
（中坚代书系）
ISBN 978-7-5396-6705-8

Ⅰ.①我… Ⅱ.①石… Ⅲ.①长篇小说－中国－当代 Ⅳ.①I247.5

中国版本图书馆CIP数据核字(2019)第150885号

出 版 人：段晓静
责任编辑：汪爱武　　　　　　　　　装帧设计：未　氓

出版发行：时代出版传媒股份有限公司　www.press-mart.com
　　　　　安徽文艺出版社　www.awpub.com
地　　址：合肥市翡翠路1118号　邮政编码：230071
营 销 部：(0551)63533889
印　　制：安徽新华印刷股份有限公司　(0551)65859551

开本：880×1230　1/32　印张：9.75　字数：240千字
版次：2020年1月第1版　2020年1月第1次印刷
定价：45.00元(精装)

（如发现印装质量问题，影响阅读，请与出版社联系调换）

版权所有，侵权必究

> 我和莫小萤以及林渺的缘分,还得从我就读于"高等学府"的那段日子说起。

1

那时候我二十岁,整个儿人笼罩在失败的情绪里。考取这所大学,本来是我的夙愿。说得具体点,中学六年我就指着这个念想活着了。可是录取的时候,校方招生办的人通知我,因为分数不够,我无法进入第一志愿天文系。不仅第一志愿,就连第二志愿电子系也不能接收我。而我的第三志愿填的是如火如荼的经济管理学院,这在他们看来纯粹就是瞎闹。本着互相凑合的原则,他们问我愿不愿意被调剂到哲学系。我倒不是看不起这个冷门中的冷门专业,只是认为一个理科生去学文史哲,"凑合"的意图太明显了点儿。他们安慰我说:"哲学系也有逻辑学专业,逻辑学是需要理科思维的。"家里人也威胁我说:

"如果没有大学要你,就把你送到湖北黄冈的封闭学校复读。"

想想自己实在没有信心再受一年苦,我就含冤答应了,从此成为一个校园里的思想者。

平心而论,哲学系的老师对我还不错。班主任是一个瘦脸、长发,长得很像台湾歌手林志炫的年轻人。他知道我本来想学天文,就鼓励我说:"仰望星空是一种美好的意境,你会发现,人文学科才是真正的仰望星空。"言下之意,这个世界上原来有两个星空,一个是航天飞机和望远镜够得到的星空,另一个则是这些东西够不到的星空。这个肉麻的说法自然也有它的道理,于是,我仰望第二个星空的兴趣立刻化为乌有。

伙同五个男生、十五个女生学了一年多"白马非马"和"阿基利斯追不上乌龟"之后,我开始大规模地逃课。刚开始逃的也就是政治课和大学语文课,到后来一发不可收拾,连班主任的课也逃。大二第一学期上下来,我发现自己只上过两堂英语课,还是因为授课的外院女研究生长得很漂亮。她带着一只亮闪闪的银镯子。

后来我在校园里看见她傍着一个一米六出头的中东老大爷,出于民族气节,我就连她的课也不上了。

在正常人的理解中,逃课一定是出于无聊。我则恰恰相反,简直是为了追求无聊才逃的。当别人都背着书包去教室,我也从被窝里爬起来,懒懒散散地在学校里闲逛。我走过著名的未名湖,走过粗壮的博雅塔,看着塔的影像硬邦邦地插入湖水之中,便不时会燥热难当。湖边的树林里,还有一个蔡元培先生像。在那附近,经常能看到秃顶、带着酒瓶底眼镜的学术青年对慕名而来的外校姑娘大谈"自由之精神,独立之人格",谈得口沫横飞的。他们考了三年五年,终于考上了研究生,好像就是为了来干这个事儿的。可是连这种景象也让我莫名其妙地燥热。为了避免这个前景,我开始从事体力消耗剧烈的体育运动,每天下午都去篮球场打球。我常和一个瘦高的河南人搭伙儿,那家伙也是一个疯狂的逃课生。我们便从下午两点开始,累垮了一拨儿又一拨儿对手,最后往往还为对方不传球而内讧一场。他用北京话骂我"瞧你丫那德行",我则用河南话回敬他"咦——妈那×!"而在雨天,我也要穿上防水面料的帽衫,到田径场去跑个五千米,跑到自己面目狰狞才作罢。谁说我是一个懒惰的人?如果个头儿达到一米九八,我一定会考上北京体育大学,还有可能被选进中国男篮呢。

　　漫长的逃课的一天,总是在图书馆的地下放映室里宣告结束。那儿每晚都会放上两部经典老片,愿意多掏几块钱,还能单独守着一部电视机点播。后来我对影像的爱好,就是在那个时期培养起来的——只不过当时兴趣并不大,只是因为不想回宿舍。有几次电影没放完,我已经睡着了,直到闭馆才被校工叫醒,轰出去。虽然忘了电影是什么内容,但在午夜走出大楼,心中还是充满了繁华落尽之感。我点上一根烟,觉得自己应该哭上一鼻子,但看着勾肩搭背往黑处钻去的情侣们,立刻又打消了这个念头。我不想让他们认为我正饱受寂寞的折磨,其实我的确正在饱受寂寞的折磨。

我居然没有为逃课付出代价,连考试都没有不及格。文科的老师大多不爱跟学生结这种怨,他们更愿意用一串60分来臊着你。当然,对于不要脸的人,60分才是刚刚好呢,有一种吃自助餐时把盘子都舔干净的快感——一点也没浪费。于是,看着成绩单上密密麻麻的60分,我下定决心做一个不要脸的人。

班主任却主动找我谈话了。在这件事情上,他又犯了一个人文学者的通病,就是把"人性"泛滥化了。逃课本来就是一件不好的事情,如果他义正词严地斥责我,孙子,不准逃课!我也会俯首投降,我是孙子。但是他偏不,他不想担上一个独裁者的骂名。

因此,他是这样教导我的:"我觉得你这样,是对我们班女生的不负责任。"

我说:"此话怎讲?"

他说:"班上的六个男生,全勤的只有一个,这会让她们觉得自己很没有魅力。"

看来逃课的也不止我一个。不过据我所知,其他人逃课都是有正当理由的,或者在准备转系考试,或者在准备公务员考试,或者在准备托福考试。哲学系是一个冷门专业,冷门专业的学生就更要笨鸟先飞。别的院系大四了才忙活的事情,这个系提前两年就着手进行了。

我跟班主任强词夺理:"大家都不去嘛,不是我一个人的责任。"

班主任亲热地拍了一下我的肩膀说:"你是个头儿最高的一个嘛,女生们最喜欢看你——瞧你这身板,简直是一个搞体育的。"

我想说,这身板恰恰是逃课锻炼出来的。虽然我打算当一个不要脸的人,却还不打算当一个不识好歹的人。我答应班主任,试着去上一上课,并试着在本班的女生中找一个女朋友,不辜负他的期望。

这个努力却以失败告终了。应该承认,文科的本科女生不但比例高,质量也很高,不论是西方哲学、中国哲学,还是马克思主义哲学,课堂上都千娇百媚的。在这些女生中,我最喜欢的是一个个子矮矮的、让人联想到一只小鸭梨的江苏姑娘。在中午,经常能看到她端着不锈钢饭盒,到"学五"食堂打一份粗制滥造的煮干丝。除了爱吃煮干丝,她还有一个特点,就是说话前习惯拢一下鬓角的头发,不管它有没有耷拉下来,都要拢一下才开口。

重回课堂的时候,我主动坐到了她身边,问她愿不愿意和我一起去打煮干丝。我本想说,除了煮干丝,我还愿意请她到校内的"淮阳居"吃一份老鸭煲。但一想,这太庸俗了,就止住了。

小鸭梨沉吟了两秒钟,又用眼睛征询了一下旁边一个胖姑娘的意见,答应了我。于是,在此后的几天里,我保持了全勤,中午煮干丝,下午阳春面。没想到,她还是一个健谈的女孩,和风细雨地对我说啊说,说她们家的事儿,说她们宿舍的事儿。她的鬓角也垂下来再被拢上去,垂下来再被拢上去。我怀疑,如果把那缕头发用502胶水粘在耳朵后,那她从此就会丧失语言功能了。

但是,当我更进一步,提出和她"交朋友"的时候,小鸭梨严肃地问我:"我们既然是同学,那已经是朋友了;而你现在说的这个'朋友',是恋爱的朋友,还是可以结婚的朋友呢?"

才二十岁,就说到结婚这个问题,未免让我措手不及。我说:"那得看你的意思呀。"

"我的意思是,"她说,"如果是恋爱的朋友,那我们就交一交吧,你这个人挺好的,和你在一块儿我很开心;但要是结婚的朋友,那还是算了。"

这就让我大感意外了。那一瞬间,我对她的好奇远远超过了喜爱。我说:"那为什么呢?人家都要求男生'负责任',不要玩玩儿就算的……"

她说："你看，你是一个一般家庭的孩子，我也是一个一般家庭的孩子……"

我说："这有什么的？大家都是一般家庭的孩子。新中国消灭了人与人之间的三六九等嘛。刘少奇也对淘粪模范时传祥说，分工不分高低贵贱，都是为人民服务。"

小鸭梨目光如炬地看着我："我的意思其实是，家庭也就罢了，关键还是专业——咱们这个专业以后没什么前途，我是女的我也就认了，但我不希望我的丈夫也这样。"

原来她是这么想的。那个时候，好像女孩们还没有后来那么功利，或者说，即使功利也不好意思大张旗鼓地宣扬出来，因此小鸭梨的话让我很震撼。若干年后，看到电视上、网络上那些高调的"拜金女"，我都会想到这个小鸭梨。她真是一个有先见之明的人啊。谁说学哲学的女孩都是迂腐的书呆子？小鸭梨就走在了时代的前列。

但是我没想到，在拒绝我之后，她迅速和一个满脸皱纹，很像一只狒狒的男生好上了。那个人也是哲学系的，比我们高两个年级，而他对小鸭梨的吸引力在于：已经自学了三年，正在努力考国际贸易系的研究生。这就让我很后悔：这只狒狒还在努力的过程当中，并没有考上啊。如果我也做出姿态，声称自己要考光华管理学院或者经济学院的研究生，小鸭梨会不会喜欢上我呢？毕竟从长相上来说，我虽然远称不上英俊，但比一只狒狒还是要进化得充分得多。

但随即我也就释然了：即使我做出投考外系的姿态，也是一定没有兴趣努力学习的。不要说那些学科了，就算当初我考上了心仪的天文系，如今仍然有可能变成一个逃课生。拿谎话去骗小鸭梨，不是等于把她给害了吗？还是让别人用真话去骗她吧。

说起来，这还是我人生中第一次失恋呢。来得轻描淡写，走得也轻描淡写，一点也不撕心裂肺。每天中午，在食堂门口看见小鸭梨，我们仍然会礼貌地点点头；她的饭盒里盛着一成不变的煮干丝，而我是少数知道这个秘密的人之一。我了解了她对食物的口味，也了解了她对人生的口味，这是我从失恋中得到的收获。

打那以后，我的逃课就更加理直气壮了起来。班主任又找我谈过一次话，这一次，他抛弃了"人性"的手段（用班上的女生来"色诱"我），转而将话题引入了"世界观"的层面。他开门见山地说："你是不是对世界怀有一种反抗的心态呢？"

我喊起冤来："真的没有。老师，我是良民。"

他说："那你为什么不去上课呢？唉，纠缠于上不上课太庸俗了，你就回答我这个问题好了——你希望自己和这个世界保持什么样的关系呢？"

我说:"最好的关系,就是没有关系吧。我不干涉世界,世界也不干涉我。我们本着和平共处五项原则,平行前进好了。"

班主任竟然做出一副大惊失色的样子:"哎呀,你达到一个哲学家的境界了。"那副神态,就像和尚在诈骗傻乎乎的香客:施主,我看您与佛有缘呀。他进而列举了许多哲学家的例子:康德在小道上思考、维特根斯坦在乡下小屋里思考、尼采在女人的怀里思考……按照他的说法,我和这些伟人是一样的,都有超然物外的境界。

我明白,班主任还是拐弯抹角地说服我去上课。他的潜台词是:你的境界都和康德一样了,怎么好意思不钻研钻研康德呢?他真是一个循循善诱的好老师,感动得我鼻子都酸了。

但是我还是对他说:"我和康德可不是一码事。康德还要琢磨这个世界,我连琢磨都懒得琢磨,因为我觉得思考本身就是一种干涉。试想您有一个邻居,一天到晚琢磨你,偷窥你,就算他什么也没做,您能不难受吗?这不是一个好邻居,而我想要做一个好邻居。"

现在想来,我的说法是多么强词夺理啊,但当时把班主任给说服了。他深邃地点头的那一瞬间,我简直感觉自己的境界比康德还要高。而后来,他的确再也没和我谈过上课的事,刚开始,我还以为这是一个思想者对另一个思想者的尊敬呢,到了大三大四,那些热衷于上课的学生走进教室,往往会看到黑板上几个大字:因故暂停。这时大家就明白,老师又飞到三亚、泰国和马尔代夫去给总裁们补课了。

我们倒是和老师们成了互不干涉的好邻居。

2

被校方名正言顺地放养,对所有学生的生活并没有造成影响。该转系的还忙于转系,该出国的还忙于出国,像我这样的自然还在忙于无聊。无聊久了,我也决定给自己找点事情做,心想:不如找一个女朋友好了。虽然有一次失恋在先,但我们并不能因噎废食啊,毕竟那硬邦邦的塔、水汪汪的湖还时时映入眼帘。

因为小鸭梨的阴影,我在找女朋友的时候,便树立起一个文科生的尊严。我给自己确定原则:绝不找那种功利的女孩。如果她对我的专业持有怀疑态度,那我就让她滚开。逃课归逃课,但我要以一个知识分子的气节来要求自己。每当在公共场合搭上女孩,她们问我:"你是什么系的?"我说:"哲学系的。"她们说:"咦?哲学系的。"我就立刻像一只公鸡,脖子上的毛都竖起来:"哲学系的怎么啦?"

这个德行自然把女孩们吓得够呛。她们说:"问问怎么啦?人家说你们这个系神经病多,还真让我碰到一个。"

事后我也很后悔。犯得着吗？进而想到,自己的过分敏感,其实反倒是一种自卑。我居然变成一个心理不健康的残疾人了,这是多么荒诞!

能够体会我这种心境的,大概只有"诗人"了。

那一度,我经常到学校的湖北饭馆去吃干烧武昌鱼,碰到一个珠圆玉润的服务员小姑娘,常会多看几眼。有时候我就想:不如找这样一个姑娘谈恋爱好了,她总不会嫌弃我的专业吧？就连共同语言都不需要——我享受她的青春,她也享受我的青春,这就是爱情了。但是转念一想:《城南旧事》一类的电影里,不都刻画过这种人吗？而过了些日子,我又去那个饭馆吃饭,却发现珠圆玉润的小姑娘不见了。我问别人："小娟去哪儿了？"人家说："到南方打工去了,那边工资高。"幻想着是"小娟"抛弃了我,我的心头就有一阵恶狠狠的快意。

就是在这种心情之中,我遇到了我的女朋友莫小莹。这还要感谢我自己看电影这个爱好。当时学校的东门外有一个"雕刻时光"咖啡馆,也就是一进一出的两间平房,每天晚上却挤满了黑的黄的脑袋。老板是一个没听说过名字的电影人,每周都在店里放两部别处看不到的"地下片"。那些电影要说好看肯定谈不上,对于观众而言,乐趣主要体现在"来看"这个行为上。那是一个夏天的星期二,刚下过雨,咖啡馆门外的路上这儿一摊那儿一摊儿积着雨水，屋里盘踞着十来个劲儿劲儿的男女，大家在等待《小提琴与压路机》的开映。我坐在一个书架旁的角落里，看邻桌的一对情侣闹别扭。

那个女孩很瘦，个头也很高，长手长腿的，留着短发。而她的男朋友呢，是一个胖乎乎的家伙，留了一个油汪汪的"三七开"分头。他们的分歧集中在一盒香烟上，女孩不断地从万宝路烟盒里抽出一支来，而"三七开"则从她手上把香烟夺下来，塞回烟盒里。如此反复多次。他一定很讨厌她抽烟，而越讨厌，她就越感到抽这支烟的必要性。总而言之，这对情侣正在较劲。

在香烟第六次被夺走之后，女孩靠到椅背上，冷冷地斜视"三七开"。而我却不合时宜地点上了一支烟，这就有点幸灾乐祸的味道了。女孩蓦地站起来，拔腿就走，"三七开"呢，也只好气急败坏地追出去。在女孩转身的那一刹那，我注意到她穿了一条非常紧绷的牛仔短裤，这是一种需要自信的衣服，你必须认为自己的屁股和腿足够漂亮才敢穿上身；而一旦穿得合拍，你的腿和屁股就会显得更加漂亮。这个女孩正是如此。我看着她的屁股像蝴蝶一样飞出门去，然后怅然地回过头，开始欣赏电影。大概十分钟之后，我确定自己实在看不进去了，便也起身出门。临走看见那盒万宝路还摆在邻桌的桌面上，我便把它揣在兜里。

我沿着坑坑洼洼的泥水路走了几十米,从"万圣书园"隔壁的小道穿到另一条胡同,在一辆卖大白菜的板儿车旁边找到了她。这时候"三七开"已经不见了,只有她一个人蹲坐在墙根哭。我尽量不去注意她白晃晃的大长腿,又想到自己相当于是被她的屁股吸引过来的,不免有些惭愧。迟疑了几秒钟之后,我决定走开,装作从来没有见到过她。

但还没走出两步,背后就有一个拖着鼻腔的声音传来:"哎——哎——"

我不确定这个娇嗔的声音是否在叫我。我回过头去,果然看见她冲我仰着头,尖尖的下巴像一支即将离弦的箭。

"给我根儿烟抽好吗?"

我乖乖地踱过去,掏出从她桌上捡来的万宝路,递给她。女孩抽出一支,熟练地吸了一口,精致的鼻孔喷出浓郁的白雾。但只抽了两口,她就把烟扔了,看来她的烟瘾也不是那么大。

"你哪个学校的?"她问我。

"b大。"我说。

"学什么的?"

"哲学。"

"哲学?太好了太好了。"她居然喜出望外地说,"我还没见过哲学系的男生呢。"

女孩的喜出望外也让我喜出望外,但随后我觉得,她好像在面对一只珍稀动物,这又让我感到滑稽。我们很快就把"三七开"给忘掉了,我带着她在学校里闲逛起来。走过塞万提斯像、蔡元培先生像以及"中国人民的老朋友"埃德加·斯诺的墓,我也像那些秃顶、穿双排扣西服的研究生一样为她详细讲解。虽然从来没有研究过校史,但是听那些家伙说得多了,我也就自然熟了。坐在湖边的石舫上时,我还酸溜溜地朗诵了两句"未名湖是个海洋"。

我们且走且停,把半盒万宝路抽得差不多了,就到学三食堂每人吃一份水煮肉盖浇饭。她问我:"你这个人还有什么爱好呢?除了看电影。"我想,总不能告诉她,自己的爱好就是打一下午篮球吧。就连看电影都不能称为真正的"爱好",因为我只喜欢看好莱坞的战争片、灾难片和科幻片,尤其喜欢《侏罗纪公园》。看艺术片的时候,我常常会睡着。突然想起,自己小时候还学过一年多的小号,我就说:"喜欢吹喇叭。"

她像外国女青年一样耸着肩膀,双手的手指叉得很开,持续了几秒钟"O"这个口型,然后强调了一遍:"真的是吹——喇——叭吗?"

我红了下脸,解释说:"是真的吹喇叭——吹真的喇叭。"然后坦白,吹也不算专业吹,只不过是在初中的鼓号队担任过小号手。

"那已经够可以的了。"她潇洒地挥挥手说,口气仍然像在感叹那种意味的"吹喇叭"。

我们在学校里徜徉到晚上十点来钟才分开。我把她送到南门外,去赶末班的 705 路公共汽车。等车的时候,她告诉我,她叫莫小萤,是外交学院法语系的。她又强调说,她的"萤"是"萤火虫"的"萤",而不是"晶莹"的"莹"。我很想说一句出格的话:你的确有一个闪亮的屁股。但是我最终没有说出口,反而在回宿舍的路上为这句话笑了很久。

在那之后,莫小萤断断续续地给我宿舍打过几个电话,也没别的话题,就是通告她和"三七开"的"分手运动"进展到什么阶段了。她拒绝了他重归于好的请求,她把他给她买的礼物"完璧归赵"了,她托人告诉他,不要再纠缠自己了。对于这件事情,她的态度非常认真,考虑得也很有条理,步步为营。这无疑在我们之间建立起一种默契:当她和"三七开"分手之后,就可以和我在一起了。我所需要做的就是耐心等待,并尽量不让她感到自己在做一项亏本买卖。

等待也是一件很需要分寸的事情,甚至可以称得上微妙了。我既不能表现得太高兴,那样会显得不太像个男人;但也不能表现得无动于衷,那样也会显得不太像个男人。我更不能无限深情地说"等你"之类的诺言,因为"三七开"正在对她说这些话呢。雷同是恋爱的大忌。这样一来,我在电话里就只能沉默寡言。

有的时候她说着说着,会充满间离感地跳出来,问一句:"电话断了吗?"

就这样过了一个月,我自然而然地焦急起来。很多人离婚都用不了这么长的时间——人家还有存款、房子和孩子呢。我只能尽量从好的方面来考虑:这说明莫小萤是一个重感情的人,但又感到,自己不能再这样不作为下去了。假如我说什么都不合适,那就应该用行动来为她分忧。

于是有一天晚上,我坐车跑到了外交学院。这所学校远没我们学校大,校内建筑也新不新旧不旧的,毫无特色。我在女生宿舍门口的小卖部给莫小萤打了电话,没过一会儿,她就下来了。因为已经入秋,她那又长又均匀的大腿被裹在了卡其布裤子里,脑袋上扎了个蜡染布的蓝头巾。不知是由于拢起了头发还是瘦了一圈,她的眼睛显得比上次见面时大了许多。

她带我参观了巴掌大的校园:这是教学楼,这是办公楼,这是操场,再没别的什么了。然后,我们又到校内饭馆吃了饭。我本来说,吃食堂就可以了,又不是什么贵客,但是又一想,莫小萤可能还不愿让熟人看见自己和别的男生在一起,也就没有坚持。

然而肉丝肉片上桌的时候,还是进来两个男生,跟她打招呼。莫小萤大方地对他们招招手,我却有了一种抱歉的感觉。

见了面,她反而不提分手的事了,我们絮絮叨叨地说了些别的——专业课、选修课、逃课——这顿饭倒也拖得很长。等到满嘴油腻地出来,天已经黑了,三三两两的女生正端着脸盆去洗澡。

她忽然问我:"你今天是干吗来的?"

好像我是一个不速之客。我尽量让自己看起来不那么蠢:"就是来看看你。你可以把它视为组织关怀。"

莫小萤挽住我的手:"那就多关怀一会儿吧,给组织添麻烦了。"

我们就在众目睽睽之下吊着膀子,感觉好像在对谁示威。如果这时候路边冲出来一个白白嫩嫩的"三七开"分头男,对着我的肚子踹上两脚,那也是情理之中的事。我们走出学校,沿着马路向北去。万泉河路正在施工,方圆几里都尘土飞扬的,小轿车被大公共挤到了辅路上,我们又被小轿车挤到了土路上。马路对面的一堵高墙里装着圆明园,这附近还有 b 大的一个教师公寓;再往下走两站地,就是农业大学了。我们身边除了农民工,还多了几个脏乎乎、背着吉他的身影。传说这边有一个"树村",是摇滚乐手群居的地方。

我们走到了西北旺大片的农田里,闻了闻粪香,感到不虚此行,才慢慢踱回去。一路上,莫小萤都坚定不移地挽着我的手。我认为,这就不是挽给别人看的,而是挽给我们自己看的了。

因此回到外交学院,她说:"再陪我转转吧。"我义不容辞地答应了。这时已经是晚上十点多了,宿舍都熄了灯,只有办公楼的几个房间还亮着。在黑灯瞎火的林荫道上,她忽然用神秘的口吻告诉我:"外面传说,我们这个学校是培养特工人员的。"

我说:"那你是不是一个预备役特工呢?你可以上演一部新的《北非谍影》,那里也需要法语人才。"

本来是玩笑话,但她不置可否,又因为四周鬼魅的环境,我竟然紧张起来,心咚咚乱跳。

然后,莫小莹在一个墙角处拽住我,背靠着墙,熟练地和我接吻。接吻间隙我睁开眼,借着也不知是灯光还是月光,看见她的眼睛并没有完全闭紧,而是留了一条线。透过这条线,可以看见她的眼球微微往上翻着,而她的手则按着我的腰,把我向她的身体里压进去,压进去。我的手从下面伸进她的衬衫,摸了她的腰、肚子,又费力地攥了攥她的乳房。不知是碰到了哪儿,莫小莹叹了一口气,转过身去,纤细的手指扒着砖缝,脖子仍向后仰着,也许在示意我脱掉她的裤子。

过去,我想象过无数种结束初夜的可能性:在宿舍、在宾馆、在路边的水泥管子里,但从来没想过在教学楼的墙角里。假如是我在脑海中演练过的情景,我想我会熟练得多。而现在,我在莫小莹的卡其布裤子上摸索了很久,也没找到扣子。

好在人类的双手进化了几百万年,就是为了和衣服做斗争的。忙活得大汗淋漓,我终于如愿以偿地让它暴露了出来。因为太着急了,我都没有脱自己的裤子,就打算开始了,莫小萤被我的牛仔裤蹭得哎哟一声,我这才反应过来。但恰在此时,楼上的一扇窗户突然开了,哗啦一声,半缸子喝剩的茶根儿被泼了下来。那个家伙真是太没有公德心了,凉丝丝的茶水正泼在我的裤裆里,让我情不自禁地打了两个冷战。当然,人家也不可谓不讲道义,要是泼下来的是一杯滚水,那我的代价才称得上惨重呢。

莫小萤大概以为我这就完事儿了呢,或者说,她以为我早泄了。但回过头来,看见我湿漉漉的样子,她就咯咯笑了。我们只好迅速拉好拉锁,趁着夜色仓皇逃走。这次功亏一篑也并没有让我特别懊丧,反倒让我觉得很有趣味性。

但是在回去的公共汽车上,当仅有的两个乘客好奇地看着我湿漉漉的裤子时,我就没那么乐观了。被人怀疑尿裤子倒没什么,我担心的事情是:经过这么一折腾,不会影响到我的性能力吧?按照医疗小报上的说法,很多男人都是在入港之时突发意外,从此就痿掉了。迄今为止我还是一个处男呢,希望上天不要对我如此不公。

我凝神静气,回忆和莫小萤接吻的情景,回忆她气喘吁吁地抱着我的情景。但是回忆了很久,下面还是一点反应也没有。我的天哪,这个玩笑开得太大了。

回到宿舍,我懊丧地躲进水房,把下身的茶叶末子洗干净,还他妈的是龙井呢。正在洗,身边走来一个刚刚结束手淫的男生,我们用相互理解的眼神对视了一眼,肩并肩地一起洗。洗了一会儿,他悲哀地问我:"都是我们的子子孙孙啊,为什么不能去它们应该去的地方呢?"

这个问题很终极,我无法作答,而他索性为自己的子孙超度起来:"如果有来生,你们一定要修成人形。"

3

经过一段时间的接触,我和莫小萤总算确定了关系。有了校园里的那一晚,上床这个环节也就没有再拖一拖的意义了。那天,我们一起到凤凰岭去爬山,一路上,我都在盘算如何从游玩费用里克扣出晚上开房的钱。山也爬得心事重重的。好在那时候北京的北郊还很荒凉,下了山根本找不到高级一点的饭馆,宾馆也比城里便宜一倍。天色一晚,我们顺理成章地开了一间房,住了进去。

我担心的情况也没有出现,比之于许多"过来人"的描述,我的第一次做爱还算相当了得呢。但是做完之后,又有了一丝怅然:如果那天晚上在外交学院做成了的话,一定比如今这种四平八稳的状态更有戏剧性、更有纪念意义。应该说,我这么想是很自私的,没有顾及莫小萤的感受。果不其然,过了一会儿,莫小萤幽幽地说:"你是不是觉得亏了?"

我说:"我亏什么,肾亏吗?还早了点儿。"

她说:"你是不是觉得,你以前没谈过恋爱,而我以前是有男朋友的,又不是处女,所以你亏了?"

我还真没有考虑这方面的事情,但既然她提起来了,我又不知该如何作答了。无论是说"我不是那么封建的人",还是说"既往不咎",都显得有点儿不合时宜。想了一会儿,我用玩世不恭的口气说:"那这样好了,以后有机会我跟别人来一把,你别计较,咱们就算扯平了。"

她居然说:"这个办法很好。"

在恋爱初期,我表现得很像一个痴情种,这种状态也让我充实多了。我们那个宿舍邻近 b 大的南门,每天早上天刚蒙蒙亮,就能听见墙外公共汽车的电子报站器在叫:"302 路公共汽车就要进站了,请您注意安全……"往常大家都会在被窝里骂一句,蒙上脑袋继续睡觉,而现在,我养成了闻鸡起舞的好习惯,立刻翻起来,洗漱干净,出门去找莫小萤。

她学校离 b 大只有五六站车程,却是一条可长可短的路。不堵车的时候,十分钟就到了,但是西苑那边不知为什么总在修路，一堵起来就没有尽头。公共汽车一蹭一蹭地前进，车上的人大都安之若素，只有我一个人急得火烧眉毛。莫小萤还在等着我送早餐呢，我怎么能让她饿肚子？因此我常常拍着窗户乱叫，让司机提前开门。下了车，我就在一片喧嚣的车流里穿行。

这样走上半个多钟头，拐个弯，就看见外交学院的大门了。门口有一个安徽人开的包子铺，我排队买四个包子，热腾腾地揣进怀里，在宿舍楼底下转悠两圈，莫小萤就会出现。我们找个台阶坐下来，把包子吃完，然后再讨论今天干什么。我当然是继续逃课，关键是莫小萤。如果她的课也可上可不上，我们就在附近闲逛，去看农业大学的学生在试验田里打农药，或者从铁栅栏翻进圆明园；如果赶上她的必修课，我就只得在外交学院的操场上边打篮球边等她。

有两次，我跟着她去上过法语听力课，课程内容就是放一部没有字幕的法国电影，运气好的话还能赶上吕克·贝松的动作片。莫小萤一边看，一边和我咬耳朵，把大致情节告诉我。吵到了别的同学，人家也不生气，女生还会煞有介事地打量打量我，然后对她挤挤眼。刚开始我对这种场合有点紧张，主要是怕碰到她的前男友，那种尴尬的场面总不会让人太舒服。但是莫小萤告诉我："那人是国政系的，不学法语。"一提起那个"三七开"，她就是很烦躁的样子。

而有的时候她也问我:"怎么从来没见你上过课呀?你到底是不是学生?别是骗子吧?"我说:"你这么说,我就只好上两堂课了。"有一次,正好有个西方哲学的老师病愈出院,大伙儿约定,为了让老先生欣慰一下,把教室塞得满点好了。我也夹着本小说,到课堂上耗费了两个钟头,刚一出来,就看见莫小萤正在教学楼门前等我,眼圈儿都红了。

"你是不是不在乎我了?"她委屈地问。

我赶紧解释,这和在乎不在乎没关系,又说:"这个老师有心脏病,看见逃课的人太多可能会死在讲台上。我是出于人道主义。"

她就抹起了眼睛,先说我"找借口",然后规定:"以后你要不来找我,就应该提前打电话告诉我。"

我说:"好的。你不准假我就不上课。"

她又抱怨:"包子都没吃上。"

我到学一食堂买了冬菜包子补偿给她,她还不依不饶地说"不是那个味儿了"。看到我稍微露出一点疲倦的样子,她立刻像警犬一样竖起耳朵,掐着我的胳膊问:"你是不是烦我了?你是不是烦我了?"

我说:"我怎么会烦你呢?你也看到我一天到晚有多无聊,找人陪都找不到。"

她的犬齿在我脸前闪了两道金光,然后才平息下来,楚楚可怜地说:"现在发现了吧,我很黏人的。"

莫小萤身高一米七四,如果穿带跟儿的皮鞋,就会显得比我还要高了。有这么一个人高马大的女朋友,是很能满足虚荣心的,我常常对同学们信口开河地介绍:"法籍华人,在那边是模特儿,特热爱中国文化才回来的。"然而随后发现,她的性格与身材真是莫大反差。在精神层面,她是一只甜腻腻的软体动物,认准了谁,就会铺天盖地地"糊"上来,竭尽全力与对方融为一体。有的时候,我真有透不过气的感觉。

一周五天的厮混结束后,周末也不得安生,我必须骑车穿过城府路,到学院路的一个大学家属院去找她。莫小萤告诉我:她父亲是航天大学系统工程系的老师,长期带着学生在西部的几个军工企业调研;在外待的日子久了,他还培养起了一个雄壮的爱好,就是登山。每当调研结束,他会就近加入一支民间探险队,攀登所在地最高的山峰,别看他五十多岁的人了,早两年还征服了著名的"希夏邦马"呢。而她母亲内退在家,却也懒得管她,一天到晚坐在电脑前面炒股。总之,她家的大人各得其所,只有她是无聊的。

因此,我就得陪着她在航天大学的校园里继续转悠下去。有的时候,我恍惚觉得自己念了三所大学:b 大、外交学院、航天大学。然而三所大学同时熏陶,也没把我变成一个有用之才。大四的时候我考了两次才通过英语四级,差点没拿着毕业证。

那时候的航天大学还有着半军事化色彩,甬道上常能看到部队的委培生排队走过,都是将来的轰炸机驾驶员,一个个身高体壮,相貌英俊。我和莫小萤坐在马路牙子上,呆呆地听他们的皮靴在水泥地上踩出整齐的声音。莫小萤有时候也感叹:"瞧这些小伙子多帅。"

"你从小就老能看见这样的人吧?"我问她,"没暗恋过一个两个?"

她哼了一声说:"我不喜欢机器一样的人。"

言下之意,她喜欢的是懒散的家伙。但这个标准也太笼统了,还让我不由自主地想起她的前男友,那个"三七开"。我们虽然都不干练,但总不能被归入一个类型吧。我想让莫小萤说得再精确一点:她到底看上我什么了? 她想了想说:"你有一股落拓劲儿。"

也许有的女孩就是喜欢倒霉蛋。虽然能够理解这种趣味,但让我心有不甘。

周末的晚上,我们常在航空大学北门外的"四川好吃馆"暴饮暴食一顿。那里的水煮鱼和麻辣小龙虾极其带劲。然后,我就把浑身花椒味儿的莫小萤送回去。走到离她家那个楼门洞还有十来米的地方,我停下来,看着她迈着两条长腿,娉婷如仙鹤地离开。但这还不算完,有两次我刚要走,二楼的窗户忽然就打开了。一团朦胧的光溶解在夜空里,就像橙味的"果珍"冲剂溶解在水里。

莫小萤压低了声音叫我:"别——走——"

我打手势,问她还有什么事。

她说:"你得再让我看一会儿。"

我说:"你想看我做什么?"

她说:"随你——要不你做一个广播体操好了,反正得先等我睡着了再说。"

看看左右无人,我就尽心尽责地做起广播体操来。好在莫小萤没有失眠的毛病,否则就得做上一夜了。等到那盏橘色的台灯熄了,我原地再抽上一根烟,才敢悄悄遁形。

大概和莫小萤交往了半年,我的财政状况遇到了小小的危机。入冬以后,我们到哈尔滨去看了冰灯,回来的路上又转道盘锦去看树挂。火车从白茫茫的大地上钻入山洞,我还背诵了川端康成的名句:"穿过长长的隧道,就是雪国了。"但从山洞里钻出来,却发现我们的背包不见了。所有的钱、证件、衣服都在那里面啊,我急得骂了起来,还邀请车厢里的小偷出来打一架,打赢了才准把东西带走。后来把乘警也惊动了,他带着我们在一个小站下了车,片刻之后从站台上拽来一个没了左臂的残疾人,问东西是不是"他那伙人"偷的。

残疾人一口咬定不是,乘警就对他下了狠手,他的嘴巴很快就肿了。莫小萤扭着头不敢看,也不好劝乘警停下。

但我看不下去,便横在了门口:"算了,东西我们不要了。"

乘警热忱地说:"这条线上就他们一伙儿贼,肯定是他们干的。"

我说:"那也算了,就当我们自己落在车上了。"

乘警抱歉地给我们打了免票的条儿,让我们到对面的办公室,等往南去的火车。看到莫小萤的羽绒服也丢了,他又给她找了一件军大衣。一时间,我们都恍惚起来,搞不明白这样一个热心人,刚才为什么会如此残忍。两个小时后,我拉着莫小萤上了车,却发现自己的大衣兜里多了一包东西,竟然是丢掉的证件,还有一百块零钱。

就这样,回到北京之后,我的手头骤然紧了起来,又不好意思打电话问家里要钱,便开始琢磨赚钱的门路。莫小萤倒是十分仗义:"花我的好了,我还有一张存折呢。"我梗着脖子说:"怎么能动你的嫁妆——反正早晚都是我的。"

我的态度很偏,莫小萤也为这种气节击节叫好。两人各自感动了一会儿,我想反过头去吃软饭也不可能了,于是只好到三角地去看校内招聘广告。不管当时还是现在,大学生打工都没太多的选择,或者当家教,或者当服务员。前者属于白领阶层,后者则是不折不扣的蓝领。因为我的英语很不好,高中数学也差不多忘得一干二净了,家教是无论如何也干不了了,索性直接走进麦当劳。每个小时六块五毛钱的工资,我干了将近一个月,挣了三四百块,想想还不够和莫小萤出去吃两顿饭的呢,心里不免极度沮丧。好在每天工作结束,大家可以把卖剩下的汉堡揣回去,这是每天唯一欢乐的时刻。

早上去给莫小萤送早餐的时候,汉堡就代替了包子。放了一夜,汉堡已经凉了,抽巴了,但她很幸福地说:"这是你的劳动所得呀。"然后还把咬了一牙儿的汉堡举起来,和太阳对齐。啊,这时候汉堡就像金子一样闪光了。

几乎所有同学都知道我变成了一个穷光蛋,好在我这人人缘还算好,不时有人接济我半只肘子、两张澡票。抽烟也有人包了,那个河南的球友送给我半条家乡名烟金杜果。后来,当初勾搭未遂的小鸭梨也来雪中送炭。她找到我,问我愿不愿意给人当家教。

"讲中国哲学和古典文化。"她说明,"没有英语和数学的事儿。"

我很好奇,还有人专门学这个,但又惭愧:"你知道,我基本上没上过课。"

小鸭梨说:"根本不用太认真,聊聊'老庄孙子',再聊聊《红楼梦》《西游记》就可以了,完全就是清谈。"

清谈,也就是扯淡的意思。后来我才知道,她已经给那学生上了一个月课了,现在不想干了。我问:"这么容易就挣钱的事儿,你为什么不接着干呢?"

小鸭梨皱了一下眉头:"学生不太好接触……也许换个男的会好一点儿。"

她的口气让我对那个"学生"也反感起来。那时候经常有些面貌可憎的人窜到学校来"提高文化素养",或者是自以为是的海外华人,或者是土得掉渣的血汗工厂"少东家"。曾经发生过这样一件事,一个在中关村靠攒电脑发了点小财的温州农民,长期招募历史系的女生给他讲才子佳人的故事,每遇到一个漂亮点的"老师",他就拉着人家的手要"交朋友"。历史系的男生很生气,在我那个河南球友的带领下跑到电脑城,想惩治一下温州流氓犯,结果却发现他们班的班花已经"从"了,正像一个勤快的老板娘那样跟顾客讨价还价呢。大家恨其不争,却又无可奈何,回去的时候看见温州人的"桑塔纳2000"轿车,便把人家的车窗户给砸了。

在穷且志坚的精神激励下,我本想一口回绝的。但小鸭梨随后说出了一个颇为可观的报酬数字,我立刻也决定"从"了。那的确称得上是肥差,每周两次喝茶聊天,就顶得上一个农民工兄弟挥汗如雨地干一个月了。

那是一个星期三的下午,我按照小鸭梨交代的时间,来到 b 大"国际交流中心"的咖啡厅里。她说已经和"学生"打好招呼了,我便端坐在沙发里,等着一张俗不可耐的脸向我扑过来。

这间咖啡厅空旷而阴暗,因为价格昂贵,一天到晚都没两个客人。我等着的时候,只看见角落里坐着一个围着大披肩的年轻女子,正聚精会神地看着笔记本电脑。两三个身穿白衬衫黑马甲的服务员围在吧台,一边擦杯子一边小声聊天。

我枯坐了半个小时,也没人过来打招呼。难道因为换了"老师","学生"就不来了?或者那家伙正是一个居心叵测的流氓犯,只想找女老师?想想好肥的一只鸭子,还没咬一口就飞了,我不禁懊丧地骂了句"我×",然后点上一根烟,气鼓鼓地抽起来。

我正打算走时,却发现那个围着大披肩的女孩抬头看着我。她的电脑屏幕上也不知播放着什么东西,在黑暗里让她的一张脸映得五颜六色的。

我迟疑了一会儿,她先开口叫我了:"你是……哲学系的学生吗?"

我走过去,她把电脑关了,五颜六色的脸变成一团白,被微光映出一种上了釉的质感。然后她就对我笑了,解释说:"你也不过来叫我,我还以为你是等别人的呢。"

没想到小鸭梨给我介绍的学生是个女的。我们刚刚阴差阳错地在同一间屋子里互相等待了那么久。我尴尬地对她点头致意,她回头招呼服务员,齐肩的头发蓦地绽开,像跳舞的少女把裙子转起来。

"再给我们添一杯咖啡吧——我喝的是拿铁,你要什么?"

"不不,我就不喝咖啡了,给我一杯橘子汁就行。"

她再次抱歉地解释:"刚才本来想问问你的,但是又怕太唐突了。"

人家这么礼貌,更让我感到窘迫。我看看手里的烟,针扎一样蹦起来,到邻座找了一个烟灰缸,把烟碾了。

"抽吧抽吧,没事的。"她的口音是那种过于标准的、广播里才有的普通话,完全听不出是哪儿的人,坐姿也端庄得像真的在"听课"。

"那不行,你是……女士嘛。"我不由得装起大尾巴狼来。

饮料端上来后,我喝了一口,跟她商量该怎么"上课"。她提出的要求很简单,就是把我们国家的"经典名著"一一复述,在此期间她会在家里读那些书,然后跟我交流心得。我从来没想到钱能是这么一个赚法,简直比在夜总会里的陪酒小姐还轻松。而我何德何能啊,牺牲色相也未见得有人要。

"你们——跟上一个老师——聊到哪儿了?"

"诸子百家,亦有仁义而已矣。"

好在我虽然不上课,闲书却翻了不少,知道那是一句孟子的话,于是便试探性地问了两个问题,看她的反应还算投入,索性放开了聊起来。必须得承认,我这人有个劣根性,就是口头人来疯,更确切地说,是看见惹人喜爱的女性,就会思路敏捷,其间不乏指东打西妙语连珠的精彩表现——跟男人在一起,却不由自主地沉默、冷淡。正常人的嘴和大脑相连,而我这种人的嘴,大概是和肾上腺紧密联系的。

两个小时的"课"上下来,我的感觉是相洽甚欢。但是看到她喝光第三杯咖啡,心下仍然有些慌张,生怕自己的表现不够出色,人家下次不要我了。文化工作者的尊严是多么脆弱呀,稍微赏俩小钱,或者遇到一个还算有风情的女性,就会情真意切地巴结起来。我进行了无声的自我批评,又在两种"失节"的理由中为自己挑选了前者:就是为了钱,跟对面坐的是什么人毫无关系。我强迫自己相信这一点:哪怕是个一嘴金牙的土财主找我"补课",我也会尽量让对方满意的。

那女孩从沙发上拿过皮包,掏出一个信封递给我。我感觉着里面薄薄的几张票子,满心是占了便宜以后的惭愧。随后,她又递过来一个牛皮笔记本,翻开一页:"留个电话吧,下次上课找你。"我更是如释重负,龙飞凤舞地把自己的名字和宿舍电话写上。

走的时候,她站起来,把宽大的披肩摘下来,塞进包里,穿上一件格子呢短大衣。我扫了一眼那黑色紧身羊毛衫包裹着的凹凹凸凸的身体,心悸了一下,赶紧把眼睛挪开。我们在咖啡厅门口礼貌地道别,看着她向学校西门外面走去,我心里涌起不可思议之感:花钱找人扯闲篇,她图的是什么呀?

三天之后,我和莫小萤恶狠狠地吵了一架。吵架的原因,是我们路过 b 大二附中,看见初中生正在操场上做广播体操,好像一群被线拴成一串的木头人,莫小萤就说:"看起来多么蠢啊。"我想起自己在她家楼下,被她支使做操的情景,就说:"那你的意思是说,我也很蠢啰。"她说:"那当然。而且你连音乐伴奏都没有,蠢得无以复加了。"不知为什么,我腾地一下就火了:"有你这么说话的吗?非得看人做操的人才是蠢货呢。"

　　然后我们就开始互相攻击,说对方愚蠢、自私、自以为是。作为例证,她还数落了我在火车上被人偷包的事情。翻旧账无疑是最让人恼火的。当初包儿丢了的时候,我还感到那事儿充满了惊险和刺激呢,现在却大发雷霆,语无伦次地骂她。这时候,我发现莫小萤有一个习惯:平时也不抽烟,一生气就抢过我手里的烟盒,点上一支狠抽起来。我更感到她像一个心肠毒辣的女流氓,一把把烟从她嘴上抓下来,扔到地上。抢的时候,我的手都被烫着了。

　　而莫小萤的脸也被我扫了一下,她登时愣住了,瞪大了圆圆的眼睛看着我,眼泪一滴一滴地滚下来。我登时想起,当初她和"三七开"闹别扭的时候,也是这么在一支香烟上较劲,和我们现在的情景像极了。对于我们的关系来说,这可不是一个好兆头,我也被心里的一闪念吓傻了,但嘴上仍不肯服输:"抽什么抽？烟是我打工挣钱买的。"

莫小莹冷笑着说："连饭钱都挣不出来，就开始觉得自个儿多了不起了。"正戳中我前两天没钱加饭卡，到她们学校蹭吃蹭喝的事儿。我本想指出，之所以没钱加饭卡，还不是因为送给她一台索尼 cd 机，把打工攒下的那点儿钱都搭进去了。但随即一想，一个男的跟女孩掰扯钱的事儿，实在太丢人现眼了，于是愤怒地说："我再吃你一口饭，我就是孙子。"

然后我就转过身，气鼓鼓地回宿舍。到了饭点儿，我想想饭卡里只剩六毛钱，只好趴在床上挨饿。打饭的同学陆续回来，学一食堂今天有红烧排骨，那个味道香得我几乎不想活了。一个浙江同学以为我病了，好心地问我，要不要替我打份粥来。我的赌气运动却在此刻严重扩大化了：既然不吃莫小莹的，那索性谁的都不吃了。坚决不受嗟来之食，哪怕他们说"爹来食"，我今天也要饿下去。为了明志，我又到水房灌了一肚子自来水。

正饿得头昏眼花，电话响了，一个人高声叫我："陈骏，接客——"惹得半个楼道的人都在哄笑。

我拿起话筒，还以为是莫小莹呢，嘴里自然没好气："干吗干吗？"

"你好，我是林渺。"电话那头传来一个女声。

"林渺是谁？我不认识姓林的。"我说。

那边的声音弱了下去:"不好意思,上次都没自我介绍——我就是找你上课的那个。你现在是不是情绪不好?那就算了……"

我立刻软下来:"没有没有。"然后拿出对待衣食父母的态度,谄媚地问她是不是要召唤我去谈一些"高雅的话题"。

"现在叫你是不是太……"

"不唐突不唐突。"我学着她上次说过的那个字眼。她清脆地笑了一声,约好二十分钟后在咖啡厅碰头。

我饥肠辘辘地跟她谈了两个钟头孔孟之道,喝橙汁喝得胃里火烧火燎地疼。因为饿,我的言辞难免尖酸刻薄,说了很多诬蔑先贤的话,简直像一个五四时期的激进分子。那个叫林渺的女孩诧异地瞄了我两眼,但很快就适应了,饶有兴致地听我抱怨。

我打着忧国忧民的旗号骂完街,林渺从皮包里掏出一只小信封。不出意料的话,里面又是三百块钱。我眉开眼笑,几乎摇着尾巴双手接过,出了咖啡厅,直奔南门外的"长征饭庄"。这是一家老字号,"文革"之前就有了,服务员大多是四十来岁的北京大婶儿,洋溢着国企职工的"范儿"——不高兴了就对顾客爱答不理的,高兴了就追着你说废话、传小道消息。学生们一般都舍不得在这儿吃饭,但是今天我觉得自己受委屈了,得好好犒劳一下。等了半个小时,水煮肉片、酱爆三丁和辣子鸡才端上来,我嚼得既快乐又心酸,眼泪都快掉下来了。

胃像气球一样快被撑爆了,我才慨叹一声,靠在椅背上,喝着扎啤。这时候,身旁的窗户忽然咚咚响了两下,我扭头一看,林渺正站在外面呢。她身后的大街上车水马龙,车灯的光透过玻璃散射开来,形成大团的光晕,把她装点成了一张20世纪90年代初的艺术照。

我对她招招手,看着她从正门绕进来。落座后,我问她:"你怎么不回家?"

"家里人特别忙,回去也没事干,在街上走走。"

不用猜,她的家庭一定是"成功的父母、孤独的孩子"那种模式:所有的烦恼都是甜蜜的,所有的抱怨听起来都像在显摆。我不想给她无病呻吟的机会,径直问她要不要喝啤酒。

服务员大婶翻着白眼把啤酒拿来,她双手捧着喝了两口,然后把手掌分别压在两条腿下面,一副欲言又止的样子。这么一位漂亮姑娘赔笑一般坐在对面,我又不好意思起来。

"你刚才骂孔——老二的时候,好像还没说够似的,要不再接着聊会儿?"她问我。

我说:"我已酒足饭饱,无心进行文化批判了。"

于是我们没头没尾地聊了点别的,各人有什么爱好、喜欢听谁的歌、看过什么电影等等。谈话间,她告诉我,她住在三里河附近的老"建设部"家属院,本科快毕业了,念的是清华的建筑系。我说："那你比我还大了将近两岁呢,怎么一点也不显老。"她抗议道："二十一,我刚二十一。我上学早。"我又问她,当初怎么会选这么一个不适合女孩的专业,毕业之后有什么打算。她说家里给选的,毕业后听家里安排。

看到我的啤酒喝完了,她又把自己的倒给我半杯。喝完之后,她想去结账,我赶紧说："那哪儿行,现在是课余时间,我请你。"随即又想到菜全是我吃的,人家根本没动筷子,这话说得太流氓假仗义了。

出了门,我们沿着 b 大南墙向白颐路走过去,路过"风入松"书店的时候,她进去买了一本钱穆的《国史通鉴》。我问她："学得好好的建筑,干吗爱好文史哲呀,想学人家做愤青吗?"

她说："不告诉你,要不你该笑我傻了。"

我追问了两次,她就招了："听了一次 b 大孔庆东的讲座,就觉得自己当初选错专业了。"

果然,我当时对林渺说："那的确是没头脑——幸亏遇见我了。"

她"切"了一声,却没像寻常学术女青年一般置气,转而对我感起兴趣来,问我是哪儿的人,当初干吗上哲学系。我坦言,我是被调剂过去的,我也认为自己上错了专业。

她又问："你有女朋友吗?"

我说："有。"

"你们俩好吗?"

"好。"

"那就好。"她倒像放心似的说。

到了当时的"中关村电子大市场"门口,她拦了一辆出租车,并坚决拒绝了我送她的请求。看着一块六一公里的"富康"车渐行渐远,我突然发现,自己憋了一天的气已经消了。这时再想起莫小莹来,觉得很对不起她。我的体重比她多了好几十斤,还要气势汹汹地跟她吵架,这种恃强凌弱的习惯太不好了。心里怀着柔软的歉意,我也拦了一辆车,去找莫小莹。

到了外交学院的宿舍,莫小莹的室友告诉我,她一天都没露面。看来她真的伤心了,回家了。我更歉疚起来,索性又疾驰到航天大学,在她家楼底下停下。看看二楼的台灯仍亮着,我叫了两声,窗户刚一打开,我就做起广播体操来。还给自己喊拍子:"一,二,三,四;二,二,三,四……"

片刻,莫小莹下来,眼睛还是肿的。我拉着她的手,在航天大学的干道上走了两个来回,又主动掏出烟来,问她抽不抽。她这才哑着嗓子说:"不抽了。"

不抽就代表不生气了,我眉开眼笑地搂住她。她这时又哭了,用手掐我的脸:"你这人怎么听不懂好赖话呀?我说你蠢,那意思就是我喜欢你。农民小伙儿听见村妞儿说'傻样儿'都明白是什么意思。"

我说了一句很滥情的套话:"刚才我已经用实际行动说明了——我愿意为你犯蠢。"

她委屈地靠过来:"这还差不多。"

让一个姑娘喜欢自己,有时候是那么难,有时候又是多么简单呀——你连创意都不需要拥有,人家说什么你说什么就够了。

4

有一件事,我一直不敢告诉莫小莹,就是我越来越盼望给林渺"上课"了。林渺无疑是一个好听众,耐心、宽容,有足够的好奇心,跟她这种人说话,你可以放心大胆地以自我为中心。心态一旦放松了,就能够天马行空地享受语言的乐趣。后来我认识不少人文工作者,就是这么被文艺女青年忽闪着大眼睛,活活培养成话痨的。而我当时只是一个哲学系的本科生,因为逃课过多,大学基本跟没上一样——这样一个资历,却享受了副高职称以上的待遇,让我情何以堪。

进而,我承认,我和林渺之间不仅是嘴巴和耳朵的关系,我也在不自觉地观察她。林渺的长相是那种标准的"甜姐儿":睫毛又黑又亮,眼睛很大,不笑的时候也是弯着的;两颗兔子似的板儿牙,脸上有点婴儿肥。

旋即硬邦邦地惊醒:这是多么罪恶啊。而对视久了,我又发现林渺并不只是一个漂漂亮亮的"没头脑",她有时候也会变成"不高兴"。她的神色虽然稚气,但包含着一种紧张感,仿佛在尽量和周围的一切人保持距离。即使聊得忘情,我也能意识到,她在我们之间设置了一道墙——虽无形无迹但坚不可摧。

有一次,我说得口干舌燥,低头去喝水,突然瞥见她长叹了口气,把脸扭向一边。那一瞬间,她的脸仿佛老了十岁。这景象让我很心疼,但我立刻告诫自己:不关你的事。

上完"课"以后,如果她还有时间,我也愿意陪她在附近转转。刚开始是沿着"b 大半日游"的经典线路:蔡元培先生像、未名湖、博雅塔……重复游览这些景点,我都快吐了。也真佩服那些三十多岁才考上研究生的学术男青年,他们日复一日地带着外校的人来这里转,怎么就一点也不烦呢?有一个秃顶特别亮、猪皮鞋裂了个口子的老兄,我给他起了个外号叫弗拉基米尔·伊里奇,每次到湖边都能看见他,而他每次都带着不同的、乡土气息特别浓郁的女青年。对着那些"一边一块高原红"的脸蛋儿,他总是以这句话开始自己的演讲:

"百年 b 大,文脉悠悠,想当年,胡适之先生……"

最后以这句话结束:"建议你们听听曹文轩老师、戴锦华老师和韩毓海老师的课——提我就行,都是老朋友了。"

日后我回想起校园里的景点,总会感到一股淫邪的气息——建校以来,有多少纯朴好学的姑娘是因为走过那条"经典线路"而失身的？恐怕数不胜数啊。

后来,我们的校园就不只为"学术装×犯"所独享了,励志大军也加入了进来。那是一些野鸡旅行社,一天到晚在北京站的广场上低价招揽外地游客,然后把他们拉到前门楼子、八达岭和大学校园去参观——都是些不收门票的地方。很多家长拽着又哭又闹的孩子,跟着东北口音的不专业的导游人员在湖边看景、拍照,重复着"将来到这儿念书"之类的屁话。看到散步的学生,他们还会欣喜地叫:"你看,这就是大学生!"那口气就像在动物园里叫:"你看,这就是四不像!"

有一天,"静园"的数学系门口停了两辆大轿车,一群中学生从车上下来,在草坪上站成方阵,先跳了一段集体舞,而后握拳宣誓:"发奋学习,考上 b 大!"一个团委书记模样的人还拉住我,让我给孩子们"讲两句",并许诺给我两百块钱劳务费。我登时觉得自己就像一个传销组织的"上线"。

仗着林渺给的讲课费,我很有气节地啐了一口。

相比之下,一路之隔的清华大学就要素净很多,不光校园管理得好,就连食堂的菜价都比 b 大便宜了将近一半。听说,由于不堪高物价的盘剥,b 大的学生还曾经发起过一个运动：几十个人相约到清华的食堂去吃饭。我在校期间,一共发生过两次学生集体运动,一次是美国轰炸了我国驻南联盟大使馆后,学生们举着旗子,去秀水街一带喊口号、砸玻璃;另一次就是"异校吃饭"运动。其结果是菜价没降下来,带头的两个学生却被记了处分。

我向林渺提议:不如到清华去走一走吧。我们就穿过"雕刻时光"和"万圣书园"所在的那片平房向北走,从清华西门进去,到荷塘边去看一池残叶。清华的校园比 b 大还要大很多,建筑物也多为模样相似的苏式灰砖小楼,我们常常在里面迷路。我是个外来汉也就罢了,林渺可是在这儿念过四年书的啊,怎么连教学区和宿舍区都分不清?我取笑她:"在学建筑的学生里,你是唯一一个不分东南西北的吧?"

"如今的建筑,本来就是要让你找不着北。"她笑道。

"怎么听起来那么像搪塞啊?我猜你考专业课的时候老不及格。"

她不服气地跟我较真,指着附近的几栋楼和一个宾馆,逐个讲解它们各是什么结构,哪个是"砖混"的,哪个是"现浇"的,说了一串儿术语。我一听头就大了:"明白了明白了。"

"我学了四年呢,你一听就明白了?"

"明白你能当一合格的民工头儿了。"

有时莫小莹晚上有课,或者她妈太寂寞了,把她叫回家往她嘴里塞食,我就和林渺一起吃饭。清华有个能容纳一万人同时就餐的大食堂,被称为"万人坑",我特别喜欢吃那儿的葱花饼。一张饼一个菜,居然只要一块八毛钱,而我们学校起码是五六块。

"可别让人知道我是 b 大的,"有一次,我鼓着嘴含混不清地说,"要不该挨处分了。"

林渺说:"一眼就能发现你不是这儿的,我们学校的男生看着都特单纯。"

"我不单纯吗?你看出我不是处男了吗?"我笑着说。随即意识到这个玩笑开过了,我和她并没有那么"熟"啊。看到她的脸阴了一下,我赶紧往回找补:"其实你看着也不像这个学校的女生。"

"怎么不像了?"她吵架似的问我。

"工科女生嘛,都没那么……啊……艳丽。所谓'一回头吓死一头牛'之类的话肯定是妖魔化,不过漂亮的的确不多。"

说完这话,我有点后悔:"捧"得太赤裸了。更让我意外的是,她并没有因此窃喜、羞涩,更没拖长声说我"胡说八道"之类的。她的脸色更阴了,连饭都不吃了,勺子放在饭盆里。

那天一直到她回家,她都没跟我说两句话。正是下班高峰,许多中关村的白领挥舞着印有电脑商标的手提包在街上打车,我戴罪立功似的冲到路中间,给她拦了一辆车,她谢也没谢就走了。我被扔在冬天的路灯下,冷风一吹,打了两个哆嗦,琢磨不出自己哪儿惹着她了。又想:也许她是被学校劝退的,因此对此类话题异常敏感吧。

这么一想,就觉得林渺怎么看怎么像一个"后门生"了。以前说起这种事,我也跟别人一样义愤填膺,但涉及她,又觉得没什么了。这是我另外两个劣根性的表现:吃人嘴短、见色忘义。

连着两天我都惴惴然的,怕她一气之下不找我了。能信口开河的文科糙男遍地都是,能一次给得起三百块钱的漂亮姑娘可少之又少。再想到自己的价格和传说中"楼凤"的"一个钟"刚好相等,我又怨天尤人起来。

好在过了两天,林渺照常给我打电话了。我眉开眼笑地跑到咖啡厅,继续与她胡扯。她呢,两只弯弯的眼睛灵活地闪烁,丝毫看不出刚跟我生过气。和她的交往,让我想起中学时与两个女同学的关系——经常把人家惹急了,但第二天肯定和好如初,不留芥蒂。那是一种孩子气的暧昧关系。

那天快走的时候,她忽然问我:"后天晚上有时间吗?"

"干吗?"

"有人送了我两张音乐会的票,咱们一块儿听去吧。"

我心慌了一下,答应了。说"那好那好谢谢你"的时候嘴唇干涩,喉头发紧。这算得上正经八百的约会吗?那种装模作样的形式,我和莫小莹都没经历过呢。有一次莫小莹约我到地质礼堂看一部伪艺术片的首映式,我出门一看下雨就犯懒了;她也无所谓,扭脸把票送给了别人。

"我可没领带啊。"我跟林渺说。

"脖子上拴根儿鞋带也行,现在流行细的。"

到了赴约那天,我第一次向莫小萤撒了谎。我给她打电话,说有个同学流鼻血止不住,我得陪他到医院看病。这话说得故作随意,但她问了一句"过去也没见你多乐于助人啊,难不成是你把人家的鼻子捅漏了?",我立刻就乱了方寸,结结巴巴地解释。

莫小萤毫不生疑地准了假,并满意地说:"提前告诉我去哪儿就行。"

我满心愧疚地放了电话,因为烦闷,喝了半瓶矿泉水,然后再到厕所去尿掉。快出门的时候,又盼望着下雨,心想:下雨的话,我就有借口不去了,这就对莫小萤也公平了。但是这个想法太强"天"所难了,现在毕竟是冬天啊。到了晚上五点多钟,一轮红日沿着窗棂坠下去,把树枝染得像着了火,空气能见度极高,楼下的行人呈现出纤毫毕现的质感。几个男生拍着篮球去吃饭,路上回荡着砰砰的响声,好像人的心跳。自从北京逐渐变成了一个大工地,这可是难得一见的好天气。

我叹了口气,穿戴整齐,出门坐上302路公共汽车,在三里河路附近下车。钓鱼台国宾馆门口的黄叶已经落尽,银杏树光秃秃地伸展着枝杈。远处院子的围墙里,露出规规整整的小楼,那里是几个国家部委的老宿舍区,进出的都是些斯文、沉稳的中年人,一副安之若素的表情。

林渺让我在甘家口商场门口等她,我以为她会从旁边的建设部家属院出来,但朝着那个方向站了一会儿,身后却被拍了一下。原来她刚才就在商场里,出来时费力地捧着两杯热奶茶。因为天冷,她戴着厚厚的手套,头上还戴了个毛茸茸的耳罩。我们便呡着奶茶,在清冽的风里站着。

"是展览馆剧场吗?"我问她,"莫斯科餐厅旁边那个?"

"不,中山音乐厅。先吃点东西吧。"

在甘家口大厦的肯德基餐厅吃了两份快餐,我们坐车然后倒地铁,然后从一条胡同绕进中山公园侧门。此刻已经快八点了,音乐堂门口停满了长长的黑色轿车,大部分观众沉默无声地走进辉煌的灯光里,还有几个司机模样的人在台阶旁边抽烟、聊天。

我们的票是后排靠边的位置,入座之后,我对她说:"脱了大衣吧,要不出去该冷了。"

她置若罔闻,仰着白晃晃的脸,凝视鱼贯而入的观众。一会儿,几个半老不少的男人簇拥着一个穿灰西装、戴着金边眼镜的中年人进来。那中年人稳健地逐级而下,看见两边的座位上有熟面孔,便侧身招手致意,或隔着人伸过手去握一下,把场子里的"自己人"都寒暄到了,才走到前排中间的位置坐好。

"我爸爸。"林渺忽然对我说,同时盯着那个灰色的背影。

"够挥洒自如的,真像一个知识型领导干部。"说完我又后悔了:为什么自己的恭维听起来总像揶揄呢?仿佛在我的语言系统里,这两种意味已经融为一种口气了。得罪男人也就罢了,得罪一个女孩可犯不着。

"一会儿还有更挥洒自如的呢。"林渺明显没心思分辨我的口气了。

弦乐手已经开始调音了,"更挥洒自如"的人才走进来。原来是一个半身不遂的老头子,挂着一根四脚支地的特制拐杖,被人搀进来。林渺的父亲看得真切,立刻站起身来,快步走过来迎接。双手紧握的时候,一道口水从老头子的嘴角甩下来,而他就这么拖丝拉线儿地缓缓走下去,和蔼地对群众挥手致意。前面几排大概让建设部给包了,老头子光跟那些人握手就用了十来分钟。因为挡着了后面的观众,不免嘘声四起,但"圈子"里的人浑然不觉。

"今天的曲子频繁地使用定音鼓,他们就不怕老头儿突发心脏病吗?"我看了眼节目单,又忍不住刻薄了一句。

"别这么说,这爷爷对我爸挺好的。"林渺温和地说。自从她父亲进来,她的两眼就闪闪发亮。

国家交响乐团的指挥谱儿很大,拖了很久才腆着肚子上台,和首席小提琴握手。曲目是里姆斯基-柯萨柯夫的《天方夜谭》,表现惊涛骇浪的鼓声响起,我还真替老头子担了会儿心。按照国内演出的惯例,"主菜"上过之后又加演了几段《北京喜讯传边寨》和《北风吹,扎红头绳》之类的添头,然后灯光亮起,掌声如雷。

退场时,一小撮官员为老头子拨开人流,缓慢地向后排走来。我本以为她会等自己的父亲,但刚想说"我就不打搅了",林渺就说:"我们先走吧。"然后拽着我溜出门口,往黑漆漆的公园里走去。走了几百米,她才回过头望了望。此时她父亲刚把老头搀进一辆奥迪车。

"你不跟你爸的车回去呀?"我问林渺,"现在也挺晚的了……"

"他才没工夫管我呢。"林渺以一种骄纵的怨气打断我,然后要求我陪她去东边的酒吧"喝一杯"。那时候什刹海附近的一片区域还没有兴旺起来,放浪形骸的人晚上只能会聚在三里屯一带,而她说的那个地方比较清静,在农展馆旁边的一条小街里,传闻老板是崔健乐队的管乐手刘元。此人的经典形象留在了一代叛逆青年的记忆中:头戴军帽,用笛子吹奏革命歌曲《扬鞭催马运粮忙》,背景是摇滚乐演出的舞台。

和林渺出去的那天夜里,我们坐在 cd 酒吧昏暗的灯光下谈人生、谈理想。多年之后想起那个情景,我都羞愧得不敢承认自己干过这种事儿:太雏儿了,太做作了。整个儿一日本热血漫画里的男主角。林渺问我以后想干什么,我刚开始说,自己准备学吉他,当一个音乐人,演出的时候也穿军装。但两瓶啤酒下肚,豪言壮语就变成了:"张艺谋那代人根本就不懂电影,那是导演吗?整个儿一染匠,等我拍电影的时候……"

"你不是说要搞音乐吗?"她好心地提醒我。

"你不知道,艺术都是触类旁通的……"

"那你要是当了导演,你想拍一部什么样的电影?"

"你们绝对想不到。"我说,"我不用编剧不用美工甚至不用剪辑,就是在汽车头上绑一摄像机,拍它走过的路——注意,只有路,一直拍到最后,镜头才抬起来,映入眼帘的是一女人的脸——戛然而止,全剧终。"

"这是实验电影吧……"林渺居然真的若有所思起来,"能告诉我表现的是什么吗?"

"我给这个电影起了个名字,叫《我在路上的时候最爱你》,你猜表现的是什么?"

"哦,我明白了。"她笑道,"讲一个男人去见恋人时的心理状态吧?只有要见而未见的时候,才最爱她,但一旦真见了面,就会突然失落了。"

"对,孺子可教。"我说,"这就是偷着不如偷不着的道理——也不是特别实验嘛,中心思想很明确。"

在她的配合下,我跟谁有仇似的抒发着壮志,总结起来只有一句话:我是个不落俗套的人,我将有个不落俗套的未来。

整晚都是我在说,林渺只能在我点烟或喝啤酒的间歇插一句嘴。直到酒吧的客人渐渐散尽,我们也要走了,我才意识到冷落了她,找补似的问了一句:"那你呢?你打算干什么?"

她简短地告诉我:"正在办手续、联系学校,准备出国。学什么也没定,估计不是建筑了,得看人家那边什么专业招人。"

"去美国还是英联邦?"

"都差不多,反正是混文凭。"

"那之后呢?"

"之后没想过。"

说完出租车就来了,我们像两个特务似的,上了车就噤声了。那辆车是北京最后一拨儿"夏利",暖风还坏了,司机在车里也穿着羽绒服戴着皮手套,我们三个人被冻得直哆嗦,再加上发动机也在抖,停车等红灯时四个车门一起乱颤。

事后回想,那天晚上,我本来是有机会对林渺这个人"增进一下认识"的,但就这么被我错过了。出租车把她放在三里河的建设部大院门口,我记得她弯着眼睛,很甜很哆地对我挥手"再见",但因为心情莫名沮丧,我也没和她再说什么。十几分钟后,我在b大南门下了车,穿过鬼影幢幢的校园时,意外地在路灯下捡到一个钱包,但随后发现是空欢喜——钱已经被掏空了,只剩下几张证件,证件照上是个棱角分明的女孩。我将钱包揣在兜里,摸黑拐进小道,摔了两个跟头才找到宿舍楼的门。

此时已经锁门了,好在男生宿舍挂的是"防君子不防小人"的链子锁,喝夜酒的人全都可以自由进出。我猫腰钻了进去,没洗漱就上床睡了,睡得极香极沉,恍惚中仿佛把寒意从身体里逼了出去,冻得整个儿宿舍都挂上了冰碴,只有我一个人的身体是暖和的。

第二天上午,林渺又给我打了个电话,说的却不是上课的事儿,而是问后天晚上有没有时间,又有人送了她两张达利画展的票。"他画的那只大象,深刻极了。"电话那头说。我忽然对这种约会产生了逆反心理:我可以靠卖嘴为她解闷儿,但不可以靠跑腿。即使当一个阔小姐的弄臣,我也愿意选择比较有尊严的那种形式。这是我的另一个劣根性。

而更具体的一个原因是,后天是莫小莹的生日。如果这么重要的日子都要撒谎、失约,那我就太用心昭昭了,我们就都太用心昭昭了。

"我真有事儿,毕业论文快开题了。"我说。随后意识到自己编了个拙劣的瞎话,现在刚大三啊,我把一年以后的借口往前提了。只要上过大学的人都能识破,但林渺"哦"了一声,礼貌地说:"耽误你的正经事了,真抱歉。"

我赶紧说:"没耽误,我真是身不由己。"

对于我的瞎话,她也许是心知肚明的吧。而她会怎么想呢?会认为我跟她在一起不愉快,不愿意再见到她了吗?我琢磨了一会儿,旋即怒斥自己:你有什么资格想这种事?

过了些日子,放寒假了,同学们拎着箱子,像豚鼠自杀一样挤上春运的火车。因为家里没人催我回去,我索性在学校多住了半个月。刚开始,未免被冷清的气氛搞得自怨自艾,但后来迷上了到未名湖上溜冰,每天都过得热热闹闹的。莫小萤有一双漂亮的德国冰刀,再配上她的长腿,在冰面上的姿态潇洒极了,而我则只能拽着她的手,小心翼翼地跟着她。湖边还有人出租木制的小雪橇,我满头白雾地拽着绳子,拉着她在湖面上一圈一圈地跑。她说:"你是一只哈士奇。"我说:"还是让我给你唱一首《纤夫的爱》吧。"

滑完冰,我们到食堂吃饭,然后回到我的宿舍里胡天胡地。晚上出门的时候,她的面色还是绯红的,在冰冷的季节特别显眼。看宿舍的老头心照不宣地看着我们,我们也心照不宣地看着他。

这期间,林渺再没有给我打过电话。我想,也许她听够了我胡扯吧,或者她出国的事儿进入了紧张时刻。总之,我们就这样断了线。

5

你得承认,那些俗不可耐的套话之所以广为传播,是因为它们往往有着它们的道理,就像俗不可耐之人总能受到欢迎一样。套话成了套话,是因为说的人、听的人都没有去深想,而一想之下,玄机可能就出来了。因为上大学的缘故,我有了机会和本来素不相识的异性交往,这段时间最让我深想的一句套话是:缘,妙不可言。

就拿我捡到的那个钱包来说吧,从音乐会回来的第二天早上,我换了一件外套,本来都把它给忘了。正式放寒假的两天之后,莫小莹到我的宿舍里来鬼混,我们两个下了一盘军棋,她忽然皱着鼻子说:"什么味儿?"我指指墙角的垃圾筐:那里堆积着小山一样的生活废物,饭盒、苹果皮、可乐罐、烟头、粘着不明黏液的手纸……男生的宿舍都很脏,但是我们的格外脏。

莫小莹嘟囔了一声:"不会蹿出一只老鼠吧。"就到楼道里找来扫帚簸箕,替我打扫卫生。看到她任劳任怨的样子,我心满意足,突然叫:"停。"然后把一个烟头准确地投进了她手里的簸箕中。

把墙角收拾干净,她又将窗户打开散味儿。冷风带着固体的质感灌进来,吹得她一哆嗦。我就从床架上拽过一件衣服,给她披上。到此为止,大家表现得都很恩爱,但两分钟之后,莫小莹就变了脸:"你那'蜜'够仗义的啊——你花了她多少钱?"

我心一虚,勃然变色:"你说什么呢?"

她劈脸扔过来一样东西:"你说我说什么呢? 她连钱包都

给你了。"我双手接过,这才想起自己捡到过一个空钱包。打开看看钱包主人神情坚毅的证件照,心里充满了侥幸:原来莫小萤说的是她。要是她问的是和林渺去听音乐会的事情,我也只好招了。

我对莫小萤解释:"这是我捡的。小偷把钱拿走,把钱包扔了。"

幸亏在钱包的背面摸到一道刀痕,想必是小偷割书包的时候划破的。我赶紧翻过来让她看,启发她的推理能力。

莫小萤扑哧一声笑了说:"诈你呢。"

我作势说:"你侮辱了我的忠诚。"

"别装孙子了,我还不知道你?"莫小萤笑眯眯地把钱包里的照片拿出来,端详了一会儿说,"不过你就是找'蜜',也不会找这样儿的。"

"何以见得?长得挺漂亮的啊,尤其是鼻子和嘴的曲线,有西方人的立体感——哦,她叫陈力娇。"我和她一起鉴赏失主的长相,又把学生证打开看,是信息管理系的学生,那个系以前叫图书馆系。

莫小萤信心十足地概括我的审美品位:"反正你不喜欢这种刀砍斧凿的长相。"

"是啊,整个儿一新时代的铁姑娘,她应该去念政治系。"我附和。

而莫小萤则长了一个小翘鼻子,虽然脸瘦、下巴尖,但面部轮廓很温婉。她又分析我说:"你这样的人,大男子主义深入骨髓。"

然后她就对那钱包置之不理了,临走才提醒我说:"积点儿德,把证件给人家送回去吧。"

现在已经放寒假了,看身份证上的籍贯,这位陈力娇是吉林省长春市人,她多半已经坐火车回家了。我本打算将钱包送到信息管理系的教务处就算了,但第二天早上临出门,却突发奇想:她恰恰在校园里被偷了钱包,而我恰恰在当天晚上夜归捡到了它,这算不算是一种缘分呢?平心而论,我无意主动寻芳猎艳,更不喜欢陈力娇那种类型的漂亮,但只因为这个念头,就萌发了要见一见她本人的冲动。

于是我拐了个弯,来到信息管理系女生住的那个宿舍楼。看门的老太太不耐烦地告诉我说:"差不多都走光了。"我执拗地说:"帮忙叫一下,有急事儿。"

"来的男生都有急事儿,也不知道是哪儿急。"老太太做了个粗俗的表情,打开传呼机,叫陈力娇的名字。

过了片刻,陈力娇居然下来了。她穿着长筒皮靴,很像色诱革命者的国民党女特务。我把钱包交给她,她热情洋溢地表示感谢,连"送锦旗"这样的话都说出来了。但是看得出来,这是一种例行公事的热络。她拿眼睛盯了我一眼,就再也没认真看过我。

我没话找话地说:"还没回家呀?"

"学生会有个考察活动,下个星期才能走。"她说。

她走的那天,我恰好又在学校门口见到了她。当时我刚吃了一碗牛肉面回来,而她则拖着一只行李箱,在拦出租车。经过她身边的时候,我们正面相对,只有两三米的距离,而她竟然对我视若无睹。我能确定,她不是不想理我,而是根本没认出来。

可见缘分真是妙不可言的。这句话里的"妙",并不是一连串偶然性事件构成的"巧妙",而是一种心情。两个人即使因为机缘巧合凑到一起,没有那种心情,也就无所谓"妙"。就像我和这个叫陈力娇的陌生姑娘。而香港的苦情电影里还有一句套话,常常是女主角泪流满面地对男主角说:就当我们有缘无分吧。所谓"分",是促成两人长相厮守的外部条件,而"缘",还是指的那种心情。人的生活中,有缘无分的悲剧总是少数,有分无缘的漠然才是随处可见的状况。这也能够解释很多人和女同事相处的时间比老婆还多,但一辈子也什么没发生过。费尽心机的"分"具备了,没有一颦一笑的"缘"也是白搭。

最可悲的,莫过于在拥挤的街头见到一张似曾相识的脸,四目相对的那一瞬间,仿佛有无数的往事在心头泛起——但一转眼,人已经不见了,从此再没机会碰上,你能做的只是相忘。

自然而然,也想到了林渺身上:我和她之间算不算有"缘"呢?从目前的情况看,"分"是肯定没了。但这个"分"又是掌握在她手里的啊。假如她想见我,随时给我打电话都可以的。难不成我所感到的"缘"是单方向的,属于自作多情?

再想到莫小萤,惭愧之心顿起。我必须承认,刚跟莫小萤好上,我就对林渺精神出轨了。这倒也不是惭愧的原因,真正的原因是:当林渺消失之后,我却对莫小萤产生了强烈的依赖,随时都想像孩子一样睡在她的长腿上。我觉得这比出去乱搞一把还要对不起莫小萤。

我只好这样安慰自己:精神出轨是有利于我与莫小萤的关系的。我看过一部外国小说,里面有个小号手一天到晚出去拈花惹草,而其心理动机,却是为了让自己对妻子怀有内疚,从而更爱她。的确也是这样,在认识的人眼中,我变成了一个优秀的男朋友,尽职尽责地呵护着莫小萤的感情世界。校园的爱情往往短暂,这是因为男女之间没有什么实质性的障碍,就像干柴烈火,不用多久就能把热情烧尽。很多情侣没过几个月就开始冷漠、争吵、互相厌恶,但我们保持了历久弥新的状态。春节将至,我必须回浙江一趟了,莫小萤到火车站送我,哭得昏天黑地。她很环保地拎了一个肯德基的塑料袋,每擦一遍眼睛,就把用过的纸巾放进去,到了汽笛响起时,那个袋子都快满了。

那个样子,就好像我不是去探亲,而是去送死一样。而等放完寒假,我回到北京,又在站台上看见了一个奔涌的泪人儿,就好像回来的不是一个活人,而是一捧骨灰了。后来回忆起大学期间的归乡路,总觉得整个旅程都是湿漉漉的。路都浸泡在莫小萤的眼泪里了。

"别哭了,脸都皱了。"我从包里掏出一袋天目山笋干,递给她,"补充补充盐分。"

"就哭,哭瞎了才好呢。"莫小萤置气似的说。随后,她又说了一句很煽情的话,"哭瞎了,我就看不见你从我身边跑开了。"

回来后不久,湖上的冰面就咯吱咯吱地裂开了,晴朗的天气也多了起来。又过了些日子,北京飞起了杨花,好像下了一场暖和的雪,惹得行人此起彼伏地打喷嚏。我保持着长期养成的生活规律:旷课、看电影和闲书、去找莫小萤消磨时光。如果说这段时间发生了什么变化,就是我煞有介事地爱好上了摄影。

照相机连说明书都是日文的,我摸索了半个月,才学会了调焦,此后就总是逼迫莫小萤搔首弄姿,供我练习。在 b 大和外交学院拍腻歪了,我们就从圆明园围墙的缺口钻进去,夜深人静的时候,还有人在"大水法"的遗址上拉小提琴呢。有一天,我们正在断壁残垣间晒着太阳,忽然看见一个打领结的新郎扯着新娘的婚纱裙角,自命不凡地单腿跪着,两个摄影师则一左一右,咔嚓咔嚓地给他们照相。这是那两年的新生事物:海淀图书城的街上,也赫然多了几家名为"罗马""巴黎""纽约"之类的影楼,乍一看还以为是"万国博览"。

因为互相对对方的相机产生了兴趣,我和一个摄影师聊了两句,然后又大方地交换了模特,他拍了拍莫小莹,我拍了拍新娘子,倒把新郎灰头土脸地晾在了一边。和这伙人分开后,我却变得心事重重起来,因为突然思考起了一个问题:如果毕业之后没有一技之长,是不是可以尝试着用摄影养活自己呢?

莫小莹则频繁地回头看那对新人。新郎估计有俩小钱,把一辆"欧宝"敞篷车也开进了圆明园,此刻正和新娘坐在车里,做裙裾飞扬状。影楼没给他们准备一台鼓风机,真是可惜了。

她忽然回过头来评价道:"俗不可耐。"

我欣慰地给她抓拍了一张"大脸",觉得自己真没爱错她。

在女生中,莫小莹的穿衣风格算是那种敢开风气之先的类型,倒也不是样式上的激进主义,而是时常走在季节的前边。当别的姑娘还穿着牛仔裤的时候,她已经换上裙子了,赫然露着两条大白腿。再加上她个子高,在路上常惹得行人侧目而视。我也劝过她:"国之利器,不可轻易示人。"但她得意扬扬地说:"多给你长面儿呀。"

暮春的天气结束,她的长腿正式进入了无拘无束的时期,一天到晚在我身边白晃晃地亮着。我总想：要是和她没这么熟就好了，那样的话，抓上一把，一定能体验到一个流氓的狂喜。那天下午，终于有一只知了破了壳，发出夏日的第一声鸣叫，我犹自沉浸在猥琐念头中不能自拔，她忽然感时伤怀地叹了一口气。

我说："怎么了？"

她幽幽地说："我们认识也有快一年了吧。"

我问她："需要召开一个总结大会吗？"

她笑了笑："没那个必要，路还长呢。"

我陡然被莫大的温暖包围，自己都想哭一鼻子了。轻薄的想法烟消云散，在那一刻，莫小萤几乎闪耀着母性的光辉，让我真想做她的孩子。或者她是姐姐，我是她的弟弟也行。这时我才发现，原来自己是一个本性幼稚的人——幼稚的人一旦相爱弥深，就会产生一种冲动。总之，我认为自己和莫小萤已经密不可分，有了类似亲情的联系。再想想我的大学生活，也只有恋爱方面比一般人做得强点儿吧。

因此，我和莫小萤开始同居，虽然理性地分析是外力所致，感性地想想却是顺理成章的事了。

那天晚上，我把莫小萤送回了学校，自己回到宿舍的时候，已经熄灯了。

我认可了我的上铺的理论素养,但确定地说:"真的没有颤。"

大家都很疑惑:和一个肥嫩的异性挤在一米见宽的单人床板上,却连动都懒得动一下,世界上有这样的人吗?书上记载过柳下惠,但是我们不相信现实生活中有柳下惠。胖姑娘第一次造访的那天晚上,我们三个人都几乎彻夜未眠,在燥热中体验着生活的神秘。而第二天早上,我的上铺和他的睡伴侣(注意,不是性伴侣)则精神好得很,明显睡了一个恬静的好觉。胖姑娘还到校外买了油条请我们吃。当天晚上,他们又这么一声不吭地睡了。

"朱门酒肉臭,路有冻死骨。富人的浪费,是对穷人最大的侮辱。"他们恶狠狠地说。

我说:"浪费也是人家的自由,睡吧睡吧。"

他们执意不肯,居然跳下床来,一头一脚握住我这张床的铁架子,摇晃了起来。"你不搞,群众就要逼你搞。"一个口淫爱好者坏笑着说。我睡在下铺,如同荡漾在水面的扁舟之中,也被他们折腾得玩心大起,便配合着摇床的节拍,扭动起身体来。在我们的努力下,床肆无忌惮地发出了嘎吱嘎吱的响声。这才是它正常的状态嘛。

十分钟之后,我的上铺从床帘里伸出脑袋,用一种"树欲静而风不止"的口气对我们说:"别闹了,我真的想休息了。"

后来,大家想到胖姑娘胸口的十字架,便又推测出了第四种可能:他们可能是某个奇异教派的教徒。因为信仰,他们无比纯洁;或者躺在一起什么也不做,正是他们的修行方式。要知道,文科生既无所事事又本能地对形而上的事物感兴趣,信教是很有可能的。

好在胖姑娘神秘地睡了几晚上,又神秘地消失了,我的上铺继续过着清心寡欲的生活。又过了些年,我本来已经变成了一个离群索居的人,却格外想念我的上铺,因为我很想对他讲讲自己和莫小萤、和林渺的关系。胖姑娘之于他,就像她们之于我,大概都是一种说不清道不明的缘分吧。套用一句烂俗的诗歌,她们就像天空中的一片云,偶尔荡漾在我们的波心——转眼之间又消灭了踪迹。她们让我们意识到,人与人之间的关系,并不像我们自以为的那样简单。

但是身为俗人,只能着眼于我们能够理解的关系。因此还是说回莫小萤提出同居的那天夜里吧。我们那间宿舍靠西,夏天很晒,所以屋里闷热难当,确定胖姑娘没在,我就只穿一条内裤,站在窗口抽了一根烟。然后我刚要去打水洗脸,电话就响了。

我接起来,是莫小萤:"你回去了?"

我问她:"怎么啦?你在楼道里吧?"

她嗯了一声。女孩的集体生活更有秩序,入夜后不在屋里打电话是她们共同的约定,因此莫小萤常常把电话线拽到门外跟我聊天。我本以为她只是意犹未尽,想跟我在语言上腻歪一会儿,于是说:"我给领导提个意见,领导太不注意休息了。"

没想到,她却响亮地抽泣了起来:"你快把我接出去吧,我在这儿一分钟也待不下去了。"

我管同屋的人借了自行车钥匙,穿上衣服飞奔下楼。沿着学校门外的马路往北骑时,我的脑袋里仍是一团雾水,猜不出莫小萤出了什么事,她又能出什么事。即使夜已经深了,西苑一带仍然人来人往,小饭馆里挤满了宿醉的学生,马路中间的夯路机吼声如雷。这样繁忙的景象,让我心里稍微踏实了一些。我在颐和园新建宫门路口拐了个弯,从侧门穿进了外交学院。

莫小萤已经在楼下的花坛上等我了,脸被月光照得苍白。我还没说话,她就蹿上了自行车后座:"先找个地方睡觉,我困死了。"

我便含胸埋头奋力骑行,带着她在大街上找旅馆。b 大的学生开房常去南门外的"海淀旅馆",那儿有六十块一天的单间,我和莫小萤住过好几次;大手大脚的公子哥儿则会带着女朋友去"资源宾馆",那是一家校属产业,缺点是有可能碰见前来开会的老师。但是我已经很累了,实在没有劲头骑回学校那边,看见有一家灯光昏暗的"燕北宾馆"便拐了过去。进了房间才想起这块地方叫燕北园,也是 b 大的教师宿舍,系里好几个老头子都住在这里。

宾馆房间倒是出乎意料地敞亮。莫小萤到卫生间去洗漱的时候,我干脆歪在床上睡着了。不知过了多久,她拿自带的毛巾包着头发出来,用指甲尖锐地将我掐醒,勒令我去刷牙洗脸,然后箍着我的脖子和我接吻。

整个儿过程,她都像警犬一样在我的肩颈上嗅着,仿佛寻找什么。一番折腾下来,我实在累得快要虚脱了,又想起莫小萤肯定有话要向我倾诉,只好歉意地声明:"实在对不起,我必须得睡了,明天早上再说行吗?"

"我也没要现在和你说呀。"莫小萤亮晶晶的眼睛终于有了笑意,"看见你,我就踏实了。"

于是我如释重负地睡去。第二天早上醒来的时候,莫小萤已经穿戴整齐,正在准备早餐呢。她的单肩包里放着面包、果酱,连速溶咖啡都有。看到东西准备得这么齐全,我都怀疑她这次从宿舍里出逃是蓄谋已久的了。

我拉开窗帘,抽上一支烟,透过被阳光照成蓝色的烟雾问她:"到底怎么了呀?"

看见她晴朗的脸色变得阴郁,我觉得自己简直像在逼问她。莫小萤望着阳光发了会儿痴,用委屈的语调说:"白天再想想那件事,就没那么可怕了。"

不过她说了之后，我还是觉得挺可怕的。其实跟莫小萤没关系，是她们宿舍的两个女生闹矛盾。外交学院的宿舍比 b 大的大很多，一间房要住八个人，都是一个专业的。人一旦多了，自然就会阵线分明：两个学习好的常傍在一起，三个上海女孩同出同进，剩下几个都有了男朋友，不怎么在宿舍里待着。这一次却是"白专路线"的内部分裂——系里分配下来一个到法国交流一年的名额，班里的第一名和第二名都在争取，竞争了两个月，校方没把人选定下来，两个好学生却闹僵了。原本，她们每天都结伴到图书馆上自习，并且互相鼓励，不要荒废好时光，不要被以莫小萤为代表的享乐主义风气带坏。但最近这些日子，她们不光不说话了，而且开始互相翻白眼、甩脸色，跟别人背地里说对方的坏话。上个星期，也不知是哪根导火索被引燃，第一名和第二名在宿舍里大吵了起来，她们猛烈揭发对方："你背地里耍手段！你给系主任送礼！你半夜去找系主任谈心！"听起来，她们"搞小动作"的手法如出一辙，但第一名的面子更加挂不住，因为她长得比第二名漂亮许多。同是半夜找系主任谈心，漂亮的女生和不漂亮的女生意味是不一样的，人们很自然地怀疑她色诱了那个老鳏夫。第一名却又不能说你也去了，人家都懒得看你，那样的话就不是好学生了，而是厚颜无耻的荡妇了。第二名仗着丑，狠狠地羞辱了第一名一番。大家看实在不像个样子，就一起来劝。本来以为这事就这么过去了——但是晚上,莫小萤睡不着,正想起来给我打个电话,却看见宿舍里飘荡着一个鬼影,正是第一名。她无声地摸索到墙角,拎起一个暖壶,走到第二名的床前,端详着过去的朋友。

莫小萤说,她的心提到了嗓子眼,仿佛堵住了声道,想叫也叫不出来了。假如第一名把暖壶盖拧开,将半壶开水浇下去,她也只能眼睁睁地看着第二名被烫成一道北京名菜"扒猪脸"。好在第一名只是比画了两下,最终还是没有那样做,她仿佛幽幽地叹了口气,便飘回床上躺下了。莫小萤心悸了好久,才昏昏沉沉地睡着,本以为这件事情就这么过去了,但第二天晚上又睡不着,又睁眼,又看见第一名拎着暖壶站在第二名的床前,沉思。

这样的情况一直持续了五六天,给莫小萤造成的心理负担越来越大。她害怕哪天第一名突然想通了——或者想不通了——那瓶开水就浇下去了。她也不敢把事情告诉第二名,因为那样一来,第二名会不会也备上一壶开水,反浇第一名呢?她更不敢劝第一名别这么做了,那会让对方发觉事情败露,迁怒于自己——没准哪天,开水就要浇到她莫小萤的头上了。

暖壶变成了悬在宿舍上方的达摩克利斯之剑,而无辜的莫小萤反倒成了唯一提心吊胆的人。那天晚上给我打电话,是因为她真的受不了了。看到第一名放下暖壶爬到床上,她忍着呜咽冲了出去。

而刚开始,我本打算让她回家去住好了。虽然路程稍显遥远,但也就是倒两次公共汽车的事儿,反正我无所事事的,也可以送她。但莫小萤坚决地否定了这个提议,她说:"我妈最近更年期,闹得有点儿厉害。"

这就跟更广泛的社会现象有关了:当年七月一号开始,股市跌得厉害,把她妈妈的私房钱套得牢牢的。我的准丈母娘不仅失眠、盗汗,而且特别爱找人吵架,她爸爸常年不在家,就主要斗争莫小萤。这一切的一切,说起来还是得感谢厉先生。厉先生不仅影响了全国人民的经济生活,还影响了我的爱情生活。

在这种大背景下,我提出一起到外面租一个房子住,就是水到渠成的了。

我以前也动过这个念头,但是都被莫小萤否决了。她那时候说:"并不是我封建,我是怕咱们在一起耗久了,就会对对方失去兴趣,互相厌恶起来。他们说,很多人谈恋爱的时候还好好的,一同居就飞快地坏了下去。你看学校里那些分手的,也都是同居的人。"我反驳她说:"那也总有住在一起的那一天吧,难道我们要一辈子都偷情吗?"她说:"谁管得了以后呀?反正我想的就是怎么让咱们眼下好。"这种不考虑未来的潇洒气度让我折服。我那时候也觉得,考虑未来是俗人才干的事儿。

但是现在,莫小萤的口风又变了。我说:"要不我们就出去住好了。"她爽快地说:"好呀,好呀,深得我意。"我是个嘴贱的人,得逞了却又想拿以前的话噎她:"你不是说,怕我们耗久了就互相厌恶吗?"但莫小萤说:"如果我们之间的好感就像一杯水,那么我们应该一滴一滴地喝呢,还是一口一口地喝?第二种喝法更解渴吧。至于能喝多久,就取决于水有多少了。"言下之意,一天就喝干了也不是不行。正话反话都能说得这么潇洒,莫小萤真是一个睿智的人。

因为出去住的学生太多了,再加上考研的人常年攒聚在学校周围,南门外两个小区的房租都被炒得很贵。房主都是几个老工厂的职工,后来厂子被收购了,就指着房子过日子呢。他们夹着劣质烟卷,傲慢地接待一拨又一拨看房的年轻人,常常在人家刚定下来时突然提价。我盘算了一下自己和莫小萤的积蓄,明智地放弃了这里。学校西门外面,还有一片没来得及拆迁的平房,那地方叫"挂甲屯",这个倒有些"将军挂甲"之意。不过我到那村子里转了一圈,一点也没看出与名将有关的气象,只看见杂乱的人群拥挤在泥泞的路上,垃圾和尿被随意泼在厕所门口。每个小院都在加盖简陋的房屋,一是为了多租个几百块钱,二是为了有朝一日拆迁,多补偿些面积。在刀削面馆门口,还徘徊着一条独眼的母狗,它的体形病态地肥大,一排乳头摩擦着地面。这里的居民都亲切地叫它"八戒"。

"住当然可以住。"一个房东大婶爽快地对我说,"只是不知道你是一个人住,还是两个人住。"

"两个人,跟我女朋友。"我实话实说。

"那就麻烦了。"

"有什么麻烦的?"

她拍了拍中空的石膏墙:"这个隔音效果,你得有心理准备。我看你也是过来人了,就不遮着掩着了——晚上想叫唤的时候,得憋着点儿。"

为了保证叫唤的权利,我拔腿就走。大婶在我身后不屑地说:"那有什么的呀,我都憋了一辈子了。"

近处找不着安身之所,我就坐上公共汽车,一路往北去。感谢国家的好政策,前些年"上地"一带还是一望无际的农田呢,现在突然摇身一变,成了"电子科技园区",一片簇新的高楼原地拔起。那边小区的房主,大多是早先的农民,一户起码分了两三套房,自己住小的,大的租给上班的外地人。我打听了一下价格,居然出乎意料地便宜,一千多块钱可以租下一套南北通透的两居室了。

那个时候房产中介还不发达,我只能在社区门口的报刊栏搜罗出租的小广告。房主们都很细心,他们把价格、面积、楼层写在信纸的上半部分,下半部分则竖着并列几排电话号码,再用剪刀剪开,供寻租者撕取。看看房源充裕,我也挑剔了起来,给自己制定下原则:和房主合住的不租,住了一群男青年的不租,家具太旧的不租……挑来挑去,只有一套"点式楼"中的两居室符合标准。房子还没住人,位处二楼,家具基本齐全,客厅的阳台正对着一片荒芜的草坪,下午的阳光洒进来,实木地板闪闪发亮。我很诧异,出租的房子装这么好的地板干什么?

"原本是给我儿子结婚用的。"房主直言不讳地说,"后来那小娘们儿跑了,外面有人了。我儿子一气之下到深圳挣钱去了。"

"装修得这么漂亮,可惜了。"我虚情假意地表示同情,"你们可以到法院去告她,让她赔装修的钱。"

怀着对"那小娘们儿"的感激,我火速回去,向莫小萤汇报了情况。这时又碰到了难题:房主坚决要求房租半年一付,这将会把我们的积蓄全部耗尽,连置办生活用品的钱都没有了。

"先租下来,"莫小萤果断地说,"找个可心的地方不容易,到时候再把其中的一间转租给别人就行了。"

我依计而行,先给房主交了租金,又在小区门口贴出了"合租"的广告,然后厚着脸皮通知学校里的朋友们说:"我又揭不开锅了,欢迎大家踊跃捐款捐物,为我们共创美好的家园。"

"你说的'我们'是谁?"几个常和女朋友出去开房的家伙满眼放光,"大家都可以轮流去用吗?"

但是吃人家的嘴短,拿了人家捐助的床单、窗帘、食用油之后,我不得不随时接待那群狐朋狗友来玩儿。

"怎么连床都没有？"女人们抗议道。

每次走的时候，他们都优雅地从钱包里掏出一百块钱，交给我："比到宾馆便宜多了。"我想想还有许多东西要买，便忍辱负重地收下了。

"你认识的都是什么人呀。"莫小萤气得直咬牙，"再来个抽大烟的就全了。居委会要把咱们举报了，都够判半年劳教的了。"

"要忍得了一时。"我开导她，"你看，又是一百，我们晚上去宜家买两条毯子。"

半个月后，有个木讷的电脑工程师租下了那个劣迹斑斑的房间。刚拿到第一笔租金，我就气势如虹地踹门，把屋里的一对男女轰了出去。

有了钱以后，莫小萤发挥了她对居家过日子的三天热乎劲儿，置办了锅碗瓢盆，在书架上装模作样地摆了一排课本，又到"金五星"旧货市场买了一台二手影碟机。我们一人端着一碗面条，窝在沙发上看冯小刚的贺岁喜剧。过了一会儿，电脑工程师从房间里出来，窘迫地提醒我们："能不能小点声？我还在加班。"我们就管他借了只耳机插在电视上，一人塞一只耳朵，头碰头地看。

"成家就是这个感觉吧。"莫小萤感慨。

"以后有了儿子，他高考的时候，咱们也这么看电视。"我歪着脑袋说。

莫小萤一度还要养一只狗,被我坚决否决了。那太玩物丧志了,我毕竟还是一个学生嘛。

6

和莫小萤的同居生活,险些把我过成了一个知足常乐的鼠辈。两个月后,我连逛早市的习惯都培养了起来:每天清晨六点起床,坐一站公共汽车,到"二炮"司令部对面的菜市场去买便宜的黄瓜、西红柿和猪肋排。和我一起拎着筐乱转的,都是些退了休的老人,他们教会了我好几种家常菜的做法:烧排骨可别忘了放糖,要不一点味儿也提不起来。

白天我们还是会去学校的,因为莫小萤不打算荒废她的学业。她上课的时候,我就到 b 大的操场上继续打篮球,或者到旧书店去逛逛。晚上"回家"的时候,看着街上奔忙的人流,心里不禁涌起一阵窃喜:在这个城市里,有一个空间和一个姑娘正等着我呢。回到屋里,莫小萤已经把菜切好了,等着我来掌勺。热腾腾地烧上两大碗鱼肉,我们就叫电脑工程师一起来吃。作为互惠互利,他从单位偷出来好几张游戏光盘,够我们消磨许多个晚上的了。

随着亲密关系日渐稳定,我们的生理方面也发生着微妙的变化。以前我去药店买避孕套,买的都是三个一盒装的。而现在,则可以买十二个一盒装的了,透着"整存整取"的稳定感。有一天,莫小萤忽然翻出卫生巾去了趟厕所,回来欣喜地说:"日子变了。"

我说:"失调了有什么高兴的?"

她说:"过去一群女生住一块儿,大家的荷尔蒙互相影响,来例假都是一块儿来。现在,我终于不大拨儿轰啰。"

在来例假这件事情上,莫小萤获得了脱离群众的快乐。在过去,她基本上也算得上一个开朗、乐观的姑娘,偶有伤春悲秋的小情调,也尽量不给别人找麻烦,而现在,随着家居生活的深入展开,她的脸上更添了一分安详。这让我很欣慰,觉得自己做了一件天大的善事。

当然,也不是没有磕磕绊绊的时候。比如有一天,莫小萤在床头剥着橙子,忽然对我说:"以后我要能当一个家庭妇女就好了,不上班,就在家吃喝玩乐。"我立刻打消她这种少奶奶的想法:"你好歹也算学了一门技术,应该劳动。再说不上班吃什么呀?"

"靠你呗,你养着我。"

"我还想吃软饭呢。"

她扬起光溜溜的腿踹了我一脚:"真没用。"不知道为什么,我突然禁不起逗了,勃然作色地反击她,一巴掌把她推到地上。

我自己说自己没用行,那是谦虚的美德——别人可不能说我。

莫小莹看着腿上绽红的巴掌印,咧嘴哭了两分钟,然后拔腿就跑,摔门声吓了我一跳。我对着窗外的路灯抽了两支烟,气才渐渐消了,又奇怪自己怎么跟狗似的,说咬人就能咬人。大概是赋闲太久,体内滋生了一股子邪火吧。随后,我不由自主地担惊害怕起来:这片新小区里的居民不多,外面也还很荒凉,常听黑车司机说起单身女性被侵害的事情。想到这儿,我赶紧下楼去找她。

我像一只走错了门的鸡,在院儿里绕了两圈,又到空无一人的马路上徘徊许久,也没看见莫小莹。这让我真的慌了神,三步并作两步地往"西北旺"乡的农田里跑过去。两条狗远远地对我叫了十分钟,而我则在风中呼唤:"莫小莹——莫小莹——"

嗓子都喊劈了,我只好往回走去,想到联想公司新建的总部大楼附近去看看。但路过小区的时候,却看见莫小莹正在报刊栏旁倚柱而立呢。她抱着胳膊,目光悠长地看着我。

"我浑蛋行了吧?"我低声下气地对她说。

"其实我一直在这儿躲着呢,"莫小莹得意地说,"就是要看你着急不着急。"

回到屋里,她满意地总结说:"你表现还不错。"

"你表现也不错。"我说,"以后再跑,也得像今天似的,先保证自己的安全再气我。千万别扎到黑灯瞎火的地方。"

她本来说:"好。"后来又反悔,"那不行。那样你该不害怕了。"

像这样的小规模冲突又闹过几回,莫小萤也不说我没用了,而我反倒惴惴然起来,琢磨着自己是不是应该突击一下功课,考个研究生。能在学校多混两年,就可以暂时不用琢磨养家糊口的事情了——再说我念的毕竟是 b 大,家里人还可以到外面吹嘘呢。

另外的麻烦则是别人造成的,首先是莫小萤家里。自从搬出来住,她就开始和她妈斗智斗勇,而局势的变化,又取决于我们国家通讯事业的发展。刚开始,她在我们的房间里给她妈打个电话,就算交差了,但是后来,她家的电话装了来电显示功能,再这么着无异于自投罗网,于是只好吃完饭再坐车回学校去,用宿舍的电话打。有一阵子她妈新买了一部手机,特别爱用那东西给莫小萤的宿舍打电话,打通了也没事,就是"试试信号"——这可害苦了我们俩,我得在外交学院的花坛里呆坐到十一点,一直等到莫小萤确定她妈睡了,才骑着自行车把她驮回去。好在后来她妈的股票狠涨了一轮,莫小萤就撒娇耍赖地向她妈要了一笔钱,给自己买了一部摩托罗拉手机,就把困难都解决了。由此,莫小萤全家都进入了移动时代。

其次的问题是我们的室友常变常新。电脑工程师住了不到三个月,就到上海找工作去了,此后我们必须招租新房客。因为整套房子的租金是我们交的,那个单间每空一天,我们就得从伙食费里往里贴补几十块钱,要是一两个月没人住,就只好守着大房子饿肚子了。倒也怪了,每拨儿新房客都在我们这里住不长。先是一对和我们一样的情侣,男的是我的校友,b 大西语系的,女的是人大新闻系的。他们也很喜欢电影,张嘴闭嘴都是"基洛夫斯基的电影哲学",但是没过多久,他们就分手了,男生先回了宿舍,女生泪流满面地坐在客厅里,一张一张地掰着男生积攒的电影光盘。我看着可惜,就说:"何必拿东西泄愤,你要不想看见它们,干脆送给我们得了。"于是我的书架上就多了两百多个小时的"长镜头",到毕业也没看完两部。

紧随电影爱好者之后的,是两个浓妆艳抹的女孩,并不是学生。但是女孩们搬进来的时候,扛着几十个蛇皮袋:原来她们在对门新开的超市里租了一个摊位,卖衣服。那些日子,赶上有些过于新潮的样式卖不出去,她们就免费赠送给莫小萤。不过好景不长,等到上地那儿又开了一家大商场,女孩们的生意就被彻底挤垮了,她们只好把摊位转租给卖糖炒栗子的。

此后的房客更是走马灯,有的人居然只住半个月就要搬家,让我们觉得自己简直像开旅馆的。而这个世界上,漂泊的人就是这么多。

到了大四下半学期,我们终于碰到了一个靠谱的房客。那是个邮电大学的博士生,叫陈浩超,学电子通讯的。他已经念到第五年了,还没有写出毕业论文,因此我判断他的博士还会经久不衰地念下去。我喜气洋洋地对莫小莹说:"也许等咱们搬走了,他还要在这里住下去呢。"我们很快又发现,这家伙之所以迟迟不能毕业,是因为迷上了一件特别不靠谱的事情:创业。他逃学创业,休学创业,眼瞅着就要辍学创业了。至于创业的内容,则是五花八门,办网站、开饭馆、跑广告……用他的话来说,短短的几年,已经经历了"五六个行业了",至今还在追逐他的"第一桶金"。在创业的过程中,他还把自己变成了一个商业界的故事大王,如果举办一个"资本家八卦知识竞赛",问一些"股神巴菲特最爱喝什么饮料""霍英东为什么喜欢洗三温暖""李嘉诚的第二个儿子搞上了哪位女明星"之类的问题,抢先按铃的一定是这位陈浩超。丁零丁零,他和他们熟得就像一家人。加十分!

平心而论,这个人长得还是挺聪明的:面白肤嫩,咀嚼肌很发达,两颗蚕豆形状的眼睛放着精光。但是你不能和他聊天。记得他第一次来看房子的时候,看见马桶盖儿有点松了,就语重心长地对莫小莹说:"细节,细节决定成败啊。"我们眼瞪眼地想了半分钟,也没琢磨出一个和拉屎有关的细节,究竟能决定什么成、什么败。后来他付了我们三个月的房费,我一感动,便搞了一顿涮羊肉作为欢迎他入住的小仪式。才喝了半瓶啤酒,他就高了,脸红得像个螃蟹,亢奋地重复着一句话:"三千万,谁要给我'风投'三千万……"

他还有一个习惯,每天早上起床,还没刷牙洗脸,就先叽里咕噜地说一段英语。语速之快、发音之清晰,让莫小萤这个学外语的人都吃了一惊。我问他:"你是在给舌头做广播体操吗?"

"不。"陈浩超认真地解释,"我是在训练自己一分钟演说的能力。你知道,美国的投资银行都在一百多层的高楼里,电梯从一层上到一百层,也就一分钟的时间。如果我有幸和那些银行家共用一部电梯,就必须在这短短的一分钟里把我的项目从头到尾说清楚,人家要是感兴趣,下了电梯就签支票。"

也是台上一分钟,台下十年功的道理。如果把全套的《商业观察》杂志、《财富》杂志塞到一个充气娃娃的脑袋里,制造出的新物种一定是陈浩超。而他的言行中充斥着勤奋、专注以及"主流价值观",也让我时常感到自己的渺小和虚弱。我偷偷问过莫小萤:"你对这个人的印象怎么样?"莫小萤清脆地告诉我:"我认为,这人就是一个傻×。"

"你太刻薄了,人家也有人家的理想嘛。"我笑着说,"没准哪天真能发了。"

换个角度理解,你也可以把陈浩超这种状态的"创业"视为一种流行病。就像此前的传销、"某某神功",此后的国学热、养生热一样,都是一些病罢了。恰好在我们上学的那两年,创业病发作得比较泛滥,学校里充满了无数个做着精英梦的陈浩超。如果他不影响别人的生活,那就不失为一个好邻居,毕竟他干净、有起码的礼貌、按时交房租。本着和平共处五项原则,我们和陈浩超合租一套房子,倒也相安无事。

直到有一天,他把他的"女朋友"引见给了我们,事情就起了变化。

当时他已经在这里住了半年,我和莫小莹都进入了大四,眼瞅着就要毕业了。莫小莹他们那儿的程序很复杂,需要经过一系列严格的口试、笔试,才能拿到文凭;而我们就简单多了,只要尽快把英语四级过了,再攒出一篇万把字的论文就可以。我的论文题目是:《黑格尔的美学思想与孙子兵法之比较研究》。班主任认为我的这个立意很好:"看得出来,这些年你虽然没怎么上课,但还是读了不少书。"我则知趣地对他说:"您放心,拿到毕业证我就从学校滚蛋,绝不再给您添麻烦。"

那半个月,我一直在房间里攒论文,却发现陈浩超总是在观察我。当我下楼买饮料、跑到客厅抽烟、夹着闲书上厕所的时候,总能感到他滴溜溜转的眼睛在跟踪着我。那段日子正赶上韩日世界杯,只要有球赛的日子,我在电视前"休息"的时间就要远远长于写文章的时间。阿根廷队被淘汰的时候,我差点把沙发咬出一个洞来。而陈浩超呢,名为和我一起看球,却总是扫我一眼,再扫我一眼,让我后脊梁发麻。

最后我受不了了,决定打开天窗说亮话:"如果你是一个同性恋,那我告诉你:我誓死不从,给钱也不从。"

陈浩超羞涩地低了低头,说:"那肯定不是。"

我说:"那你老看我干吗?"

"我是想研究一下……你明明长得不怎么样,为什么会有女孩喜欢你呢?"他说。

"只有莫小萤一个人喜欢我,你可以认为她瞎了眼了。"我说,"对了,你是不是暗恋她?"

"那肯定也不是。"陈浩超居然说出了一个日本电视剧里的措辞,"她是个很好的姑娘,但不是我喜欢的那个类型。"

哈哈,我猜这个财迷发春了。认识这么久,我还从来没听他说过女人的事呢,大概是对成功的渴望压抑了他的内分泌。而现在,终于压不住了,人性焕发了。话说回来,他都快三十了,再不发春可就真晚了。

"不是莫小萤我就放心了。"我兴致勃勃地说,"那你喜欢什么类型的呢? 有没有既定目标?"

"我最近认识了一个姑娘,印象很好,想和她深入了解一下……"

我说了句下流话,然后鼓励他有枣没枣先打三竿子。跟女性接触得越多,我就越觉得她们深不可测。男的都是一些头脑简单的蠢货,你永远没法理解那种高级生物的真实想法。而在求偶的本能冲动下,你也只能一个接一个地碰下去,碰下去,并希望在把脑浆子碰出来之前,能碰上一个恰好把你当个人看的"她"。我知道自己没什么魅力,只不过是运气比较好,迅速碰上了莫小萤而已。这就是我在爱情方面的经验总结。

陈浩超又请教我,在心仪的女性面前应该做什么、看什么、说什么,最重要的是最后一条,什么话题才能激起"她"的兴趣。

我只好说:"说普通话。千万别搞什么一分钟演讲了。"

此后,陈浩超又吞吞吐吐地对我抒发了他对"那姑娘"的倾慕之情,听明白了他的意思以后,我就很后悔跟他聊了这么多了。他说:"漂亮不漂亮倒是其次,学历什么的我也不看重……关键是,那个姑娘的背景很'深',她爸爸马上就要当上咱们国家最年轻的副部长了……我算是看透了,在现在这个世道,背后没有人,是很难成功的,我长期以来欠缺的,也是这么一个比较好的平台……她愿意和我先接触一下,这对我而言是一个机遇,如果把握好了……"

过去,我认为陈浩超只是一个小小的傻×,而现在,我认为他是一个病入膏肓的傻×了。我拒绝再和他探讨这个话题,但是陈浩超的兴致越来越高。还没有和"那姑娘"看过一次电影呢,他已经幻想着从"岳父"手中拿到"批文"的美好前景了:

"红头的!"

更让人厌恶的,是他居然进展神速。用他的话说,"那姑娘"已经"初步选定"了他,正在进行"考察"。她带着他去过几次大公司和外国使馆的"招待会",到场的都是"有一定层次的人"。奔三张儿的人了还穿日版卡腰短西服,头上抹半瓶摩丝。他还专门在家练习过喝红酒的方式方法:摇一摇,闻一闻,吮到嘴里涮一涮。

最重要的,莫过于晋见下任副部长时的表现。"那姑娘"透了好几次口风,在"爸爸不忙的时候",他可以"到家里去坐坐"。这个美好的前景让陈浩超心神不宁,他开始迷惘、焦虑,没来由地精神紧张,像极了莫小萤她妈的更年期。我都想送他一盒"九芝堂驴胶补血颗粒"了。后来他发现一个省电视台正在重播一部反腐题材的电视剧,很快便看上了瘾,每天晚上坐在地板上揣摩应该如何与"那个位置的领导干部"对话。没过几天,电视剧里的那个干部就被抓进去了。

陈浩超被强烈的意淫折磨了一个多月,终于有一天,他轻轻敲开我的门,长舒了一口气说:"成了。"

他告诉我,"那姑娘"接受了他。也没有明确的口头协议,但是他送她回家的时候,鼓起勇气抱了抱她,闻了闻她的头发,姑娘没有大嘴巴抽他。他又不确信地问我:"这就算成了吧?"

"算成了。"我只好说。我同时想,这个姑娘的脑袋里一定进屎了。

"那你们——两天以后有没有时间?"陈浩超犹豫着问我。

"干吗?"

"一起吃个饭吧。我对她提起过你们,她也想见见我的朋友。"

可以想见,陈浩超这个人没有别的"朋友"了,说起来也挺可怜的。当然,我答应他的最主要原因,还是因为他许诺在著名的"马克西姆"餐厅请我们共进晚餐。从改革开放初期,那里就是为有钱没处花的人准备的,时至今日已经变成了一件昂贵的古董,参观意义远大于吃饭。

当然,陈浩超要求我穿西装出席,被我坚定地拒绝了:"我没有。想让我穿你给我买去,而且我只要'纪梵希'。"

吃饭的那天,我和莫小萤从中关村坐车到阜成门,换上地铁二号线,在崇文门站下车,往东走了一百多米,便看见马克西姆的门脸了——就这么一段路,陈浩超还详细地为我们画了一张地图。又是一个夏天快到了,"地铁二环"的辅路上,杨树叶子碧绿地铺展开来,把半边天都遮住了。老城区的居民神色漠然地骑着自行车回家,路上充斥着丁零丁零的声响。十年以前,二环路里的北京还有着和新兴地区截然不同的气氛,一砖一木都保留着落寞的尊严。小时候,我在长安街的西延长线上住过很长一段时间,算是半个"北京人"了,但对所谓"城里"仍然陌生得很。我想,莫小莹的感受大概和我差不多,她父母也是20世纪80年代中期才从西安的一所工科院校调进航天大学的。我们看看表,离约好的饭点儿还差半个多小时,便溜溜达达地继续向东散步,一直到了东交民巷才正对着夕阳,眯着眼睛走回来。

"走饿了吃得多,吃黄了丫的。"我嘻嘻哈哈地对莫小莹说,"对那种卖身求荣之辈咱们不能姑息。"

进入马克西姆阴暗的大堂里,我不禁打了两个冷战。才刚五月,他们已经开起空调来了。而随后,一轮新的冷战席卷了我——我清楚地看见林渺坐在靠角落的一张四人台边。

陈浩超热情洋溢地迎上来和我打招呼。因为他穿着一件亮闪闪的黑西服,和服务员难分彼此,我在恍惚中差点对他说:"给我们换个暖和点的地方。"

然后他为我们做介绍:"林渺,我女朋友——陈骏,莫小莹,用你们北京话说,我们得算'瓷器'了吧。"

说完,他夸张地用力搂我的肩膀。我很想对他说一句:我没有抹香水的男性朋友。而落座之后,我一直盯着"陈浩超的女朋友"林渺:上次见她还是冬天,那时她打扮得像个可爱的洋娃娃;而现在,她明显瘦了,皮肤也不那么过分地白,有点向小麦色靠拢了。很多女孩都会痊夏。

过了很久,我才对林渺点了点头——肩颈动作僵硬,有点像日本人自杀之前的"拜托了"。我还想问她"这些日子怎么样",但瞥了瞥旁边的莫小萤,就止住了。

"头次见啊。"林渺对我端庄地笑笑。她的语调平缓,透着那么点儿漫不经心,足以将自己和所谓"胡同妞儿"划清界限。我则开始回忆:当初那个林渺也是这样吗?

"人跟你说话呢。"莫小萤捅了捅我。我这才打了句哈哈:"头次见,头次见。"

莫小萤则装出自来熟的样子,对林渺笑道:"他这人就这样,看见漂亮女的就精神迷乱。"

林渺双手捂嘴,做了个很可爱的"吃惊状",然后开始了陌生人见面之后的例行公事:你们在哪儿上学呀?念的什么系?啊?哲学系?男生念哲学系的可不多。

"那你呢?"我挑衅似的反问她。

"我都毕业好长时间了。"她凝视我一眼,"我是建筑系的,女生念这个的也不多。"

然后,陈浩超仿佛一个常客似的抬手击掌,告诉服务员我们要点菜。我要了七成熟的牛排,莫小萤要了鳕鱼,陈浩超和林渺商量了两句,决定跟我一起吃牛肉。说到喝什么的时候,我坚定地要求上威士忌——不给陈浩超"摇一摇闻一闻"的机会。但在林渺和莫小萤的要求下,她们还是又要了一瓶"九五年的拉斐"。

很多人一口咬定马克西姆的菜"非常纯正",如果他们说的是对的,那么我承认自己是个土鳖。那种又冷又淡的吃法很不合我的口味,要让我挑的话,我宁可到莫斯科餐厅吃一份富含胆固醇和脂肪的奶油烤杂拌。好在这里环境好,大家迅速垫巴饱了,装模作样地用餐巾摸摸嘴,开始聊天。陈浩超固然极力把话题往他的创业方面引导,他先说自己曾开办了"中国第一家通信器材专业网站",然后以很高的价格卖给了国外的一家电子商务公司。但据我所知,他那个网页从来没超过二十个会员,还是他巧言令色地骗师弟师妹们注册的;后来因为倒卖走私手机,直接被校方的"网管办"查封了。陈浩超又说,他现在认准了"物流是个前景远大的市场","缺的就是铁道部的批文,有了车皮就有了平台"。这个意向我前两天也听说过,当时他问我,缸瓦市的赃物自行车是什么行情,雇几个民工开个快递公司能不能赚钱。

果不其然,两个女孩对陈浩超的理想乃至他这个人都不感兴趣。她们敷衍了几个拟声词"哦,哇,啊?",然后就叽叽喳喳地聊别的了。你的包包真好看,哪里买的?其实也是大路货,打折的。挺好的挺好的,很衬你的脸色。哎呀别说脸色了,我都黑了。黑点儿白点儿其实都无所谓,熊猫也无所谓,质地细腻比什么都强。老啰,眼瞅着就过二十五啰。

这俩人倒是一副相见恨晚的样子,不光话儿越说越密,过了一会儿林渺还问陈浩超:"你们两个男的坐在一边好不好?让我们挨近点儿。"莫小萤坐到了她的身旁,两人益发亲密地咬耳朵,不时抬起眼睛,内涵丰富地瞥一眼我或者陈浩超。这么快就发展到了一起品评男人的地步,这真是我没想到的。

陈浩超自然很尴尬,我则乐得悠然自得地抽烟喝酒。莫小萤扇了扇我的烟,说我"讨厌",然后又对林渺抱怨:"这人一身的恶习。"两人的话题由此转移到了我身上,莫小萤兴致勃勃地向林渺揭发我的隐私:上厕所必须带报纸,时间还特别长;从来不穿带领子的衣服,怕衬得自己脑袋大;臭脚,每天换两双袜子也是臭脚——诸如此类。

"不必在细枝末节上做文章。"我笑眯眯地对莫小萤说,"你要觉得找我亏欠了自己,也可以开诚布公嘛。"

"谁一天到晚拉着个脸,好像对整个儿世界有多大不满似的?"莫小萤反问我,"我还纳闷呢,我对你够好的了,你到底想找个什么样的?"

她甚至指指林渺:"她这样的行不行?"这个玩笑开得我心惊肉跳的,而林渺竟然无动于衷地继续侧头看着我。

我赶紧把眼光挪开,过了一会儿才稳住阵脚:"我想找一麻醉科的大夫。"

"为什么呀?"

"没啥。"我说。

这顿饭居然哩哩啦啦地吃到晚上九点多,出来的时候我已经喝掉了半瓶"珍宝"威士忌,走路都打哆嗦了。结账的时候,我看见陈浩超的脸都绿了,马克西姆一定比他想象的还要贵很多。林渺和莫小莹这对一见如故的好朋友又拉着手,在门口聊了好一会儿,然后林渺才上了一辆出租车,陈浩超亦步亦趋地跟了进去,送她回家。

莫小莹还隔着车窗对林渺说:"有空来我们那儿玩儿啊——陈浩超也住那儿。"

我们继续坐地铁。进了车厢,我忽然想起什么,埋怨莫小莹:"你怎么把陈浩超住咱们那儿的事儿说出来了,他也许不想让——他女朋友知道呢?创业家还合租,丢死个人了。"

莫小莹则突然冷了脸,一言不发地看着黑咕隆咚的窗外。我捅捅她:"怎么了你?"

"没怎么,就是觉得没劲。"

"我没劲还是——他们没劲?"

"连我也没劲。都没劲。"莫小莹说。地铁又进了一站,大团的光影在她脸上掠过。

"是没劲。"我附和了一句,不再招惹她了。也许她是快要来例假了,心情突然不好了吧。我希望是这个原因。

因为贪杯,我回去就立刻扑到了床上,旋即睡去。这一觉睡得既沉而又心慌,不时感到有一个人正在身旁看着我。我想说出声音来:莫小萤,你累不累啊?但嘴唇有千钧之重。最后,我像跳水运动员一样,在意识里做了个团身后空翻接转体——一头扎进睡梦中最黑最深的地方,再也没有了意识。

7

莫小萤那句"没事儿来玩儿"几乎有了一语成谶的效果。没过多久,林渺竟然开始频繁造访我们的住处了。当然,首先知道她要来这个消息的还是陈浩超,这家伙颇为忐忑,请来一个小时工,把屋子里里外外收拾了一遍。我很害怕他对林渺说:这套房子是他买下来的,而我们只是寄住而已。要想圆这个谎,难度太大了。

还好,陈浩超思虑再三,决定走"有志青年"这个路线。有志青年和有钱青年是不一样的,和有趣青年更不一样。这个定位,可以略去他的大部分缺点。他把他这些年的"创业成果"——一些云山雾罩的"策划书"都打印了出来,整整齐齐地装订好,摆在书桌前。我承认,对于那种脑容量比常人小一些的姑娘,这个姿态也许是很有杀伤力的。

陈浩超论证他的自我定位:所谓"慧眼识英雄",不正是古典小说里很多员外家的小姐的过人之处吗?学校的辅导员也常用这样的话帮女生树立"正确的爱情观":"别老盯着有钱的老头子,潜力股最可贵。"

我没说什么,莫小萤则对这家伙没什么同情心,她尖刻地说:"这完全是屁话。什么潜力股,说到底不就是将来能赚俩钱儿吗?一样俗不可耐。要是图钱,倒不如直接找老头子算了,早找早享受,把老大爷折腾死了再用遗产养小白脸。"

听到莫小萤这么说,陈浩超的脸便灰暗下来,好长时间一声也不吭了。等到莫小萤进屋去玩儿游戏的时候,我拍拍他的肩膀,劝他:"别听她瞎说,潜力股总比垃圾股好一点。我就是垃圾股。莫小萤这人,有点儿青春期偏执症,跟谁说话都想噎两句。"

陈浩超忽然极度委屈起来,他那蚕豆般黑亮的眼睛滴溜溜地闪动着,眼看着都要喷出泪水来了:"我知道她看不起我,不过她也太站着说话不腰疼了。我又没有一个当教授的爹,我们家就是县城的——衡水老白干你知道吗?干什么都白干。刚进北京的时候,我连阿迪达斯和哈根达斯这俩商标都分不清楚。我无非是想改变命运嘛,这个要求无可厚非吧?"

虽然我很想提醒他,改变命运也要注意方式方法,但那一刻,真觉得他挺悲壮的。然后,陈浩超果然用力攥住我的手,说:"看得出来,你是一个够朋友的人。"

我说:"你放心吧,我会帮你追上那个小富婆儿的。"

当然，陈浩超纵有千般苦衷，依然是一个既成事实的傻×。这就让我对另一个事实很疑惑：林渺看上他哪儿了？这人除了励志类书籍看得比一般人多点以外，并没有表现出任何过人之处。非要让我说服自己的话，我只能这么搪塞：林渺有她独特的品位。

随后，我开始进行自我批评：以前"琢磨"过林渺，已经很过分了，眼下尤其不能胡思乱想。

一个漂亮的女孩来到家里，这件事情本身还是很让人愉快的。起码，我们可以凑一桌麻将了。林渺出于礼貌，对陈浩超的"策划书"感叹了两句："写这么多字儿，你懂的东西一定很多。"然后就百无聊赖地缠着莫小萤"找点娱乐"。我恰到好处地从农大北门的集贸市场买回了一副麻将，大家其乐融融地打了起来。彩头也不大，赌资刚好够晚上出去吃一顿烤肉或者水煮鱼的。令我刮目相看的，是陈浩超的牌玩儿得相当好，看来麻将这个东西在邮电大学的男生宿舍也很盛行；头两次我都输了，后来调整了战略，从一心做大牌转为"屁胡也是胡"，这才勉强与他平分秋色。

莫小萤的技术就差多了，说来也情有可原，她从小就不玩儿这个东西。在很多知识分子家庭，打麻将都被看成是庸俗的、小市民的标志。而林渺呢，更是一个没头脑，手忙脚乱不说，常常打着打着就"相公"了，"相公"之后还不安分地"点炮"。

"这是一种什么样的精神啊。"我推牌的时候每每感叹,"甘为人梯。"

我也时常分不清林渺到底是真傻还是假傻。有一次,我打了一张"幺鸡",她"吃"了,而后突然叫道:"吃错了。"

"给你一次退牌的机会。"我说。

"倒不是牌的错误。"她认真地说,"就是想起了前两天在报纸上看见的一条新闻:一个男的和女邻居打麻将,也是打了一张幺鸡,女邻居吃了,他就觉得那个女的在勾引她。于是当天晚上,他就跑到隔壁,把人家强奸了。"

那一刻,陈浩超的脸色真是难看,连我的脖子都热了几秒钟。而莫小莹却满不在乎地说:"那你还吃他牌,晚上回家的时候小心点。"

与这种表现相反的,是林渺从来没漏出过"曾经找我上过课"的口风。我们那段时间的交往,被她藏得严严实实的,以至于我屡屡产生幻觉:那天晚上我是独自去了音乐会,独自跑到酒吧去喝酒,独自对着空气抒发了一通"人文关怀"。两个有过缘分的人能断得那么绝,断了之后又自然而然地续上,这种人与人的关系,在我看来简直藏了玄机。

如果那天在马克西姆的时候,林渺对我说的第一句话是:"怎么是你呀,这么巧?"我是绝对不会否认和她认识的。我没有抵赖的理由。我顶多会对莫小萤找补一句:"千万别因为她长得有点儿人样就瞎猜——你也知道,我当时真是为了钱。"

但是既然林渺执意把那点缘分藏起来,我也就只好配合她了。我并不怕败露什么,怕的只是她笑我自作多情。而我又时常会想:硬装成不认识,"从此萧郎是路人"——她图的是什么呀?是怕陈浩超多心吗?从林渺的表现来看,她可不那么在乎陈浩超的感受,甚至完全看不出她认可了陈浩超是自己的"男朋友"。她只是像一个无所事事的官宦小姐,和我们这些人混在一起纯粹就是找乐儿。

林渺的再次出现,让我比以前还要心烦意乱。我开始有意识地躲着她的眼睛。有的时候她过来厮混一下午,我也没有与她对视过。

林渺最初的造访,都是通过陈浩超。她事先给陈浩超的手机打电话,确定"大家都在"之后,再坐出租车过来。到了小区门口,陈浩超还要下楼去接她,把她领进来。出现在客厅里的时候,她常常带着一些漂亮的小礼物:一篮水果、一束花,或者从西点店买的精致的小蛋糕。这些举动意味着:她毕竟把自己当成了一个"外人"。她的身份,只是陈浩超自以为有希望"拿下"的"女朋友"。

然而随着她对这间房子里的气氛逐渐熟稔,陈浩超就有了"靠边站"的感觉。她开始毫无征兆地主动前来,一视同仁地跟大家打个招呼,然后就窝在沙发里看电视、翻杂志。过去她和陈浩超之间的话就不多,但每聊完一个话题,都会象征性地朝他的方向歪歪脸,意思是"你怎么看呢?"。而现在,她几乎对这个人视若无睹了。陈浩超煞费苦心地想出了很多"有意思"的事情,在聊天的时候抛出来,但她总是"哦"一声,就继续跟我们叽叽喳喳了。

这种情况让陈浩超很懊丧。他对我说:"我怎么觉得你是齐人,有一妻一妾,而我成了你们的奴才?"

我也没搞明白这家伙为什么会这么信任我,这种烦恼都要对我倾诉。我只好安慰他说:"你不要乱想。如果你不在,林渺会来吗?她也许是因为过分重视你,反而不愿意与你交谈了。"

为了和林渺"增进感情",陈浩超想出了一个很鸡贼的办法。他准备了一些"上档次"的享受,藏在书桌的抽屉里,专等林渺来了以后偷偷献给她。那些东西包括论克卖的比利时巧克力、从台湾"坐"飞机来的水果,自然还有法国红酒。打麻将打累了,他会挤眉弄眼地问我:"要不要休息一下?休息一下?"我们便知趣地躲进自己的房间,把战场留给陈浩超。起身离开的时候,我看见林渺一脸的怨气,就好像是我和莫小莹抛弃了她。

而没过五分钟,她就当当当地敲我们的门,抱着那堆"私货"挤进来:"好东西一起分享。"身后跟着面如死灰的陈浩超。

每当这种时候,我就真心地替陈浩超心痛起来。据我所知,因为创业的伟大计划迟迟没有头绪,他的经济来源主要是靠在一家通讯公司打散工,工钱还被克扣得很厉害。林渺一大方,他一个礼拜就白干了。

"真不能再这么下去了。"有一天林渺走后,我对莫小萤说,"你没看陈浩超都快恨上咱们了。"

"你说的是什么事?"莫小萤半眯着眼睛,吮着林渺转送的巧克力,一副很享受的样子。

"还有谁啊?你吃着谁的东西呢?"

"她呀——哦。"莫小萤用鼻腔哼哼了一声。莫小萤和林渺之间的关系很奇怪,一见面就特别热络,好像有说不完的话,我看她对自己班上的同学都没这么亲密过。但只要林渺一走,她就绝口不提这人。林渺对于她就像一个影子,太阳照进来就消失了。

过了一阵,事情越过了它应有的边界。有一天,陈浩超突然接到了他导师的电话,让他陪同前往西安开会。他导师还说:"如果你不去,我保证你毕不了业。"如果不是这个电话,我几乎忘了陈浩超还是一个在读博士生了;而他和他导师的关系也很有讽刺意义,怎么说呢,就像一个行将崩溃的黑社会团伙的"大哥"和"小弟"。陈浩超这个"小弟"一门心思追逐着理想,不把"大哥"当回事儿,导师这个"大哥"呢,平时也根本懒得

"抓教学",只是到了出去学术走穴的时候,就想起"小弟"来了——他需要学生给他拎包、倒水、挡酒,他需要前呼后拥的感觉。

陈浩超骂了几句娘,匆匆收拾好行装,打了几个电话,然后奔向了飞机场。而当天晚上,林渺就来了。门被敲响的时候,已经十一点多了,我疑惑地从猫眼往外看看,只见她的脑袋蒙在罩衫的帽子里,阴影中的面容似乎很憔悴。

我回头望了望莫小萤,她正歪在沙发上,斜着脸看我。和我的眼光交错了一下,她就重新去看电视了。

敲门声急促起来,我才打开门。声控灯灭了,林渺也没有进屋,怯生生地在黑暗中站了半分钟,才问:"陈浩超在吗?"

"他有急事,到外地去了。"我说。

楼道里蓦地亮起来,我看到一张仓皇失措的脸。

"哦,到外地去了呀。"她无意义地重复我的话。

我不知拿门外的这个姑娘怎么办。是让她进来呢,还是劝她回去?抑或我出门打一辆车送她回去?我就那么干站着,她也干站着。不知道过了多久,莫小萤忽然哗的一声从沙发上起来,到门外去拽林渺:"先进来,先进来再说。"

她一边拿杯子给林渺倒水,一边说:"这么晚了,你们家人也放心你出门?"

"家里没人。我爸爸跟着部长出访去了。"林渺楚楚可怜地说,"我一人在家害怕。"

"有什么好怕的?"

"老有人往我们家打电话,响两声就挂了。我前两天刚看过《午夜凶铃》,根本不敢睡觉。"她说。

"那也许是给你爸行贿的人跟他对暗号呢。"我没好气地说了一句。

林渺的眼睛跟着莫小萤转来转去,大概是等着她发话收留自己。我又问:"那你妈呢?你妈也出访去了?"

"我妈这些年就没在国内。"她说,"她是驻捷克大使馆的'二秘',主管文化交流。"

接着,她就把话头引到了"捷克二秘"的身上,说她妈见过米兰·昆德拉,还说她妈主持翻译过捷克著名动画片《鼹鼠的故事》。

"那片子根本没对话。"我说。

林渺说:"所以才坚持向电视台推荐了这部——她懒着呢。"

就这样耗到了十二点,让林渺留下已成定局。我推测,陈浩超走之前一定给她打过电话了,而她偏就挑了这么个时候来。图什么呢?就算我再自作多情一次吧,权且认为她图的是我——可莫小萤明明也在这里呀。倘若视"本果儿"如无物,那她也太猖狂了。

我找了张电话卡,费了好大劲才把陈浩超的房门锁划开。一股励精图治的气息扑面而来,这家伙能把房间收拾得那么简朴、干净,在男生里面实在少见。屋里唯一的装饰物,就是床正对面的一张海报,海报上的人不是安吉丽娜·朱莉,也不是滨崎步,居然是他娘的"金融巨鳄"索罗斯。难道他手淫的时候也要瞪着"金融巨鳄"索罗斯吗?

果不其然,林渺看了会儿海报,说:"能不能拿什么东西把他挡住?他看着我,我更睡不着了。"

我从陈浩超的柜子里翻出一条毛巾被,用透明胶粘在墙上,这样"金融巨鳄"索罗斯就能暂且安歇了。一切收拾停当,我说:"那我跪安了?"

"跪安吧跪安吧。"她笑嘻嘻地拍着透明胶,学着电影里"佛爷"的口吻,"猴儿崽子,玩儿去吧。"

我和她各自关门。回到房里,我用没话找话的口吻对莫小萤说:"这妞儿怎么透着股邪劲儿啊?"

莫小萤没说话,却噗地笑了一声。我也搞不懂她是在笑话谁。因为屋里有了外人,我们洗漱和上厕所就都得小心翼翼地,弄了好久才完事儿。睡下之后,我的手不安分地伸过去,想摸摸她的肩胛骨,莫小萤却声势浩大地挣扎着躲开。她这么激烈地抗拒,简直像被我戳到了一道尚未痊愈的伤口。

"我只是想抱抱你。"我摸不着头脑。

在昏暗的光中,莫小萤的表情目眦欲裂,如同受到威胁的小型肉食动物:"少碰我。"

"怎么啦?"

"抱着我想别人,"莫小萤一字一顿地说,"你——休——想。"

"你有病吧你?"我勃然作色,随后一阵心虚,随后又提醒自己并不应该心虚——迄今为止,我所有对不起莫小萤的念头都仅仅停留在意淫阶段。

"我就是有病,你现在才看出我是一个病人吗?"莫小萤霍然坐起,从床头柜上抓过我的香烟,往嘴里塞了一根。很不凑巧,打火机没气了,打了好几下,火苗也没有把她的脸照亮。而莫小萤就这么坚忍不拔地点着烟,房间里回响着"啪、啪、啪"的声音,好像在读秒。

我心想:如果这根烟终于点着了,我一定会按捺不住,和她大吵一架的。在我看来,莫小萤真是疯了。我甚至怀疑她也受了她妈的感召,从青春期跨越哺乳期直奔更年期了。

正在这时,我们的房门又响了。我和莫小萤面面相觑了几秒钟,开口喊了一句:"真睡了,有什么议题明天再讨论行吗?"

林渺的声音很窘迫:"是一个来不及明天讨论的议题。"

莫小萤叹了口气,捅捅我。我们迅速穿上衣服,打开门。

"忘了带睡衣了。"林渺刚洗了个澡,没包住的几缕头发湿漉漉的,"我总不能……"

也就是说,陈浩超的皮肤挨过的床单,她坚决不想再挨。生分到这个份儿上,这个恋爱还谈个什么劲呀。莫小萤却突然像换了一个人,热情地翻出自己多余的睡衣,交给林渺。林渺回房换上,又走出来向莫小萤展示:"你腿真长,我都得挽上裤管。"

莫小萤兴高采烈地与她互相吹捧:"还是你瘦。你看,膀子这块儿宽了这么多。"

我扭过头去催她们:"非礼勿视,咱们赶紧睡吧。"

林渺再次回了屋,我以为可以和莫小萤和好了,她却叹了一口气,把身体蜷缩在墙角,坚决不说一句话了。我捡起她扔下的那支烟,悄悄来到客厅抽了,再推门的时候,却发现自己被锁在了外面。

我也不好再叫莫小萤,独自发了会儿呆,便决定在沙发上睡了。马路上的车灯在天花板上划过一道又一道的光,我突然心生滑稽之感:房间里躺着一男两女,在班上那些口淫犯的想象中,这是一个多么适合淫乱的情景啊。他们要是知道我眼下的处境,一定会指责我"浪费资源"的。

第二天早上,是莫小萤叫醒的我。厨房里飘出炸馒头的香味儿,我摇尾乞怜地帮她端出来,和她面对面地坐在桌旁吃。林渺的房门还紧闭着,想必她有睡懒觉的习惯;而莫小萤则埋头小口咬着馒头,仍然一声不吭。

吃完饭,莫小萤用公事公办的口气宣布:"我要去学校了。"

"我跟你一起出去。"我赶紧说,"我也好久没打球了。"

莫小萤便找了两张餐巾纸,把剩下的炸馒头盖上,算给林渺留了早餐,然后换好衣服和我一起出门。这些天深居简出,早晨的阳光在我看来特别明媚,有久别重逢之感。我们在路边站了一会儿,登上了开往中关村方向的公共汽车。两站之后,外交学院到了,莫小萤就先下去,我则还要坐两站。

我到操场打了会儿球,又钻到图书馆的地下放映室,点播了国产武侠大片《英雄》,一边看一边嘀咕:"傻×,真他妈傻×。"搞得旁边两个男生对我怒目而视。好不容易把白天的时间消磨过去,我估摸着莫小萤下午的课也完了,就给她打了个电话。

"晚上吃什么?"我问她。

"吃食堂。"

"你是说……"

"我已经在食堂了。"她说,"晚上也不回去住了。最近好几门课都要考试,太忙了,我觉得我还是待在学校比较好。"

我还没说话,她已经把手机挂掉了。我沉默了半响,又给她打过去,对她说:"那我也不回去了,我也住宿舍。"

"那是你的事儿。"莫小萤说。

8

莫小萤莫名其妙地发作,自然让我困惑。猜也猜得出来,她是冲着林渺去的,但这并不符合她的性格啊。

我一直就有爱跟女性调笑的恶习,这她是知道的。记得刚在一起那会儿,她们班的几个女孩嚷嚷着让我请吃饭,面对漂亮又时髦的外语系女生们,我那个见色忘义的劲头就别提了。有个烫了一头栗色长发的女孩还向我要了电话,说她认识电视台的人,想推荐我去参加"大专院校辩论比赛"。

我做色眯眯状看着她:"如果对方辩友都是你这样的,我建议咱们泳装辩论。"

借着酒劲,我还给她们唱了一首自己改编的下流歌。

这天的表现只能用放浪形骸来形容,而且还把莫小萤晾在了一边。吃完饭,我自己都后怕了。然而出乎我的意料,莫小萤非但不以为耻,反而引以为荣,她对同学们说:"这人好玩儿吧?回头借你们使两天?"

回去的路上,我对她说:"虽然我深受广大女青年爱戴,但希望你不要有压力。"

"压力个屁。"莫小萤美滋滋地说,"口头流氓犯都不足惧,最坏的就是那种闷骚的。"

事后她也没跟我闹。

既然大度在先,为什么现在又变了?在我的记忆里,莫小萤是个黏人的姑娘,是个有点儿小叛逆的姑娘,但从来不是一个性情古怪的姑娘。

难不成她对林渺有着先天的反感,就像狗儿遇到了猫?我却也没有观察出来。我只好这么想:所谓女人,就是一种深不可测的高等动物,让我们这些蠢货去琢磨她们的心思,实在是太强人所难了。"以有涯随无涯,殆已!"我过去拿这个理论劝过陈浩超,现在只好再劝一遍自己。

而租来的房子是无论如何不能回去了。我们苦心经营了那么久,现在居然让一个莫名其妙而来的姑娘独自住着,这个状况实在太有戏剧性了。

莫小萤回学校住的那天,我在 b 大的园子里逛了很久。临近五一长假,三角地盘踞了许多做宣传的商家,几个姑娘穿着红裙子长筒靴,请过往的学生品尝雀巢咖啡。我从干道的南端走向北端,中途又接过一杯咖啡喝了,然后又从北端走向南端,中途还接过一杯咖啡喝了。喝到第五杯,我的膀胱就受不了了,我跑到百年大讲堂的地下餐厅去撒尿。咖啡让我精神亢奋,太阳穴都涨得直疼,而心情却又自怨自怜:生活是多么无聊啊。

晃悠到晚上十一点,我才垂头丧气地往自己的宿舍走去。因为好久没回来住了,楼道里那股尿臊味儿都让我感到陌生。好在身上还带着宿舍钥匙,我开门进了屋,听到同屋的人都睡了,黑暗里点缀着几记鼾声。我凭着记忆绕过桌椅,摸到自己的床上,却发现枕头上已经躺了个脑袋。

"你要干吗?"那人警觉地问我。

一瞬间,我觉得床上躺着的仿佛是另一个自己——如果当初在咖啡馆,我没有捡起那盒香烟追出去,就不会认识莫小萤了,也就不会有后来的丢包、做家教、认识林渺这一系列事情了。那样的话,我会一直躺在这张近乎发霉的床上。

我带着玩味的兴致,又摸了摸那个脑袋,才确定那不是我——我的脑袋比他的圆。澡堂门口的理发员都说,我最适合剃光头了。

而那人被我摸得慌乱起来,叫:"表哥,表哥!"

这才弄清,他是我同屋一个人的表弟,从外地到北京来考研,已经在我这儿睡半个多月了。他的表哥歉意地说:"以为你不会回来呢,反正床空着也是空着。"

"没事儿。"我说,"我回来得不是时候。"

"要不——你们一起挤一挤?"那人看我不介意,立刻恢复了口淫犯的本色,"挤挤更健康,只要你不侵犯他就行。"

那个表弟比表哥懂事点儿,爬起来说:"我和我表哥挤得了,你还睡这床。"

"躺着躺着。"我把他按下,"我怕你表哥侵犯你——我也不睡,就是拿件衣服。"

我从床边拎过一件满是尘土的运动服,抖了抖,在一片喷嚏声中出了门。这时夜已深了,我把衣服穿上,将领子拉到头,到南门外的海淀旅馆去找房间。但到了地方才发现,那个旅馆已经拆了,就连旁边的长征饭庄都拆了,黑暗中一片断壁残垣。我恍如隔世地站了会儿,意识到自己差不多有一年没回学校住了。我这个大学上的是什么玩意儿啊!

摸了摸兜里的钱,只有一百多块,远不够到豪华的资源宾馆开一个标准间的。我干脆走回学校,在教师公寓找了个不漏风的楼道,躺在了台阶上。半梦半醒间,我感到有人跨过自己的身体上楼下楼,夜里三点来钟,不知谁家孩子哇哇大哭,把我吵醒了。我看到有一户门口摆了许多啤酒瓶子,就抓过一个抱在怀里。这样一来,我的露宿就有了说得过去的理由。

次日早上,我一睁眼,楼道外的阳光已经拾级而上,直爬到我的腿上来了。怎么着也有八点多了吧,居然没有一个住户来轰我,看来是啤酒瓶子起到了威慑作用。我把这件宝贝放回原处,快步走向经营早点的校内小饭馆。露宿街头和在床上睡觉的一个巨大区别,就是你醒来之后会感到饿,而且是那种痛彻肠胃的饿。我吃了两碗馄饨,吃了三张鸡蛋饼,然后掏出手机看了看,发现它早已没电了。

我只好走到一个报亭,用那儿的公用电话拨了莫小萤的手机号。响了两声就断了,再拨过去,已经关机。难道她也没电了吗?我又打了她宿舍的电话,她的同屋接了,答应帮我看看"她在不在"。这一看,却看了五分钟,然后才短促地告诉我:"不在。"

这时我感到眼前一黑,接踵而来的是冷战、恶心。我把头靠在报亭的铁皮上,听着电话的忙音,压抑了很久才没吐出来。报亭老板轻描淡写地对我说:"小伙子,你的脸色很不好呀。"

好像被他这么一说,我就很配合地发起烧来,离开报亭的时候,浑身骨节都在剧痛。我想,我真是太可怜了。我被莫小萤抛弃了,流落街头了。这个想法让我先是委屈,然后不忿:她这样对我,我为什么还要在乎她的感受呢?我要回到那舒舒服服的房子里去养病。就算林渺在那儿又怎么样呢?现在已经进入21世纪了,国家正在朝着中等发达国家的目标迈进,在这种背景下,我如果变成一个"路倒儿",那也太煞风景了吧。

我简直是气势汹汹地打了辆车,回到了上地的小区。进门之后,景物如旧,林渺不在客厅,陈浩超的房间里传出窸窸窣窣的声音。也许她闲得无聊,正在把"金融巨鳄"索罗斯的海报摘下来,换成国学大师文怀沙什么的吧。我记得林渺是一个古典文化爱好者。

病成这个德行,我自然懒得管她在干什么。我快走几步,奋力拧开了我们那间房的房门,把身体像扔一袋土豆一样扔到床上,便不省人事,耳朵里听到的只剩下自己的哼哼声。

这样不知过了多久,当我醒来的时候,眼前的光亮已经不是日光了。林渺在我床头的桌边,趴着,台灯把她的头发照得微微发黄。

我咳嗽了一声,坐起来,发现那件灰扑扑的运动服已经被脱掉了,换上了一件干净的罩衫。我又掀开身上的被子看了看,还好或者很遗憾,她没脱我的裤子。

林渺霍地从桌前抬起头来,看起来眼睛微微发肿,额头上被袖子硌出浅浅两道印。她小声对我说:"看你睡着了,就没敢把你叫醒吃药。"

说完,她起身出门,拖鞋在地板上划出轻巧的趿拉声。再进来的时候,她的手上多了一杯水和一盒"康泰克"。

"晚上吃黑片儿。"我嘟囔着接过药,把水一饮而尽,然后缩回被子里,继续发抖。

她又问我:"饿不饿?我到马路对面的粥店给你买碗粥去?"

我摇摇头说:"你自己吃去吧,我就想再躺一会儿。"

她便也没说什么,自己又出去了一趟,从厨房拿回一盒饼干,小口啃着:"饿了告诉我。"

我不置可否,失神地看了会儿天花板,然后说:"你忙你的去吧。"

"我看着你睡着了再走。"

"那你就权当我睡着了吧。"

林渺抿了抿嘴,突然说:"能问你个事儿吗?"

"问吧问吧。"

"你和莫小萤——是闹别扭了吗?"

"姑且算吧。"

"因为什么呢?"

我忽然觉得她的话里有装傻充愣的意味,不禁烦躁起来:"关你什么事儿啊?你现在的任务是救死扶伤不是探听小道消息——让我踏实躺着行吗?"

说完,我翻过身去,用被子蒙住脑袋。我觉得自己有权利对身边的人粗暴一点了——尤其是女性。

过了一会儿,林渺就出门去了。走之前,她似乎礼貌地对我道了歉,但我已经没心思听了。

又一个清晨来临之时,我梦到自己掉进了沼泽地里——就像苏联老电影《这里的黎明静悄悄》中的一个女兵——却迟迟淹不死,就那么泡着。睁开眼来,果然发现身上的衣服都湿透了,发汗让我神清气爽,但身上更虚了。

我晃晃悠悠地走到客厅,看见林渺穿着莫小萤的睡衣,正在用一只电磁炉热气腾腾地熬粥。睡衣上的小熊随着她的动作东倒西歪的。她的脸好像在屋里迅速地被捂白了,在阳光下像打了粉。我点了个头,到卫生间去放水洗澡。

一边冲着脑袋,我一边后悔起来。没准她生气了,没准她会对我说"从小到大没人这么对过我"云云。出于男性的责任,我应该对她道个歉,哄一哄她。

于是我挤出一副嬉皮笑脸的表情出来,还没开口,她却说:"喝粥吧,都一天没吃东西了。"

原来人家根本没往心里去。我受宠若惊地坐下来,接过碗吃了一勺子,唔了一声。林渺熬的还是所谓紫米桂花粥呢,我很诧异她怎么会做这种南方口味的饮食;而且一直以来,她的形象都是那种四体不勤的大小姐。

"大口吃,我都凉了一会儿了。"她温和地说,眼神几乎可以称得上"饱含母性的光辉"了。

"可别这么伺候我,我受不起。"

"得了吧,你们家莫小萤对你更好。"

提到莫小萤,我就不想说话了。假如我现在给她打个电话,她会消了那股无名火,仿佛什么都没发生一样和我和好如初吗?这样想着,我转身回房,找出备用的充电器插在手机上,然后拨了莫小萤的号码,仍旧是关机。

放下电话的时候,我看见林渺正在门口看着我。她的手绞在一起,静静地等我回去喝粥,其姿态贤惠得如同旧社会的小媳妇。

我沉默着跟着她回到客厅,喝完粥,自觉地端着碗往厨房走去,又被她抢下来。看着她在水池前熟练地忙活,我心里生出恍惚之感。

林渺抹着围裙出来,用凉丝丝的手摸摸我的额头,说:"还热着呢。"然后架起我的胳膊肘,让我回屋接着躺着。我钻到被窝里,见她打算离开,忙问:"你干吗去?"

"不干吗。"她回头,沉静地说,"就是觉得不能打搅你了。"

"没事儿,真没事儿。"我说,"反正我也睡不着了,睡太多了。"

等到她在写字台前坐下,我又说:"对不起啊。"她说:"什么事儿?"我想了想,又说:"没什么事儿。"

但我们又没什么可说的,她就面朝着我,静静地坐了会儿,静得阳光都像有了声音。我眨了眨眼,说:"要不你看书吧,我监督你上自习。"

"那也行。"她说着到外屋拿进一本季羡林的《牛棚杂忆》,翻开一页,认真地看起来。我看了两眼封面上那位慈眉善目的老公公,又瞥瞥林渺红嘟嘟的嘴唇,突然感到特别滑稽。

"还有书吗?我也找一本看看。"我又说,"要不我干躺着多无聊啊。"

林渺又到外屋找了几本书进来,但都不是我喜欢的。于是我也就打消了看书的念头。

"没劲没劲,"我颇有点烦躁地说,"不爱看。"

"要不我给你朗读吧。"林渺灵机一动,"听着就不累了。"

再差的文字变成"长篇小说连播"也会精彩一些,我想了想就答应了。但是没想到林渺的朗读能力会那么差,那样毫无机锋的语言,也被她念得磕磕巴巴的,断句乱七八糟,还有不少白字。她不好意思地解释:"我是理工科的,没看过什么书,跟你们没法比。"

"总比拿英语念好听。"我说。

好在念什么都是其次,有个人守着我才是主要的。再加上林渺的嗓音柔软、清甜,光是无意义的音节已经让人心里觉得舒服。恍惚中,我觉得自己正在缩小、缩小,变成了一个婴儿,而我的母亲正在旁边为我读书,催我入梦。读的什么呢?《牛棚杂忆》。除去这点比较荒诞以外,其他的一切都是那么温暖。

在林渺和季老的共同努力下,我很快又睡着了。

林渺坐在床头读书,我则在被窝里安详地躺着,这个景象一直刻在了我的记忆里。人就是那么两个人,但背景是没日没夜的:有时是阳光绚丽的午后,有时是灯光点点的夜晚。实际情况也确实如此——我和林渺究竟在一套房子里共处了几天,事后我居然忘了,只记得每当结束吃饭、洗澡这类必需的活动之后,她就会坐到我的床前,清清嗓子,津津有味地朗读起来。刚开始还读书,后来就读起了一摞过期报纸,这也没什么,哪怕她读的是一本《前列腺保健指南》,我也会静静地听着。有些姑娘就是这么容易让人觉得魅惑,哪怕她们的举动看起来又傻又笨的,但只要一接触,你就会发现自己才是一个傻瓜。你也希望自己变成一个傻瓜。

她读着读着,我就会不知不觉地睡着了。我醒来之后,她伺候我吃完饭喝完水,又会接着上回重新读起。这种男女授受不亲的状态,在我看来竟像不折不扣的温柔乡。到了后来,我的身体已经好了,却还佯装虚弱,把朗读活动延续了两天——其间的心态近乎撒娇邀宠。这很不好,会妨碍我成为一个真正的男人,但也没办法,因为它也是我的劣根性之一。

直到有一天,我终于躺得浑身的关节都快爆炸了,才对她说:"再不出去走走,我真得加入残联了。"

她合上书,欣喜地说:"看来你好啦。"

下楼梯的时候,我的脚步都是生疏的,我不由自主地扶了两把栏杆。我们向西走了一公里多,在新开的"好伦哥"快餐店吃了一顿粗劣的比萨自助餐。虽然林渺拦着,我还是逞强喝了两杯扎啤:"咱们什么身子骨?"

她咯咯笑道:"你知道你病的时候像什么吗?"

"像什么?"

"像只猫,光缩着,眼神特别无辜。"她说,"白长了那么大个儿。"

但吃完饭,我感到一股力量像只发了春的猫,在我的体内上蹿下跳的。休养太久,积蓄的力比多过剩,让我坐卧不宁。我对林渺说:"我想走一走。"

"你刚好。"

"好得有点过头了。"

在我的坚持下,我们便再向西,找到京密引水渠,然后逆流而上,一直向北去。这条水系是北京的穿珠链,贯穿了城北的平原和百望山的枫林。河水流入颐和园之后改叫昆玉河,终点是玉渊潭。我对林渺说:"你找一条船,顺着河漂到头儿,就能回家了。下船上岸一拐弯,就是建设部大院儿。"林渺不置可否地笑笑,找了根皮筋把头发扎起来,翘着小辫子跟在我后面。

我们却是朝着她家相反的方向行走。秋天的晚上河风甚急,水面上似乎荡漾着"玫瑰香"葡萄的味道。快走到"亮甲店"的时候,河里来了一群人,都是三四十岁、白白胖胖的老爷们儿,他们保持着队形,顺着水流飞快地游下去。脑袋每一次露出水面,他们都向着天空长啸一声:"呵!——"一时间,河面上回荡着此起彼伏的喊叫声。而一个十几岁的孩子则骑着一辆自行车跟着这些男人,后座上驮着一只大书包。他是他们的后勤人员,如果没有他,男人们就得穿着小裤衩从颐和园跑回"亮甲店"的家里了。

男人们渐游渐远之际,天蓦然全变黑了。一轮满月在天上清晰地挂着,照得水里的脑瓜子亮堂堂的。他们仿佛是对着月亮呼喊:"呵!——""呵!——"

我觉得走得差不多了,就对林渺说:"回去吧。"这么说的时候,心却莫名其妙地慌张。我的病已经好了,我们要变成精力充沛的孤男寡女,共处一室了。

她却说:"再走走好不好?"

我看看被路灯镶上金边的河水,答应了她。这一走,就又走出几公里去,一直来到了"温泉"这个地方。此处离城已经很远了,人烟却很稠密,因为有一个航天部的研究所坐落在这里。我到路旁的商店买了两瓶矿泉水,和林渺站在树下喝了,然后问她:"打个车还是走回去?"

"走回去好了。"林渺挥舞着纤细的胳膊,做着扩胸运动说,"要走就走个有来有去。"说实话,我已经很累了,却没想到她竟然意犹未尽。她的小小的身体里仿佛充满了力气,这是光看外表怎么也发现不了的。

我想:走回去的话,我就会累得像一只死狗一样,没精力动什么邪念了吧。这样也好。

也许是为了照顾我,林渺往回走的脚步慢了许多。我们有一搭无一搭地说起话来。我问她:"以前不是说要出国吗? 怎么又不去了?"

她说:"突然舍不得我爸了。我跟我妈都在国外的话,他就没人照管了。"

我又说:"那你这么多天不回家,也不回去看看?"

"你不是病了吗?"她飞快地接了一句,然后又笑道,"别有压力——我爸要在外地开很长时间的会呢。他一回来,我就回去。"

我们的对话小心翼翼地,双方都在回避着莫小萤、陈浩超。我想问她重新遇到我之后,为什么装作不认识,但想了想还是作罢了。这样一来,可说的话便少了,我们总不能在深夜的河边聊"中国古典文化"吧。

走着走着,林渺看见河边的铁丝网上晃动着一个黑影,不由得啊了一声,等到看清原来是个蛇皮袋,才拍着胸口放下心来。随后,她忽然对我说:"要不说说你吧。"

"我有什么好说的? 胸无大志、百无一用。"

"说说你家里人呗。"林渺说,"你好像对北京很熟,但是家又不在北京。你到底是哪儿的人?"

家庭情况也许是我唯一异于常人之处,很多认识我的人都有过类似的疑问,而我只好不厌其烦地向他们解释。解释完了,说者和听者双方都会发现,其中并没有什么"带劲"的地方。我并没有他们所猜测的那种奇异的身世。看到大家无聊地说:"哦,这么回事儿啊。"这就让我时常会产生对不起观众的感觉。

而对于林渺,我刻意努了努劲儿,套用了某老作家的一句肉麻话:"我羡慕那些在千里之外有一个故乡的人。"

然后我告诉她,千万别被这种措辞所魅惑,和那些有故乡的庸人一样,我只是一个没有故乡的庸人。我父亲本是湖南山里一农民,年轻的时候参加了海军,在南海舰队的湛江基地服了几年役,据说干得还不错,在一次和东南亚小国的礁岛冲突中,用60毫米舰炮准确地端掉了对方的火力点,后来提了干,上了两年军校,又被调到北京的海军总部下属机关当参谋。他在这段时间认识了我母亲,一个南方老派知识分子的女儿,然后生下了我。一家人本以为要在这儿踏踏实实地过日子,谁想到他却安分不下来,主动要求调往东海舰队任基地副政委,带兵驻守几个荒无人烟的岛屿去了。这时候我正在上中学,母亲也在一个事业单位当上了中层干部,但也只能跟着他去浙江重新安家。托了部队干部子女政策的福,我还能够以北京生源的身份参加高考,要不然根本考不进 b 大。然而这段时间父母的婚姻出了问题,我母亲受不了被安置在地级市的计生办,干脆辞职到南京开公司去了,似乎是做报纸广告的代理。她的生意不好也不坏,勉强当个体面人而已,却足以让她获得扬眉吐气的感觉。我给她打电话的时候时常找不着人,想必是开着那辆二手"别克"汽车东跑西颠地谈业务去了吧。就这样,父母分居至今,而我清点了一下,就发现自己有过好几个"家":北京一个,浙江沿海一个,杭州一个,南京一个,此外还有湖南的祖居……我在这些"家"都没有可以长住的房子,却被迫要对它们产生某种归属感。因此,到了大学填入学表的时候,我干脆在"家庭住址"那一栏上写了"我的祖国"。

而对于父母,我其实还是很能表示理解的。朝九晚五的生活让每个"野"惯了的男人都会坐如针毡,而且他还很厌恶我姥爷他们家那种重文轻武的观念。这么说来,他只是一个任性的人而已,都奔五十的人了还想追求刺激。而我母亲就更好解释了,她在追求一个"新时代知识女性"的价值。

"你是不是挺恨他们的啊?因为他们没照顾你……"林渺说。

我斩钉截铁地告诉她:"正相反,我还得谢谢他们呢——互不干涉,谁也别管谁的事儿,我觉得这是家人之间最好的相处方式了。有心情一个桌儿吃顿饭,没心情各自滚蛋,多和谐啊。"

"你倒真想得开。"

"这是因为我自理能力强,到哪儿都能找到人跟自己做伴儿……"我看了看她,忽然想把话题撇过去,"你呢?你们家人好像也没时间管你。"

"他们忙呗。"林渺轻描淡写地说,"你也看得出来,我虽然在北京有个家,但有的时候,情况跟你也差不多。"

我打了个哈哈:"怪不得你的家务活儿干得不错。"

她沉默了两分钟之久,那段时间,我清楚地听到我们的脚步声穿越河水,向更远的地方飘去。随后,林渺幽幽地叹了口气:"咱们都是孤苦伶仃的人。"

我听得心头一凛,噤了声。在我看来,把小小的孤单说得比天还大,这是很多女孩暗示男性的策略。

而林渺感慨完一句,就没有再说别的。我很欣慰我们之间的界限仍然存在。前方光明璀璨,路灯和楼上的灯交织错落。快要回到上地开发区了。我们像两颗夜行的棋子,走向星罗棋布的棋盘。

回到房间,我才感到彻骨的累,腿都快抬不起来了。大病初愈,逞不得强啊。我把自己扔到沙发上,就再也不想动,摊开两腿,哈喇子都快流出来了。

林渺说:"外面灰太大,我得洗个脸。"

听着卫生间的流水声,我抬头看看钟,都已经十一点多了。我们居然步行了这么久,难怪腿都快折了。我隔着门叫了两声:"林渺,林渺。"

"怎么啦？难受吗？"她含混不清地问我。

我本来想说："你索性直接洗澡得了，睡觉的点儿都到了。"但此刻，"睡觉"这个词仿佛带有某种忌讳。于是我说："没事儿，我就是想喝水。"

"我给你倒。"门应声而开，她抹着脸拐进厨房，给我倒水。我听到器皿相碰的叮当声。

看到她端着玻璃杯出来，我不好意思地说："你可以不伺候我的……我都好了。"

"没事儿，挺好玩的。"林渺说，"好像过家家一样。"

我抬手要接，她说"烫"，说完吹了吹，又飞快地跑回厨房，拿了个勺子："我来喂你好了。"

这就有点儿过了。我刚说："我又不是保尔·柯察金……"她的勺子已经递上来了。我只好理解为她玩儿兴正浓，真想重温一把"过家家"了。

还是蜜水呢。我喝了两口，自觉地闭上了眼睛，等着她继续喂。她就那么无声地操作着，我的耳边只有钢勺磕在杯壁上的余韵。

过了一会儿，她才重新说话，声音又成幽幽的了："我真希望你……一直病着。"

"那你应该在水里下点儿药。"我半梦半醒一般应道。

她顿了顿，又说："我还希望有你这么个弟弟。"

我这才想起,她比我大一岁多。在这种情况下,我是不是应该说,"我也希望有你这么个姐姐"呢?这是一个让人犹豫的问题。我很想跟着感觉走,但又感到不能跟着感觉走。我还有个莫小萤呢。

但她已经替我回答了:"现在,你就当我的弟弟好了。"

说着,她摸了摸我的脑袋。我像一只温驯的金毛狗,不由自主地靠过去,枕在她的肩膀上。

"硌吗?"她轻轻问。

我在她的消瘦的肩膀上摇摇头,鼻子里充满了清水和洁面乳的味道。这个姿势让我不得不紧闭双眼,因为我知道,我睁眼看到的就是她的胸。

然后,她又换了一种美滋滋的音调说:"你是男的,你应该让我靠一会儿。"

我就抬起头来,继续闭着眼,等着她靠过来。肩膀上有了柔软的压力后,我叹了口气,我再次想到了莫小萤。假如我到林渺这儿来,是为了和她气,那么现在也该有个"够儿"了吧。莫小萤如果看见我们现在的样子,她一定会流眼泪的。我发现自己是如此受不了莫小萤的眼泪,仅仅设想一下就已经很难受了。我想:今天晚上还是不要待在这里了,我应该就近找个宾馆,或者继续露宿街头。

然后,门就开了,我听到一个男人的声音:"我×。"

9

陈浩超恰恰在这个节骨眼上回来了,说起来真是上天安排的缘分。过了很久,我才弄清楚生活是怎么耍我的。他跟着导师在西安开了两天会,鞍前马后,不可谓不尽心,但是他有一个先天的缺陷,那就是:他是一个男的。要知道,在人前使唤女学生,和使唤男学生并不是一个感觉,而与会的其他几位专家带的都是女学生,或者干脆连学生都没带,弄了女秘书过来——这就让陈浩超的导师大为失落。于是,当会议结束,这群人准备转战九寨沟的时候,导师干脆扔给陈浩超一张机票,让他滚回北京去,别跟这儿给他丢人了。

比起我来,陈浩超无疑是被生活耍得更厉害的一位。因为某欧洲国家的元首要参观兵马俑,西安机场空中管制,他的航班还晚点了几个钟头,连盒饭都没捞到一份儿;等到筋疲力尽地回到家,他又看到了自己的"女朋友"靠在"哥们儿"的肩膀上。我真心地希望陈浩超别把林渺当成"女朋友",也别把我当成"哥们儿",就像我们都没把他当成什么重要的人——那样的话,那一幕的悲剧意义会小一些。

但是从陈浩超的那一句"我×"可以判断,他把事情看得很严重。他受的伤害大了去了,我的罪恶罄竹难书。在好莱坞电影里,史泰龙和汤姆·克鲁斯之流饰演的越战老兵也经常经历这一幕:瘸着腿回家,看见自己媳妇儿正搂着一个嬉皮士跳摇摆舞呢。海湾战争期间也常有这样的情景,后来的科索沃战争、伊拉克战争同样未能免俗。

然后,我听到啪嗒一声,陈浩超的"金利来"旅行包从手中滑脱,落在了地上。这个情节和电影里也是一样的。我睁开眼,像很多文化界的伟人一样,朝斜上方四十五度角抬头,看见了一双波涛滚滚的眼睛,还有一对咬得肿胀起来的咀嚼肌。

"你回来了。"

"我×。"

跟着他的眼光,我又扭过头去,看了看斜下方四十五度角的方向。林渺居然瞪着眼睛,趴在我的臂弯上看着陈浩超,神情安详得像一只兔子。

我们静默了两分钟。我考虑着:要是陈浩超上来给我一拳,我就受了;要是他到厨房拿菜刀砍我,我只好反抗。但是我没想到,陈浩超愣完神,居然说:"我还是走吧。"

说完,他拎起旅行包,就要出去。那副样子,好像走错了家门一样。这让我怎么好意思?我赶紧站起来:"不不不,我走。"

我们正在客气,林渺也说:"还是我走比较合适。"

说完,她麻利地走进陈浩超的房间,收拾东西,临出来还把墙上的毛巾被揭了下来,让"金融巨鳄"索罗斯露了出来。

我愣愣地看着她出门，随即后悔自己为什么没跟着她一起走。看到陈浩超仍然愣在那里，我又对他说："你最好下去追一下，这么晚了。"

他迟疑了两秒钟，仿佛在琢磨这还是不是"自己的角色"。我又催了一句："纯粹是出于人道主义——"

于是他就去了，过了几分钟上来，哭丧着脸说："打车走了。"

"那就由她去吧。"我挥挥手，往自己的房间踱去。那一刻，我觉得自己真像一个欺男霸女的恶霸。而关上门之后，我赶紧把锁拧上，又搬了张凳子顶住。如果陈浩超今晚摸进来宰了我，所有人都会理解他的苦衷。

"我×。"他在外面又骂了一句。

很幸运，陈浩超并没有选择用暴力来解决这件事。但是他的解决方式也太"二"了。那天晚上，我固然没有睡好，次日从房间里出来，眼睛都是红的。而这个时候，客厅里已经坐了一只红眼睛兔子。满屋子都是烟。

"你对我不仗义，可别怪我……"陈浩超哑着嗓子对我说，同时对我挥舞着一个小本子。他好像在举着《毛主席语录》批判我。

"我是对不起你，只希望你能原谅我。"我乏味地对他道歉。

"晚了!"陈浩超吼道,"我已经打电话了!"

"给谁打电话?110管这事儿吗?"

"我给莫小莹打电话了!"陈浩超气壮山河地说,"我把你所做的事情都告诉她了!"

原来他的那个小本子上还记了莫小莹的电话。作为一个有志于创业的人,他习惯于把自己认识的每一条"人脉"记录在案。细节决定成败嘛。

而我忍不住想笑。我憋了几秒钟,终于一个"喷口",连口水都喷了出来。

"你还有脸笑……莫小莹已经知道了。"

我叹了口气,坐在他旁边:"陈浩超啊陈浩超,你他妈的是不是励志书看多了,脑子变傻了?你还想不想要林渺?想要林渺怎么能给莫小莹打电话呢?她要是跟我掰了,我这个奸夫不正好自由了吗?"

虽然他嘴上仍然很强硬,说:"我才不稀罕那种女人呢。"但我明明看到他的眼睛后悔了,仿佛说:"是啊,我怎么没想到呢?"我摇头苦笑了一下,对他说:"昨天的实际情况,也和你看到的不是一码事儿。"

"那能是什么情况?"

"反正跟你说也说不明白,这还涉及一年前的事情呢……"我从桌上拿过烟盒,点上一根,静静地抽完,然后站起来,对他说,"你要是不想让我再见到林渺,我可以答应你。"

我出门的时候,他在后面问我:"你干吗去?"

"废话,当然去找莫小萤。"我说。

那天我坐车来到外交学院,给莫小萤打了二十多个电话,她都没接。后来我索性坐在了她们宿舍门口,像尊门神似的等着。不时有她的同学下来对我说:"你走吧,她不在。"

"没事儿,我就是坐会儿。"我说。

"你要再这样,我们就叫校卫队了。"

"我又没犯法。我顶多算一无赖。"

我从上午坐到了下午,屁股仿佛变成了水泥的,和台阶连为一体了。尽管一整天都水米没打牙,但我还是坚忍地承受了下来,越坐腰越弯,到后来头深深地埋进了双腿之间,躯干折叠起来。这种姿势能让我忽略胃部的空空如也。我想:这点儿自我惩罚是起码要有的,要是连这都扛不下来,那就太没有诚意了。假如天气配合,这时候应该下一场浪漫的滂沱大雨才好。台湾电视剧里那些女的一生气,说"你好残忍",天就阴了;男的一认错,说"求求你不要这么残忍",雨就下来了。人家的车轱辘话都说得感天动地的,我们的爱情为什么就不能呼风唤雨呢?

很遗憾,一直到晚上六点钟,天气还是晴朗的,徐徐微风贴着地面而来,吹得我的脚踝发痒。围墙外的打夯机像含着莫大的冤屈,磕了一白天的头,现在终于停了下来。农民工兄弟可以去吃饭了。

当我两眼开始发黑的时候,头顶上终于有人在叫我:"哎,还坐着呢?"

我奋力抬起头,像看着云端的圣女一样仰望她。啊,是莫小萤。在我大脑供血不足的状态下,她的面容显得更温婉了,她的两条长腿更长了。

我说:"等会儿,让我站直了说话。"

我小心翼翼地直起腰,站起来,倾听着各处关节咯咯作响。整个儿身体都像锈了,一动就往下掉铁渣儿。还好年轻,如果我是一中老年人,直接推辆轮椅来,就算功德圆满了。

莫小萤耐心地等着我做自我检查,同时抱怨:"都怪你,非得在这儿坐着,弄得我都不敢下楼吃饭了,中午就吃了个同学带的煎饼。"

"你要是仁义之师,就应该让她也给我带一个。"我喘着气说,"吃什么去?"

我们出门,到她们学校附近新开的"郭林"家常菜吃了一只烤鸭,打着饱嗝儿出来没走两步,我又把她拽进了一家烩面馆。这次她吃不下去了,我硬给自己塞了一碗,才把骨头缝儿里的饥饿感驱走。

烩面馆里人声嘈杂,服务员把摞满大碗的托盘架在肩头穿梭走动,不时有汤汤水水滴在客人脑袋上。我像刚洗了把脸似的;满头大汗地从碗边抬起头来,点上一支烟看着她。

因为腿长,莫小莹在这种逼仄的连体塑料桌椅之中必须侧着身子坐,这个姿态让她看起来益发婀娜。而她一眨眼,周围的声音便消失了,沸反盈天的烩面馆陡然安静了下来。那一刻,我怀疑自己的耳朵突然聋了。

好在开口说话时,我自己的嗓音仍然声声入耳。我说:"你别信陈浩超那厮的挑拨。严格地说,我真不能算做了……对不起你的事儿。"

莫小莹狡黠地笑了:"什么叫挑拨呀?什么叫严格地说呀?什么叫对不起我的事儿呀?"

我顿时语塞。想了很久,我顽抗一般说:"因为想着你,我没打算再和任何女人好上了,就算一不留神,给人造成了假象,那也是一不留神。我应该还算一个严格要求自己的人……"

"我觉得你的思路有点儿混乱。"莫小莹打断我,"还是让我来说吧。"

我想:她愿意说,那就是好事。于是我抽了一口烟:"那你说吧。"

"其实真不用陈浩超告诉我,我早就看出你和林渺不对劲了。我不是指责你用心不轨什么的,只不过你们之间就是有点特殊的东西。这种关系怎么说呢？也可能就是缘分吧，要不说俗点儿，叫一见钟情？从你们见面之后的第一眼我就觉得，你和林渺简直就像一对老熟人。"

我不知道莫小萤是怎么看出来的。有人说女性都有特异功能，尤其在爱情方面。以前我觉得这是故弄玄虚，但是现在有点信了。我要再次对自己重申：女性是如此睿智、敏感、充满洞察力的动物，她们都是有慧根的人。跟她们一比，我们男的都是一些脑子里装满了大粪的蠢货。在一个比你高贵、聪明一万倍的对手面前，你还能指望隐藏什么呢？我点点头，带着释然的心情，告诉莫小萤："我们早就认识，我出去打工的时候给她上过课。也不叫上课，就是花言巧语地骗她的钱。"

"你看，我说对了吧。"莫小萤笑笑说，"你在心思上对不起我了，这不就是事实吗？此外再说什么'有没有既成事实'，那纯粹就是瞎掰。咱们这是谈恋爱，不是打离婚分财产，更不是审判强奸犯——没有'未遂'这个说法，有了动机就是有了一切。"

"您教训得很是。"我点头叹服，"不过我想改，你能放我一马吗？"

"我也在犹豫呢……"

"真的，我不能保证自己会不会喜欢上别人，可我真的不愿意喜欢上别人了。"我诚恳地说了句车轱辘话，往前探着身体，

"我不想身边的女人是别人——就得是你。"

多么肉麻的煽情,我从来没想到过自己能说出这样的话来。我为自己的告白而羞愧,随即又为了这种羞愧而羞愧——你喜欢眼前这姑娘吗?喜欢为什么会羞于直说呢?真×劣根性。

而莫小萤则闭上了眼睛,仿佛在忍眼泪。我看着她的睫毛逐渐湿润起来,越发黑亮。假如她哭着对我说,你去死好了,那么我认为自己的确应该被判处死刑。

但是过了一会儿,她终于没有哭,用手捂了会儿嘴,平静地说:"要不这样吧,咱们先分开一段时间。"

"为什么?"

"都冷静冷静,分头想想。"她说,"不好吗?"

我还没来得及回答,一团抹布啪地拍在了面前。服务员烦躁地对我说:"大哥,你们就吃了一碗面,还占着个四人桌,后面好多人等着呢。"

我们只好站起来,默默地出去,往外交学院走去。来到宿舍楼下,莫小萤才重新开口:"那咱们就说好了,分开一段时间好吗?"

我点点头,却又指指门口的林荫小路:"再陪我走走吧,都要分开了,好长时间见不着了。"

莫小萤不置可否,我拉了拉她的胳膊,她便跟着我走起来。

这一路,我都没再说话,时常走神,看着路边的景色。走过一幢半新不旧的办公楼时,我立刻想起,这儿有个墙角正是我和莫小萤第一次接吻、第一次肌肤相亲的地方。离那时候已经过去快两年了。她把她青春洋溢的两年给了我,这是多么珍贵的馈赠啊。

而从那个墙角走出去没多远,莫小萤就像中了一颗流弹一样,慢慢地蹲下去,蹲下去。当她的大腿整齐地折叠好,和地面平行的那一瞬间,她的哭声也传了上来。

莫小萤掩面而泣,而我只好看着她的背影发呆。何德何能啊?我又感叹,我这么一个蠢货何德何能,竟然能让她如此真切地伤心。

"你过来,你过来。"莫小萤一边抽泣着,一边叫我。我这才挨近她,单腿跪下,用手搂住她的肩膀。

"怎么了?"我问她。

莫小萤说:"你还记得咱们第一次在外面住的时候,我对你说的话吗?"

"从凤凰岭下来那次?"我说,"说什么了?"

"那次咱们第一次睡在一起,我问你,我以前有男朋友,你是不是觉得亏了。"

"我没觉得亏。"

"我怕你亏行吗?后来你就说……以后碰到看上眼的,你就出去乱搞一次,我不计较,那就算扯平了。"

我慌乱起来:"你别瞎想,我那是开玩笑呢。"

"我没开玩笑。"莫小萤白晃晃地仰起脸,对我说,"要不你去和林渺……好一次吧。"

"胡说八道什么呀你。"我虚张声势地用粗鲁的声音说,"这不是逼好人当流氓吗,咱们可都是体面人家的孩子……"

"去吧,真的。"

"你说说我就算了。"我说,"你怎么能替林渺做主?"

"她肯定愿意。"莫小萤痴痴愣愣地说,"我看得出来。"

我不说话,闷声闷气地点了支烟,抽了两口旋即蹀灭。我真没想到莫小萤会冒出这个念头,一刹那觉得整个世界都乱了套,生疏了,不是我熟悉的那个世界了。

过了很久,我问她:"你是不是不想要我了?"

莫小萤摇摇头。

"那你太无私了,搁旧社会肯定是个合格的'大房'。"我说,"我真搞不懂你了,你怎么会这么想事情呢了?……"

莫小萤抗辩似的插了一句:"都是你们两个——"

"我们两个怎么了?"

"你们俩真是我的冤家。"莫小萤清清鼻子,一件莫名其妙的事,居然被她说得有条有理,"就说他吧——我以前有个男朋友,刚上大学的时候他追我,我稀里糊涂就答应了他,然后又稀里糊涂把该干的不该干的事儿都做了,到了分手的时候,却一点也不觉得舍不得。我还诧异呢,想着自己是不是一个特冷血的人啊,结果碰到了你。我自己都没料到会那么黏着你,就想跟你在一块儿耗着,什么都不干。要是别人对我有外心,我早跟他掰了——我刚看见你和林渺对眼神的时候,就想不跟你在一块儿了,可偏偏就是舍不得。我怎么那么贱呀我,还体谅你的难处,觉得你不当着我的面儿跟她上床就算难能可贵了。"

我没说话,又点上一支烟。

她继续说:"还有林渺,更奇了怪了。你也了解,我不是什么温良恭俭让的人,我认准了你是我的,谁要跟我抢,怎么可能不跟她急呢?可也不知是怎么回事儿,我一看见她,就变得心慌意乱的,老觉得她能看透我的一切想法似的……她这人,有一种说不出来的魅惑,对你对我都是……"

我承认:"这女的是有点邪气。"

莫小萤尖锐地扫了我一眼,仿佛禁止我对林渺发表任何评价。但随后,她终于叹了口气:"也许我真是昏了头了,被你们弄疯了,就想:反正你迟早都会被她勾搭走的,倒不如先放了你,你要是念着我的好儿,将来我孤苦伶仃的时候也许会回来看看我……"

这是第二个女孩对我说出"孤苦伶仃"这个词了。我猛地有了力气,拽着莫小萤站起来说:"走吧。"

"去哪儿?"

"回宿舍啊。这么晚了,你也该睡觉了。瞧这一脸鼻涕。"

她仿佛陡然小了十几岁,变成了个刚上小学的小女孩,被我拉着手,领到宿舍门口。在路灯下,我给她整了整头发,又把她的红通通的眼睛抹干净,说:"回去吧。"

"你不会从此跑了吧?"莫小萤说着又要哭了,"你要跑的话,现在就说,我好有个心理准备。"

"我不跑。"我说,"我只是听你的意见,暂时分开两天,都清醒清醒。等到我彻底把林渺忘了,就回来找你。"

"要多久?"

"没多久。"

10

此后的一个月,我住到了一个漏网流氓犯的淫窝里。那人也是我的同学,家里是深圳那边做生意的,经济条件非常好,为了让他念好哲学系,竟然给他在中关村买了个一居室。而他呢,则用这套房子大搞一夜情,每天白天在屋里网络聊天,晚上则把聊上的姑娘约出来喝酒,灌高了就往自己家里骗,美丑不限。当然,他也为这个爱好付出了相当惨痛的代价,好几次被人打上门来,揍成乌眼黑,还有一次,他深夜跑到大兴去会一个名叫"大二女生"的网友,却被几个男人塞进了一辆桑塔纳汽车的后备厢。那些人拉着他颠簸了十多公里,都快到河北了,才把他放出来,暴打一顿,抢走了所有值钱的东西,连衣服都扒光了。当天晚上,他穿着一条内裤,在京石高速上蹦跶了半个小时,才被一辆运输生鲜农副产品的卡车拉回了北京。

他很诗意地描述这件事情:"我的肉身在京津大地上游荡,我的欲念则在光纤电缆里游荡。"

还有哲学思辨:"假如网络世界是虚拟的,真实世界是实在的,那么,一夜情就是虚拟与实在之间的桥梁。或者说,如果世界分为此岸与彼岸的话,我的阳具就是两岸之间飞跨南北的桥梁。"

我背着行李来到他家,宣布自己要睡客厅的时候,他抗议说:"你会影响我的哲学思辨。"

我直截了当地说:"你要不让我住,我就到学校、居委会和派出所分别举报你,我会像上访户一样举报下去,直到有人把你逮起来。"

当天晚上,我刚打了个地铺躺下,他就从楼下带上来一个急得火烧火燎的少妇。看到我之后,那女人说:"你可没说俩人。"

"他不参加,咱们权当他是个宠物吧。"我的同学搂着少妇从我的头上跨了过去。

好在他是个大方的人,第二天早上请少妇到"新世纪"饭店喝早茶,把我也叫上了。少妇不厌其烦地在脸上捯饬。

吃饭的时候,他问:"你什么时候走?"

"我也在思考一个哲学命题。"我往嘴里塞着豆豉蒸排骨说,"我们两个思想家可以互相促进嘛。"

此后的几天,林渺给我打过许多电话,有的时候一天打好几个,我没接。

我从来没认为自己是个意志坚定的人,小时候看战争题材的电影,总把自己想象成国民党那部分的——政委同志推心置腹地一聊,我就投诚了。但是这一次,我想我顶住了美人计。每当电话响起,看到是林渺的号码,我甚至会产生玩味的心态:她还能持续找我多久呢?电话安静下来之后,我又想:下次什么时候再给我打呢?

一个星期之后,林渺不再给我打了,我的心里空落落的。

没想到过了几天,陈浩超开始气急败坏地找我。当时我看看手机,见是上地那套房子的座机电话,以为又是林渺,便没有接。可是这一次,对方打电话的风格不一样。以前总是见我不接就暂时作罢,隔几个小时或者一天再打,而现在,电话却像抽风一样响了半个小时之久,最后没电了才安静下来。

第二天,我刚给电话充好电,它又开始锲而不舍地鸣叫起来。我那流氓同学烦躁地从里屋冲出来："这要是个女的，我就替你上了。"

他抄起电话，接通，"喂、喂"，随后扔给我，"是一男的"。

我狐疑地拿过电话："谁呀？"

"你说谁呀，装他妈什么孙子呀？"电话那头传来陈浩超尖厉的吼叫，"你在哪儿？跟谁在一起？为什么不接我电话？"

"你怎么像个疑心病特别重的老娘们儿。"我说，"我又不是你男人。"

"少他妈装孙子，你们是不是串通好了？"

我犯了下迷糊："什么串通？和谁串通？"

"你说谁呀？叫林渺那妞儿呀——我都不知道那是不是她的真名。"陈浩超吼道。

"你什么意思？"我说，"我和那女的没关系。"

陈浩超的神志开始混乱，语无伦次地骂街。我隐约听出来，他丢了"很重要的东西"，怀疑是被林渺拿走了。他现在不认为林渺是个大家闺秀了，转而怀疑她是一个小偷——我则是她的同伙。

"你想象力也太丰富了。"我对陈浩超说。

为了让我的电话消停下来，我答应到清华西门外的"白玉"烤串店和他见一面，把事情"说说清楚"。流氓同学的房子在 b 大西门外的芙蓉里小区，我坐着咯吱乱响的电梯下楼，穿过 b 大校园后,沿着白颐路步行向东。

长期以来,中关村地区就是一个大工地,如今 b 大和清华之间的那片平房也遭到了拆迁,以前繁盛杂乱的地方,现在满目萧条。著名的"雕刻时光"咖啡馆和"万圣书园"已经换了地方,破砖乱瓦上挂着店家留下的海报,上面详细写着新店的地址,咖啡馆去了北京外国语大学那边继续招徕洋人,书店则留守中关村。除此之外,墙上的大部分标语都是政府写给当地居民的:"早腾退,早搬家,早日奔小康""回龙观是北京人的宜居乐园"。

我走进烤串店的时候,陈浩超已经坐在那里了。他仍处在狂躁的状态中,一手攥着两根羊肉串,一手用力地按着手机。

"你看,只要我打过去,立刻就给挂了——换个公用电话打她才接,听到我的声音也挂了。"他给我看看手机上名为"林渺"的号码。

"到底怎么回事儿,你能说清楚点儿吗?"我给自己倒了杯水问他,"那天——你抓着了我们的现行,她走了之后又去过你那儿吗?"

"去过,不过是在我不在的时候。"陈浩超说,"她肯定从我抽屉里找到备用钥匙,又配了一把。"

"那倒没有。"我说,"钥匙是我给她的,当时她要过来借住,我就给了她一把——这么说你这些日子也没见过她。"

"你也没有？她没找过你？"

我想了想说："没有,你得相信我们真不是一伙儿的。那么费尽心机地骗你,我犯得着吗？您创业还没成功呢,纽约投行还没给您支票呢。"

"反正我的东西丢了。"

"什么丢了？"

陈浩超气鼓鼓地嘟囔了一句,我差点没笑着把水喷他一脸。哦,原来是他打印出来的那一摞"创业计划书"丢了。那些"计划书"涉及金融、地产、IT、汽车、教育等各个产业。总之,是政府和境外资本想从哪个方面圈钱,他就兢兢业业地在哪个方面动脑筋,按照陈浩超的构想,假如有一个"计划"——只需一个——得到了国外银行或国有垄断企业的支持,那就得是几个亿的投资,因此计划书结尾的"远景展望"都是这么写的:不日可在纽约、香港、上海证券交易市场同时上市。

这类"计划书"有人去写并不可笑,你在励志讲座的会场随便抓一撮人,他们脑子里装着的都是这些东西。但是我想,这种东西居然还有人会去偷,这就他娘的太有喜剧效果了。假如真是林渺偷的,那么我要怀疑,她是一个什么都没见过的村妞儿？

可是林渺这姑娘给我的印象,不正是"深不可测"与"头脑空空"的合体吗？这个矛盾的辩证统一,构成了她奇特的魅力。

而现在,我只能这么劝陈浩超:"第一,你那东西未见得是林渺偷的,也许那天我一不留神当垃圾扫出去也有可能;第二,就算被偷了,也别以为有多大损失,前一阵警方刚端了个大学生传销团伙,那里面的每个人都能写出诸如此类的计划书。"

陈浩超懊恼地接了一句:"她还从抽屉里拿走我五百多块钱呢。"

"那倒真值得心疼。"我打开钱包,"这样吧,反正我也对不起你,这五百块钱我替她还了。"

陈浩超接过钱,仔细地揣到兜里,终于说出一句让我吃惊的话:"反正这妞儿来路诡异。我到清华建筑系去找过她,人家说,根本没她这个人。"

我瞪大眼睛:"有这事儿?"

"所以你也别美,别觉得她不要我要了你就怎么着了——什么下任副部长的闺女估计也是假的。"陈浩超转为幸灾乐祸,"咱俩都被她玩儿了。"

"我跟你说了多少遍了,她——没——跟——我——好。玩儿玩儿怎么了?反正我们生来就是让人玩儿的。"我烦躁地说了一句,把陈浩超扔在那儿,起身就走。

"对了,那房子你们还住不住啊?要不住早说,我一个人可租不起。"

"回头再说。"我头也不回地喊了一句。

那天和陈浩超见完面,我沮丧地到 b 大里的"五四"篮球场坐了两个小时,叼着烟看低年级的同学们三打三。下午四点来钟,我终于被太阳晒得口干舌燥,站起身来到小卖部买水喝。此时,一只飞鸟从球场上空划过,我听到自己的身体里咯噔响了一声,随即想:坏了。

这么多天的努力恐怕要白费了。我发觉林渺已经变成了一个魔怔,藏在了我心里。我不仅强烈地思念起她的"音容笑貌",而且对她充满了好奇。

问题1:她为什么要对我、对陈浩超说谎话呢?

问题2:她为什么明明走出了我的生活,却又走回来了呢?

问题3:如果她是怀有某种目的的,那么这个目的又是什么呢?

问题4:她为什么让莫小莹也乱了方寸呢?

问题5:她究竟是什么身份,是一个什么样的女人呢?

这些疑窦在我的脑子里以列表的方式呈现,逐一向我发问。我承认,自己实在是有点儿"贱"。林渺再怎么样,她毕竟没有和我构成多么利害的关系,只要我想"断",那是一定可以"断"的。可是我却像受了魅惑,反复地琢磨起她来。

我只能自我解释:还是跟劣根性有关。我是个男青年,发育刚刚成熟,对神秘的东西抱有强烈的好奇——神秘的女人尤甚。这也不是我一个人的坏毛病,所有男青年都这样。如果一个漂亮的女孩规规矩矩地自报家门,连"喜欢散文、热衷旅游"这样的兴趣爱好都坦白出来的话,男青年是一定提不起兴趣来的;反之,即使她是一个姿色平庸的老女人,却会飞一个眼色说"有些事情还是不告诉你的好",效果可能截然不同。

记得我上初中的时候,曾经暗恋过一个胖胖的、头发遮住了半张脸的高年级女生,暗恋的原因和《阳光灿烂的日子》里马小军对米兰的迷恋如出一辙。

一只篮球蹦蹦跳跳地滚到我面前,我捡起来抛给那群有可能变成药渣的小伙子。一个小伙子问我:"打不打?别光坐着啊。"

"不打了,还有事儿。"

我飞快地走出学校,到南门外坐上302路小公共,半个小时之后来到了建设部大院。在门口徘徊了一会儿,看到那儿的保安形同虚设,我便昂首挺胸地走了进去。那天在中山音乐堂听音乐会的时候,我清楚地看到过林渺的"父亲"的长相,而从他的座位以及举止来看,大概真是个"局一级"的干部。

我拦住一个保姆模样的女人,问:"局长楼在哪儿?"

她一定认为我是某个领导孩子的同学,到这儿是来串门的,随手指了指远处两栋新建的小板楼:"这儿局长太多了。"

我走到两栋楼之间的花坛上,坐下,看着进进出出的行人。

已经到了下班的点儿,"阿姨"们纷纷拎着塑料袋从超市回来,不时有宽大的黑色汽车在空地上停下,把一些中年男子送回来或者接出去。

一辆新款尼桑汽车停在楼道口的时候,我站了起来。那车还没来得及"贴膜儿",透过车门上的玻璃,能清楚地看到一个体面的中年男子坐在后座,他的眼镜闪闪发光。那是林渺的"爸爸"。

他拎着公文包下了车,我跑了上去:"林先生……"

那男人迟疑地看了我一眼,还没说话,司机已经摇下了窗户对我说:"你找错人了。这是王局。"

我又打量打量那位"知识型干部",确定自己没认错:国字脸、金边眼镜、分头一丝不苟。他身上的西装,还是上次听音乐会时穿过的那件呢。

难不成所谓"爸爸"也是假话?冒充领导干部家属,这听起来就像是犯罪分子的伎俩了。那一瞬间,我几乎猜测林渺是个不熟练的诈骗犯。

"我是林渺的朋友。"我硬着头皮说。

"王局"盯住我看了几秒钟,目光平和。随即,他对司机挥挥手说:"你先走吧,估计是找错人了。"

尼桑车开走后,他向我跨了两步,然后以威严的嗓音说:"我是王如海。"

"敢问您贵姓……"

"再说一遍,姓王。"他并不烦躁地纠正我。他的态度让我怀疑,建设部的工作人员都是一些弱智和饭桶,所以才能把人磨炼得这么有耐心。

"可是林渺……"我突然泄了气,"我可能认错了,不好意思啊。"

我要走的时候,那个叫王如海的男人却叫住了我:"你认识林渺?"

"不熟。"我说。

"找她有什么事儿吗?"他问。

这男人道貌岸然的仪表引起了我的反感。我想:这样的家伙就算成了贪污犯,在法庭上也会官腔十足吧,就好像他所做的一切都是"为了人民"。

"您既然不是她爸,我就不打搅您了。"我撇了撇嘴。

"她是我一个老同学的女儿……在北京没什么亲戚,她的事儿只能我管。"王如海的声音忽然亲切了起来,"我也正在找她呢。"

我想了想,把林渺冒充清华建筑系学生和"局长千金"的事儿隐去,说了她和陈浩超的交往:"她是我一个同学的女朋友——其实也不能算,只是我那同学追她而已吧。不过最近,俩人闹了点儿不愉快,我同学硬说林渺拿了他的钱。我也不太信,所以想找她问问,让她跟人家解释清楚。"

"你们俩没什么关系?"

"那肯定没有。我纯粹是出于仗义。"

"哦,那好办。"王如海说,"你同学说她拿了多少钱?"

"五百多。"

王如海从钱包里掏出六张百元大钞递给我:"还给你同学。"

"我替他谢谢您。"

他又掏出五张:"这是给你的。以后再有人说林渺是我女儿,你告诉他们,她不是——另外如果见到她,你让她找我一趟。"

看来他把我当成那种"替人了事儿"的地痞流氓了。我嗤笑了一声,把这沓钱也接过来:"谢谢了您哪。"

王如海没再看我,转头走了。

往回走的路上,我的心里更乱了:非但没弄清楚林渺是谁,疑问反而越来越多了。如果她不是王如海的女儿,他为什么那么关心她呢?所谓"老同学的孩子",一眼就能看出是编的。他对她的那种关切,绝不像是对家庭以外的人能显露出来的。我甚至开始猜测林渺是王如海的情妇了——所谓"干女儿"与"契爷"的关系——但随即笑了笑,这个思路太像香港烂片了。我勾搭了大哥的女人,我马上就要被人干掉啦,哈哈,多么操蛋。

在"暂时分开"的日子里,我也没有给莫小萤打过电话。原因很简单:在尚未从心里去掉林渺这个"魔怔"的状态下,我是没脸见她的。但是非常惭愧,"魔怔"不仅没有消失,反而越发牢固,像强迫症一样搅得我不得安宁。

最后,我终于给林渺打了个电话。

当时我的流氓同学又不知从哪儿弄来个女人,俩人在里屋叽叽咕咕,叽叽咕咕的,我作为宠物,木讷地对着调成无声的电视发呆。一会儿,屋里的声音大了起来,那妞儿抑扬顿挫地说:"哎呀,你是不了解女人的啦。"

我忍着笑,翻出手机来瞎按,计划着:在他们行将入港之际,我给流氓同学的手机打过去,不知道会不会造成一次不举。雄性动物就是这么脆弱。

然而拨来拨去,屏幕就在林渺给我打过来的"通话记录"上停住了。我望着那串数字发了会儿呆,神差鬼使地按下了接听键。

电话随即通了。我正迟疑着是不是应该挂掉,林渺的声音已经响了起来。

"哪位?"

"我呀。"

"哦,你呀。"

"不好意思前两天没接你电话。"

"不接就不接呗……没事儿。"

我顿了两秒钟:"那我挂了?"

她反问:"那你干吗给我打?"

"我只是想问……"我说,"陈浩超找你了吗?"

"你以前不像那种爱管别人事儿的人啊。"

她的语气变得很尖刻,我像受到威胁一样,反射性地说:"我得见见你。"

"干吗?"

"就是见见。"

这次轮到她迟疑了。电话里几秒钟没有声响,而后传来叹息般的声音:"好吧。"

"哪儿? 什么时候?"

"我现在不在北京,明天下午的飞机……要不明晚七点,在学院路上的上岛咖啡?"

"上——鸟儿咖啡?"

她生硬地笑了一声,然后说:"一点儿劲也没有。"

那口气,不知是在说"上鸟儿咖啡"这个措辞很无聊,还是我这个人"一点儿劲也没有"。而我挂了电话,又开始琢磨自己到底做了一件是正确还是错误的事。我告诉自己:既然保证过忘掉林渺,那么说明我喜欢的是莫小萤;我对林渺没别的想法,只是出于好奇。她是一个谜,我莫名其妙地上了套,非要解开这个谜,就像一个爱较劲的人玩儿上了"九连环"或者"华容道"。仅此而已。

不知道这个理由是否足以说服自己。

第二天,我早早进入了"等待"的状态,早上一直坐在窗前发呆,中午饭也吃得没精打采。我那流氓同学又问我什么时候从他这儿搬出去。我说,顺利的话,明天就可以滚蛋了。

好不容易耗到下午五点钟,我到蓝旗营坐上车,沿着四环路过了两个桥,在以前的"钢铁学院"门口下去。林渺说的那家"上鸟儿咖啡"在一家宾馆的一层,穿梭于首都机场和城区的大巴在这附近设了一站。每到逢年过节,学生中比较有钱的家伙都到此处来坐车赶飞机,虽然也拎着大包小包,但脸上挂着"飞禽"针对"走兽"所特有的优越感。

我早到了一个小时,就要了杯奶茶静静地等,数着每二十分钟停靠一辆的机场大巴。在这期间,我给自己定下规矩,只问她几个方面的事情:1. 她有没有拿陈浩超的钱和"计划书";2. 她和王如海到底是什么关系;3. 如果她既不是清华建筑系的学生,又不是王姓局长的女儿,那么为什么要骗人?

和我有关的事情,我决定一律不提。

看着大巴车一辆又一辆地靠站,放下风尘仆仆的各色人等,我忽然心里一乱:如果林渺坦白地说,她就是个不成功的诈骗犯,或者干脆承认,她是出于虚荣而编那些瞎话的,我该怎么办? 我会不会失望? 我肯定会失望。这是否说明,我期待着她的身后另有隐情? 或者我已经感到她的身后另有隐情?

一个纤细的身影在车站一侧晃动了一下,被风吹得裙摆如莲花。我生硬地咽下一口奶茶,再次给自己下决心:失望就失望吧。生活里有很多耐人寻味的谜面,却鲜有耐人寻味的谜底;就像每部电影的宣传海报总是精彩的,好看的片子却凤毛麟角。失望是好奇之人的必经之路,而且饶是失望,总归也算被我解开了一个乏味的谜。完成任务就是胜利嘛。她要真是一个小骗子,我会大度地放她走(我没有执法的权利也没有执法的义务),并劝她洗心革面,过踏实日子去——然后相忘于江湖,就像许多"文人与风尘女子"的故事一样俗不可耐。俗不可耐的东西总是让人踏实。

但那绰约的女人身影却过了马路,拖着一只巨大的旅行箱。不是林渺。我看了看墙上的钟,已经七点过一刻了。

又过了半个小时,林渺也没来。从大巴往来的频率来看,从机场到这里的一路并没有堵车。我给航空公司的服务台打了个电话,被告知今天天气晴朗,所有航班均未延误。

八点二十左右,我的电话响了,是林渺。

"你还在那儿吗?"她问。

"在。"我说。

"我已经走了。我没下车……现在已经到航天桥了。"

"哦。"我舔了舔嘴唇,"你的意思是,咱们不见面了?"

"对不起。"她说,"但有句话想对你说。"

"你说吧。"我以为她会解释我的那些疑问,同时准备把我见过王如海的事情抛出来——作为被她放了鸽子的报复。在那一瞬间,我对她满腔恶意。

没想到她说:"我觉得你应该去找莫小萤了。"

我顿时羞愧难当。

我走在大街上,仿佛刚被人揪着领子抽了一串儿大嘴巴,连脖子都在发烫。北京语言大学的门口,一群饼脸的韩国女学生伙同两个黑人在照合影,他们都穿着宽大的学位服,做着"胜利"的手势。当摄影师说"一、二、三",他们便阴阳怪气地喊:"茄子——"还有人又喊:"北京我爱你——"接着又有人喊:"你大爷——"

两个看大门的老男人被逗得前仰后合。一个人问另一个:"最后一句是你教他们的吧?"

"学了好几年,连个好歹都听不出来,你说他们丫的是不是傻×?"另一个男人说。

我呆呆地看了会儿,心里充满了辛酸。啊,毕业的季节到了。再过几天,我的大学生活就这样结束了。谁陪我走到这四年时光的结尾呢?

我又回味了一下林渺对我说的话,鼻子蓦地一酸。假如这四年以来,我终于找到了一个贴心的人,那就是莫小萤了。她娇气、任性,却像亲人一样温暖了我。她有着女孩的幼稚,却焕发出了女人的天性。她从来没要求过我长大成人,这样的宽厚,简直像大地一样深远。在这个满目别离的季节里,我真切地感到自己如此渺小,如此亏欠着她。

林渺再次展现了她的"妖气",对我进行了一次穿透灵魂的煽情。我像个犯下弥天大错的痴情种,整个儿胸膛都在沸腾,情不自觉地奔跑了起来。

最近的生活很没规律,没跑一公里,我就气喘吁吁的了,双腿也开始发酸,但是体内的某种东西越烧越热,那是我的灵魂在放声高歌。我仿佛没穿衣服,又仿佛喝醉了酒,我清晰地感到这个夜晚是如此珍贵——明天天一亮,自己可能就不是一个轻易被打动的少年了。

于是我奋力地跑着,顺着成府路一路向西,在 b 大东门右拐,跑到西苑。再坚持几公里,就是外交学院了。我是一个癫狂的长跑运动员,我正在跑向莫小萤。

莫小萤她们女生楼灯火通明,姑娘们把窗子大开,这样就可以听见楼下的男生喊话。喝醉的男生早已胡言乱语,没喝醉的仍在鼓着最后的勇气。而但凡喊出来的,都像土匪一样声嘶力竭。有人喊:"王丽华,我爱你!"有人喊:"张芸芳,我对不起你!"还有人居然这样喊:"赵婷婷,我要和你睡觉!"

他们已经把我要喊的话都说了无数遍了,或者说,所有的兄弟此时只有一句话。我看到路边停着一辆破旧的大众汽车,便一个跃步跨上了发动机箱,然后登上了车顶。

那辆车的警报器在我脚下乱叫起来,一瞬间,楼上楼下所有人都在看着我了。我仰着脑袋,对莫小萤她们宿舍喊:"莫小萤!莫小萤!"

喊了好久,她也没有探出头来,我只看到她的几个室友挤在窗前。

我便继续喊:"莫——小——萤!"

"别光叫名儿了,说点儿什么吧!"一个姑娘笑嘻嘻地对我说。

我想了想,便喊道:"我是一浑蛋!"

四下的人都叫起好来,还有鼓掌的。没过一会儿,所有男生的抒情都变成了:"我是一浑蛋!"陆续有姑娘下楼,热情地挽着浑蛋走了。

而我的嗓子都劈了,也没在窗口看到莫小萤的身影。当人群渐渐散了,我失落地垂下头,正想跳下汽车,却看见脚下的台阶处坐着一个人,抱着两条亮光光的长腿。

莫小萤歪着头,脸枕在膝盖上看着我。她的脸庞还是那样安详、宁静,让我真心真意地觉得自己就是一个浑蛋。

11

毕业之后,我着实过了两年苦日子。别人都早早找好了出路:或者确定了工作单位;或者联系好导师,上了研究生;出国的也不在少数。在个人奋斗的竞技场上,小鸭梨一跃成为佼佼者,她被一家全球"五百强"公司招走,当上了一名主营洗发水和卫生巾的市场推广人员。工资倒在其次,主要是,这是一种什么样的精神啊。系里还专门请她回来,给师弟师妹们举办过一次以"入对行,嫁对郎"为主题的励志讲座。

如果校方也觉得从哲学系跳出去,反而是给系里争光的话,我们这些跳不出去的笨蛋也没什么好说的了。

莫小莹被保送到外国语学院上了研究生。新学校离家近了很多,她妈要求她住家走读,我们的房子便租不下去了,只好让陈浩超荣升为二房东,招募新人。于是,我这个没怎么住过校的学生,反而在毕业之后离不开宿舍了。所有的同学都离校了,我还在那里面赖着。趁我出去打饭的空当,看宿舍的老头两次三番把我的铺盖卷好,从四楼的阳台上扔了下去,而我则锲而不舍地把它扛在肩上,像蜗牛一样爬上去,撬开门,放回床上。老头急于轰我走,也是可以谅解的,因为整个儿楼道只剩下我一个人。他说:"再过两天,新生就要入校了,看你还有什么脸住在这里。"我跟他置气:"别把我逼急了,否则我就重新参加一遍高考,还考哲学系。这张床哥们儿睡定了,你们把它改成女生楼我更欢迎。"

我的无赖嘴脸起到了效果,半个月后,我的班主任气喘吁吁地找到我,说东城区宗教事务管理局的"基督办"还缺一个编外名额,系里鼎力推荐了我。他安慰我说:"幸亏是东城区,东交民巷在那里,'基督办'需要的人手多。要是白云观那片儿,你就只能去'道教办',这辈子别想剃头了。"

我打趣说:"要是去了门头沟区的'佛教办',我是不是连婚都不能结了?"

他就拎着行李,把我送出了学校。走出"硅谷电脑城"对面的侧门,我忽然回头说:"这样,我和学校就彻底断绝关系了吧?"

他看着别处:"我们私人之间还是朋友。"

"那就行。"我欣慰地说,"咱们学校的老师都不错,起码心肠好。"

到单位报了到,领导鼓励我说:"不要小看编外人员,只要考上公务员,还是很有希望进入正式编制的。"我倒无心小看这里,只不过实在没什么事情可做。我们那个科室的主要工作,就是每月把全区"处级以上牧师"召集到一起开会,学习国家政策,"科级以上牧师"也有资格旁听。领导念报告的时候,我要给他们这些人端茶倒水。因为牧师的口头禅是"我们都是有罪的人",这种会议的场面很像是一窝儿犯人在集体招供。

在办公室待烦了,我也假积极了一把,要求到管区下属的宗教场所去"帮帮忙",干点儿力所能及的事情。这个活儿倒还惬意,我骑着自行车在教堂之间跑跑颠颠的,给他们送信,或者看着维修队的工人施工。经过我的观察,信仰基督教的基本上是一些弱势群体:老人、失业人员、进城的农民。牧师们对这种情况也很失落,他们非常羡慕和尚,因为庙里的施主有相当比例的官员和商人,动不动就捐钱。

有一天,一个牧师还对我说:"你有朋友结婚吗?可以介绍过来,我们承办这个活儿。"

还真有那种劲儿劲儿的男女非要到这种地方来结婚。我帮着一个教堂操办过一次,还为新郎打开了车门,看着他把长得像沙包一样的新娘扛进去;而婚庆公司的人就在门口放炮、吹唢呐、舞狮子。

我们还雇了一个胡同里的老大爷,给他穿上燕尾服,挽着新娘的手送到牧师面前。老大爷的孙子则在后面拽着她的裙子躬身前行,顺手往上面抹了两把鼻涕。

"这儿是天主教堂,在这儿结婚得记得一些注意事项。"我对新郎咬耳朵。

"她非得来这儿,我他妈哪儿信这个。"新郎问我,"有什么注意事项?"

"不能避孕。天主教认为避孕是罪恶的。"

"去你的。"

要不是大喜的日子,那厮真会拎着板儿砖砸我。

等到仪式结束,牧师和工作人员都换上便装去"大宅门"吃喜酒了,我便独自坐在教堂里发呆。这教堂已有一百多年的历史了,庚子年"义和团"曾烧过一回,后来又被教会修葺一新,变得更加巍峨。正午的阳光从巴洛克风格的顶窗泻下来,外面飞扬着鸽哨的声音。人家都说,教堂的建筑结构、光学和音响效果自有一种神圣感,能强烈地感染走进来的人——我确实感到了神圣,却不知道神圣的到底是什么、自己应该认为什么东西是神圣的。

壁画上的圣母双目微垂,慈祥善良,我看着她,伤感得几乎哭了。

因为对莫小萤抱有一种近乎信仰的迷恋,后来当她要走的时候,我反而表现得出乎意料的平静。本科毕业以后,我和她维持了一种稳定、近乎相濡以沫的关系。所谓相濡以沫,就是两条鱼被抛在了岸上,只能往对方身上吐口水,既互相唾弃而又互相温暖。我总是攻击她在学习上的勤奋其实是"没思想"

的表现,她则回敬我,指出我"比志大才疏还不如",因为我连志气都没有,就知道混日子。但是我没要求她辍学,她也没要求我上进,这就是互相尊重的表现。

她住回家里之后,我们在一起的日子明显少了。每天在单位磨完洋工,我才能骑着自行车,穿越半个北京城去找她;要是赶上我被派了什么差,或者她去旁听什么莫名其妙的"学术讲座",我们这一天就见不上面了。但是分开的时候也不想,如同见面的时候永远不烦,只要知道这城市里还有一个恋人就足够了。啊,我们真的把恋爱谈到了亲情的境界。

每个月发工资之后的那几天,我会到郊区的度假村包一个房间,她就向她妈撒谎,说出去开会,和我一起到外面住上一个周末。最远的一次,我们去过北戴河,当时是冬天,整个儿景区变成了一座空城,晚上只有路灯骇人地亮着——由于没人,连防备歹人的警惕性都没必要保持。我们就在空无一人的、灯火辉煌的街上散步,听脚步声在度假村墙上反弹回响,听远处的海浪在冬夜里低吼。第二天早上,我们又到海滩上闲逛,莫小莹还捡了一只冻得直掉冰碴的海星。

坐长途车回北京的路上,莫小莹问我:"我要是离开一段时间,你接受得了吗?"

"你为什么要离开呢?"我反问,"你生于斯长于斯,难道穷极无聊于斯了吗?"

"我就是说如果。"莫小萤低了低头,"再说我是学外语的,好多学外语的都出国了。"

"你要真走我也没辙,一个人待着呗。"

"光待着?"

"你希望我说点儿肉麻的吧?"我说,"那我除了待着,还能等你呀。"

"假如等不下去呢?"莫小萤忽然有了刨根问底的精神,"我不是说怀疑你的意志品质什么的,我是说,世事多变嘛,沧海转眼成了桑田……"

我打断她:"要是你走了,找了别人,那我也找一个,先凑合着过。等什么时候咱俩重新碰上了,只能跟那边儿说:不好意思,本主儿要领人了。"

"要是快死了才碰上呢?"

"那也跟你埋一块儿。"

"这倒是个务实的态度。"她说,"我很放心。"

说完,她扭头去看高速公路旁的杨林。大片光影投在她的脸上,给人一种炎热的感觉。如果不是车上的人都穿着大衣,我还以为外面是夏天呢。

原以为莫小萤提这个话头,只是想进行一次技术性的探讨——女性情绪发作的时候,都会把前景设想成最坏的情况,而作为男性,则必须尽量往好了说。愚蠢的动物只能这样安慰智慧的动物。我说过就说过了,没往心里去。

但过了几个月,莫小萤忽然告诉我,学校推荐她到法国的巴黎高等师范学院交流,手续都办好了。

"交流也就一年半年吧?"我说,"弹指一挥间。"

她坦白地告诉我:恐怕得多弹几下儿,没准五个指头都不够用的。很多到国外交流的学生都放弃了国内的学位,在那边重新考试入学;如果运气好,毕业之后找到工作,就有希望变成华侨了。而她妈妈坚决要求她走这条路,为了给她筹集留学期间的生活费用,把股票都"割肉"了。

"你爸的意思呢?"

"家里的事儿他管不了。"莫小萤抿了抿嘴说。

这么大的事儿居然由她们母女决定,可见莫小萤家是一个彻彻底底的母权社会。说来我还从来没见过她爸爸呢。在我印象里,那是一个豪迈的老花花公子,脸色古铜,目光坚毅,但除了爬山探险之外,对什么都不上心,生活也如同闲云野鹤一般。我和莫小萤好的这些年里,从来没听她说过"爸爸回来了";也许他回来讨,但根本不值一提。

既然莫小萤她爸的看法都可以忽略,我这个外人就更没资格发表意见了。我说了又有什么用呢?难道因为儿女私情,就要让她妈的"肉"白割了吗?我只能失神地坐着,试想着莫小萤已经走了,看看自己能不能适应。

她也默默地陪我坐着,坐了两个钟头。

最后我说:"巴黎高等师范学院是一所很好的大学嘛,很多了不起的人物都出在那里,希望你学有所成,不要给自己的校友丢人。"

说来也荒诞,我这个哲学系的学生虽然甘于鬼混,女朋友却跑到了欧洲现代主义哲学的大本营。看来我和人文精神还是很有缘分的嘛。

莫小萤走前的日子里,我把上班以来积攒下来的存款都提了出来,到希尔顿饭店开了个套间,和她扎扎实实地过了几天"资产阶级生活"。白天,我们十点才起床,让服务员推着小车送来丰盛的早餐,吃完饭就在饭店里游泳或者玩儿沙狐球,晚上再到外面暴饮暴食一顿,然后到东安市场附近的人艺小剧场看戏。回房间的时候,我们往往拎着一瓶伏特加,在大堂里孟浪大笑。饭店的工作人员一定把我们当成了来度蜜月的公子哥儿和少奶奶,我也要求莫小萤提前适应"法国规矩",在枕头上给他们留下不菲的小费。

等到她快回家收拾行李了,我也功德圆满地对她宣布:"床头金尽。"莫小萤一把搂住我,近乎无声地哭了起来。我也哭了。

第二天早上,我们红肿着眼睛,到饭店门口等车。按照说好的安排,我就不到机场送她了,免得再闹一场感伤。虽然这一分手,就是长别甚至诀别,我和她都保持了平静。我们有一个默契:平静地分开,是对一场恋爱应有的尊重。

反之,哭天抢地则非常不好,让人觉得像在演戏。

看着莫小萤绰约地上了出租车,我用宾馆的火柴点了一根烟,心里满是悲凉和欣慰。悲凉自不必说,欣慰却另有隐情——我现在终于可以问心无愧地说,自己的心全在莫小萤身上了。

和那个叫林渺的女孩断了线之后,我仍不止一次想起过她。刚开始想她"到底是什么人",后来想她"现在怎么样了"。我始终没弄清楚她那天为什么让我空等了一下午,到头来却劝我回去找莫小萤。林渺是一个谜,人不在了也魅惑着我,我好奇于谜底,同时回味着谜面。我耿耿于怀地和自己斗争着,却深刻领悟了伟大导师马克思的话:一个幽灵在欧洲上空游荡。我怀着清淡的哀愁,被幽灵温柔地缠绕着。

但是现在好了,当我失去爱人的时候,我终于彻头彻尾地回到了爱人的身边。我自忖:在今后的漫长的岁月里,我将只思念莫小萤一个人了。

然后,我的生活就开始变得焦头烂额,没那么多工夫考虑儿女情长的事情了。送走莫小萤回到单位,那个爱好唱坤角儿的票友领导开始找我碴儿。我明明请假了,他却捻着兰花指,戳着我的脑门,批评我"擅自离岗"。这本来也没什么,我权且把他当成一老娘们儿,也就犯不着生气了,但后来听说,一个上级机关领导的亲戚看上了我这个破岗位,原来那厮是想把我挤走,给人家腾地儿。

既然早晚得滚蛋,我就不打算忍了。

因为一语道破天机,我离职的时候,连遣散费都没拿到。而不久以后,我还要为这个举动付出更大的代价,并且总结出一条规律:此后我又应聘过几个"少干活儿少挣钱,不干活儿也挣钱"的工作,人家看过我的简历,连面试的机会都没给我。也有两家事业单位招聘编外人员,但给原单位打电话了解情况的时候,自然听不到什么好话,从而干净利索地拒绝了我。

当报纸都在炒作"b大中文系学生卖猪肉"这一新闻的时候,我也在求职的路上奔波起来。因为念了一个高雅的专业,这时候想去外企之类的当然不大可能,让我"先干着看看"的都是一些小本经营的地方。有一个所谓"老板"既豁达又嘲讽地说:"哟,b大的?来我们这野鸡公司太屈才了吧?"

后来发现,这些地方连野鸡公司都算不得。如果那几个员工都是真正的野鸡的话,那么营业额会比眼下的情况高很多。发不出工资是常事儿,转瞬之间就倒闭的也大有人在。严格地说,我们只能把他们称为"皮包公司",而因为藏污纳垢的事情太多了,叫作"包皮公司"也可以。好在包皮没有过长的,他们大多撑不过两年。

那段日子,我干过所谓"销售",干过所谓"客户代表",干过所谓"业务经理",经营的业务从电子器材到消防用具到服装玩具都有,总结起来能把自己吓一跳。但每天操心的只有两件事:1.从比较傻的客户手里骗出钱来;2.防备比较聪明的老板突然逃跑。

有一家倒腾台式电脑的公司三个月没给我工资,到后来老板就干脆不见了踪影。我和几个小伙子打了无数个电话,终于通过蛛丝马迹找到了那家伙的住处。被我们堵在门里之后,老板倒也潇洒:"房子是租的,家具家电你们随便搬吧。储藏室里还有十来个显示屏,债主也不要。"

我们把那些东西搬到小区门口摆摊卖的时候,老板的媳妇儿又哭天抢地地前来骂我们。老板追上来,懊丧地给了她两个嘴巴:"再来劲连你也卖了。"

在这种情形下,我的经济状况自然好不了。租的房子越来越小,离城里也越来越远,手头紧的时候,连顿热腾腾的饭也吃不上,只能在路边买一个煎饼。听说我过得不容易,父母分别从两个城市打来电话,让我到他们所在的地方去,他们可以找朋友给我安排个工作。

我想了想,又分别打电话拒绝了他们,理由是:"离开北京倒也没什么,关键是去你们谁那儿都不合适。另外一个肯定会记恨我。"

我母亲给我寄过几次钱,父亲却站着说话不腰疼地鼓励我:"年轻人,多闯荡一下也是好的。"后来我彻底弹尽粮绝了,又不好意思管家里要,干脆楼房也不住了,搬到了一个城乡接合部的平房里。那个漏风的房间只要两百块钱一个月,门口连公共汽车都没有,只能走上半个小时去车站。我坐在床板上,想想自己连自己都养活不了,不禁辛酸得胃疼。这时候,我所有的财物只剩下那台照相机,不得不考虑是不是把它卖掉,给自己添一件过冬的衣服。

最后,我看了看相机里留着的莫小萤的照片,打消了这个主意。

饥一顿饱一顿的日子持续了一年多,我才缓过劲来。说来还得感谢家里人的帮忙,另外也得庆幸那时自己穷且有志,没把相机卖了。我母亲的一个广告客户不知从哪儿拉了笔钱,前往北京创办了一家旅游杂志,急于招兵买马。听说我在北京漂着,他向我母亲要了我的号码,问我愿不愿意到他那儿做案头工作。

我恬不知耻地说:"我还有一个特长是摄影呢。"

他无可无不可地说:"先干着看看。"

这句话我听了无数遍了,本来也没抱多大希望,但一上手,却发现自己居然真有这方面的天分。一个小有名气的摄影师看了我给莫小萤拍的那些照片,赞道:"漂亮呀。"我说:"那固然,关键是腿长。"他说:"我说的不光是妞儿——你用这么老式的相机能拍出这种效果来,也算难得了。"

跟专业人士正经八百地学了一阵子,他们又问我能不能吃苦。我问他们:"你们觉得我现在正享着福吗?"于是公司开始把那些"腕儿"不爱去的、位于荒郊野岭的摄影任务交给我,出差也成了常事儿。有一次,我为了拍几张陕北榆林统万城的照片,在路上堵了两天两夜。杂志社包的那辆出租车的司机坚决不去了,要推开隔离墩,掉头回太原。我就让他带着另一个记者先走,自己沿着扔满方便面盒儿的高速公路步行了十多公里,又在一辆斯太尔大货车上和运煤的小伙子挤了一夜。

货车上的小伙子告诉我,路上这种情况是常事,每一次堵车,都有一千多辆车趴在路上。他们两个人换班开车,有的时候一天还走不到一百公里,三挡和四挡从来没挂上过。站在他们的车顶上,望着绵延无尽、一动不动的货车,我第一次感到对祖国饱含深情。这是真正的祖国,尽管只有一夜,可是我终于和她依傍在一起了。

第二天,车又向着目的地前进了几十公里,小伙子指着一片黄土堆积而成的山坡说:"穿过去就是统万城了。"我就从高速公路上翻下去,走了几个小时,拍了照。这是一千多年前赫连勃勃大王兴建的城池旧地,当年选址在这里,是因为水草肥美,但现在只剩了黄土,城墙也几乎全被掩埋,和土坡连成一片。夕阳下面,几只飞鸟从墙的后面破空而出。

回高速公路的时候,我迷了路,不辨南北地摸索了一夜,怀疑自己有可能死在这里。幸亏在凌晨时我碰到了一辆附近农场的拖拉机,他们把我拉到县城去坐长途车。

这组照片让我彻底时来运转,刊登之后又被好几家杂志转载在封二上,国外的几家通讯社还购买了使用权。再加上之前拍摄的一些东西,我开始在圈儿内小有名气,很多地方需要找人到鸟不生蛋的地方拍照片,都会想到我。我的外快多了起来,而雇我的那家杂志社也不介意,反正别处出路费和工钱,拍回来的成果他们也能分享。

因为一年有半年要在野外风餐露宿,我买了全套的登山用品,还准备了一把德国边防军专用的匕首揣在身上。这就很像一个摄影记者了。

山中一日,世上千年,这话对我而言是很有道理的。因为常在深山老林里跑,时光的速度快了很多。转眼之间,我毕业快要五年了,在摄影这个行当也已经干了三年。这期间,我和莫小萤的联系时断时续。她刚走的日子,我们还经常打电话,那时我们都没钱,因此总是尽力在很短的时间里说很多的事情。她向我讲法国乡下的景色，讲那边人停车时前顶后撞的滑稽场面，讲巴黎露天咖啡馆里那些抽着香烟的女人。我则同样报喜不报忧，把自己的每一次失业都说成潇洒的跳槽。因为时差的原因，我们总是在中国的上午、法国的深夜通话。

后来，她的交流学习结束了，顺理成章地继续留在那里，考上了里昂大学。我说："这也是一个有着光荣传统的地方，19世纪30年代，里昂的丝织工人曾经举行过两次波澜壮阔的起义，为无产阶级革命开拓了新的道路。"

没过多久，21世纪的里昂工人阶级再次罢工，这一次罢工的原因却不是资产阶级的残酷剥削，而是针对中国移民的。由于全城的公交系统停运，莫小萤每天放了学都要走上一个多小时才能回到住处。有一天晚上，她在一条小巷里被两个北非移民抢了书包，那些人拿了她的钱，又尾随了她很久，吓得她没命地狂奔起来。回到住处，她哭着给我打电话，说："我想回家了，我要回去找你。"

"都念了这么长时间了，哪儿能说停就停啊？我还等着你回来让我吃软饭呢。"我作势训斥她，又叮嘱她一定要在日落之前回家。当时我刚到旅游杂志社工作，便对她夸下海口，很快就可以弄到到法国出公差的机会，到时候就可以去看她了。

但是这个诺言一直没有兑现。有条件到欧洲出差的，大多是体制内报刊的编辑和记者。他们采访一下自个儿家的外国亲戚,就能完成任务。更有人在欧洲住了一年,发回来的报道就一条:新春佳节之际,海外留学生共祝祖国好。

而从事野外摄影之后,我和莫小萤的联系就变得越来越不方便了。由于常常没有信号,电话是不能打了,变成了发邮件。有时她写了好几封,我才在某个县城找到一家网吧给她回信。后来,莫小萤也忙了起来,她找了个兼职翻译的工作,接待了好几个咱们国家的电影代表团,还得陪一些身份神秘的女人到珠宝店去买珠宝。她的时间都花在了坐火车和帮人挥霍钱财这些事情上,信写得越来越短了。

有一次我在新疆喀什的戈壁上住了两个月,回到乌鲁木齐后赶紧去上网,却发现信箱空空如也。我想,莫小萤从此不会给我写信了吧。打那以后,我也没再查过信箱。

我和莫小萤终于断了线,此后关于她的消息,常常是外人传过来的。半年以后,我在青岛休整,准备跟着渔船前往深海的时候,碰到了她大学时的同学,那个险些用暖水瓶浇了人的"第一名"。那姑娘告诉我,莫小萤在尼斯认识了一个法籍华人,那人家里是开时装店的,两个人准备结婚了。但我还没来得及伤心,又有人告诉我,那个时装店的少东家是一个同性恋,根本不可能和莫小萤结婚。而后的消息就更离谱了,别人又说他们仍然打算结婚,因为在法国,嫁给同性恋也是一个很时髦的事。

就这样,我连为"被莫小莹抛弃"而感到悲伤的资格都被剥夺了。在真真假假的流言里,我只能感到荒诞。但不管怎么说,我想,我和莫小莹算是完了吧。假如有一天,她突然正式通知我,她嫁给了别人,我也没什么话可以说的。自从停止写信以后,我们已经可以被视为分手了。

对于我的个人生活问题,不少人还是挺关心的。有那么一段日子,杂志社专门把一个师大艺术系毕业的女研究生派到我身边,让她和我一起去采访。那是个扎着马尾辫的俏姑娘,耳朵很薄,在西部高原明媚的阳光下几乎成了透明的,像在脑袋旁边插了两个塑料片。招我进来的主编邵哥透露,她刚跟男朋友分了手,我大可乘虚而入。对那姑娘,他大概也说了同样的话。我们两个很"虚"的人一起跑过青海和云南西部的藏区,居然相安无事。我尽了一个男同事的责任,为她肩扛手提,住小旅馆的时候还帮她从床底下轰过老鼠;而她也很善解人意,备了一只酒精炉给我煮面吃,这样就不必吃当地的小饭馆了。但是回到北京,我们就不联系了,在单位碰见也仅仅像普通同事一样打个招呼。

邵哥偷偷问她:"你嫌这人哪儿不好?"

耳朵透明的姑娘说:"他对女孩太淡漠了。"

"那不是优点吗? 踏实。"

"对我也淡漠。"姑娘说,"我宁愿找一流氓。"

邵哥又把她的看法反馈给了我。我的第一反应是冤枉："我多殷勤啊。什么叫淡漠？在青海湖边把她按倒了就不淡漠了？"

但人家就是从殷勤中看出了淡漠，这也让我悲哀地发现，自己的确变成一个奔三的成年人了——貌似对什么都还兴致勃勃，实则已经开始疲惫。女性的洞察力是多么强啊，我再次感叹她们的敏感和智慧。

12

王大力代表了中国文化圈里的一种典型形象：四十多岁，身材粗壮，光头，开越野车，喝工夫茶，左手戴一块超大表盘的欧米茄，右手挂着一串檀木佛珠。这种人很仗义，但是有时候是真仗义，有时候就是假仗义了。这种人碰到晚辈，总爱推心置腹地重复一句口头禅："兄弟啊，现在我才发现，人活着最重要的就是——简单。"

我是跟着主编邵哥参加杂志社的招待会时认识他的，后来发现，在每个类似的场合都能碰到这个闲汉，而他每次都会对年轻人说"简单"的道理。有一次我听烦了，揶揄了他一句："那是因为你没能力理解复杂的事物。"但他也没急，反而哈哈大笑地端起威士忌和我干杯。从此，我们就成了朋友。

这种人的职业呢,常常是书商、电视台的策划、自由撰稿人之类的,王大力则很经典地把这些行当都干了一遍。我认识他的时候,他已经自己开了一家特殊的旅行俱乐部。

该俱乐部的特殊性在于,只接纳那种"跟自己较劲"的会员。对于这个理念,王大力的解释是:人在城市里的主要工作,就是和别人较劲,生命不息,较劲不止;但不论较赢了还是较输了,最后一个较劲的目标都是自己。和自己较劲,代表着较劲的最高境界。较劲的方式呢,在某一类人中体现为苦行僧式的徒步探险,王大力就把他们组织在一起较劲。

那些人常常是些精力旺盛的男人,从事的职业五花八门,但手里都有俩小钱。每当俱乐部公布一个探险的地点,他们就会口口相传,分头请假,大概一个月之后集合出发。也有些企业会把某次活动包下来,当作对员工的"拓展训练"。听王大力的吹嘘,他带队去过罗布泊、日喀则,还攀登过著名的希夏邦马峰,但我对此一直表示怀疑。

后来,王大力的俱乐部和我们的杂志社合作,举办了一个名为"较劲之旅,感悟之旅"的系列活动,我作为随行记者跟他们去了一趟贵州贞丰县的山区,这才知道那家伙有多么能吹:他带着七八个IT(信息技术)眼镜男,仅仅沿着公路走了二十来公里,又爬了两个山头,就兴高采烈地到布依古寨喝酒唱歌去了。回来的飞机上,眼镜男们居然一个个挂着惨痛的表情,口口声声地宣称"对人生领悟了很多",还抹着眼泪唱许巍的歌。

"傻×吧?"王大力偷笑着问我,"傻×的钱特好赚。"

因此,当王大力又邀请我去云南的哈巴雪山时,我把那当作了一次吃喝玩乐的美差。

"雪山我就不跟着爬了,反正他们丫的感悟二百米指定下来。"我说,"你得在丽江给我开间房,还得跟酒吧和饭馆说好让我签单。"

"美得你,我是不是还得给你预备好一夜情啊?"

"我信不过你,怕你把那些玩儿剩下的烂'蜜'都扔到我这儿。"

"那照片呢?你声色犬马了,照片还拍不拍啊?要那样我让你去干吗呀?"

我神秘地指指电脑:"雪山的照片这儿都有了,回头让你们的人做登顶庆贺状,我拍下来贴上去就行——想爬到哪儿爬到哪儿。"

"你这种无耻的态度特别适合干媒体。"

那年九月,我单独一人飞到了丽江机场。这恐怕是全国极其繁忙、极其光怪陆离的机场之一,简陋的候机厅里挤满了乔装打扮的伪艺术家,墙上贴着让人浮想联翩的禁毒广告。很多真假难辨的少数民族女孩凑上来,问我:"胖金哥,要不要车?"

热诚得让人不好意思。但是这些人的话绝不可信,一旦上了她们的小面包,等着你的就是半路上漫天要价,很多人干脆就被甩在山里了。

我等了半个小时,才找到一辆正规出租车,司机是个女的。这边的风俗就这样:男的一律在家斗鸡走狗,女人风里来雨里去地干活儿。

女司机稳稳当当地把我拉到了四方街,因为此处没有打表的习惯,我按照谈好的价钱给了她一百块。此时正是旅游旺季,古城游人如织,老外尤其多。他们把位置好的客栈都占了,我只好顺着台阶上山,找了家新开的店住下。

这家店的地势很高,坐在阁楼上喝茶的时候,密密麻麻的灰瓦房顶一览无余。游客们拎着"长枪短炮",气喘吁吁地边走边拍,生怕别人不知道他们是摄影爱好者。高原的天气也给足了他们面子:阳光横冲直撞地热烈,天蓝得像抹了油,傻瓜机也能拍出效果。

收拾停当,我找到王大力所说的那家"关系户"饭馆,吃了一盆热气腾腾的米线,晚上又到"关系户"酒吧去喝了一杯。我立刻头疼起来,早早上山回房睡觉。路上有人问我要不要听宣科先生的纳西古乐,陶冶一下文化情操,我想也没想就拒绝了。

第二天早上,王大力打来电话,说他们已经从昆明包车出发,当天下午就能和我会合。我懒洋洋地应了一声,出门吃早饭。一个中年女人挑了担子,把小吃运到山上来卖,我一边等她把煎好的糍粑放到碗里,一边替石板路中间的一条小狗着急。那是一条串种的"京巴",它正在和一条半人多高的大土狗打闹,小京巴处于劣势。

等到我吃完饭,把碗还回去的时候,大土狗已经不见了,只剩下京巴筋疲力尽地趴在地上,看那样子,累得一动也不能动。

这只志比天高的小狗倒激起了我摄影的冲动。我迅速跑回房间,端着照相机出来,给它拍了一张"事后照"。

镜头里,一个嫩黄色的人影在台阶的转弯处一晃,旋即不见。我的手指不由自主地哆嗦了一下。

那个影子看着很熟,我却想不起是谁了。

这天上午,我在街上又碰到了北京一家报社的几个人。我闲来无事,就跟着他们去了。新镇子规划得还不完备,商店和饭馆大多没开张,路上散落着许多马粪。景色倒是比丽江更苍翠些。那些家伙煞有介事地拍了很多照片,只有我一个人手插着兜,在他们看来,反而充满了剑不出鞘的倨傲感。有个记者故意挑事儿,对陪同而来的乡干部说我是一著名的战地记者,刚从伊拉克回来。淳朴的乡干部追着我,满脸敬仰地问东问西,最后弄得我不好意思了,便借了一个人的相机,为他们拍了几组风景。

"也没瞧出有多独到嘛。"有人撇着嘴评论我的取景和布局,"可见各行各业都有一撮儿装×犯。"

"我的功夫都在腿上。"我对那脑满肠肥的家伙说,"为了拍一棵树,我在睡袋里住过一个礼拜——你这辈子可能都拍不着那种树。"

"什么树?"

"就是普通的杨树。"

呛呛了两句,我却先笑了——刚才的话说得的确像个装×犯。不过这事儿还得看怎么想:能混到可以装的地步,说明我这两年的活儿没白干。这也是一件让人欣慰的事。

中午跟着那报社蹭了顿招待餐,他们嚷嚷着要去洗温泉,我就打车先回了丽江古镇。想想王大力他们即使到了,也得且收拾呢,我又后悔刚才没跟着一起去公款洗澡,此时只好在四方街闲逛起来。一个老太太问我要不要买银镯子,我看了一个,果然是洋铁皮打的;又有个小伙子向我兜售葫芦丝,我告诉他自己不是日本人,不爱好中国文化。

到了晚上,王大力火急火燎地给我打电话,问我怎么还没到。我按照他说的地址,找到另一家"关系"饭馆,看见他那硕大的光头正从一桌人里"破土而出",情绪激昂地宣讲着什么。

"故者已逝,生者长哀……"他洪亮地对几个神情迷惘的大龄青年说,"每当我想起当年的那件事,就问自己:你怎么还活得好好的? 你怎么还活得好好的? 如果率队登顶的是我,今天和大家坐在一起的,可能就是我那哥哥——你们缅怀的那个人,也许就是我……"

他说着,把光头上的汗抹到了脸上,使自己看起来眼泪汪汪。我不知道这厮具体在吹什么泡泡儿,但对这一伎俩心知肚明:每次"拓展"之前,他都会向队员们进行一次恶狠狠的煽情,讲两个亦真亦假的悲壮故事,说一些终极意义的巨大字眼儿。必须得承认,这人还是很有表演才能的,经常说着说着就把自己煽哭了,还有几个电视台的讲述节目专门找他做过节目,现场找一乐队给他伴奏着煽。

因此现在我只能一声不吭地坐到桌旁,把腊排骨火锅里肥大的肉块都夹到自己碗里,一边奋力地嚼,一边听这个"有故事的男人"大讲人生感悟。

好在王大力的煽情工作已经进入了尾声:"……所以呀,经过这么多的事儿,我这才体悟到,人生最重要的就是——"

"简单。"我含糊不清地和他一起说出最后俩字儿,然后带头鼓掌。

"你们看,他懂的。"王大力抓着我的肩膀对听众们说。

这次组团跟着王大力前来"拓展"的,是北京一家市属房地产企业的员工。看得出来,这帮孙子近年来的确是挣着钱了,连"饱暖思淫欲"的阶段都迈了过去,已经到达了追求人生意义的境界。他们被王大力感动得眼泪汪汪的,一国字脸的中年人搂着女秘书模样的小娘们儿感慨:"你们年轻人了解不了啊,我们这代人就是这种心境,把什么都看开了……"

"处长,我早就看出您的内心——特别丰富。"

我递给王大力一条湿毛巾,让他擦擦汗:"你跟他们说什么了,都能把这些人煽成这样?"

"那是两码事儿,你别哪壶不开提哪壶行吗?要相信王八蛋也有向善的那一面。"王大力猛喝几口水说,"而且我也不能算煽呀,讲的是真事儿,要不我再给你说说……"

"别别,上次那残疾人骑着三轮车走西藏的事儿就是从杂志上抄的。"我说,"我拉屎的时候也看《读者文摘》。"

"我觉得你这种态度特别不好,对世界缺乏温情。"王大力被我挤对得挂不住了,急赤白脸起来,"而且上次是上次,这次是这次。这次说的事儿,哥哥亲眼见、听真真儿——正好十年前,也是这个季节,我那时候还是个货真价实的登山运动员呢,刚参加完北京市登山队的集训,第一次在社会上募集团队,登的就是这边儿的哈巴雪山,五千三百九十六米,山腰上八级风。那时候队里有个大学老师,姓莫,身体特好,技术也过硬,曾经参加过希夏邦马一次山难的救援……"

我听到"大学老师"和"姓莫",心里蓦然凛了一下,问:"那人叫什么?"

"莫大卫——你认识?"

"不认识。没学过美术,大卫和维纳斯都不认识。"我忽然想起来,莫小莹从来没对我说过她爸的名字。她很少提起自己的父母。我又问:"哪个大学的老师来着?"

"临时募集的团队,我哪儿有心思问得那么清楚。"王大力见我产生了兴趣,表情明显欣慰了很多,嗓音也低沉起来,"当时他是先遣队,选择了一条比较快的路线,带着两个年轻的男的先上去插旗子,我因为是领队,带着其他人和两个女的走比较稳妥的路线。等到我登顶之后,看见旗子已经插上了,莫大卫却不见了。我问:'莫老师呢?'他们那组的人一下就慌了:'他没迎着你们?'后来才知道,先遣队上去之后,在山顶发现了雪崩的迹象,一旦发生,崩溃的方向正是我们这条路,莫大卫就独自下山去找我们,想让我们临时换一条路……"

"后来呢?"

"雪崩只是迹象,好在没发生……"王大力叹了口气,眼睛真情实意地湿了,"但莫老师找我们的时候,却走到了雪檐上,坠山了……我们是半个月之后才见到他的尸体,全身上下没受一点伤,表情特别安详……"

我心慌意乱地点了一支烟,筷子也停了,愣愣地看着王大力明晃晃的光头。他则如愿以偿地做回了沧桑男,隔桌拍拍我的肩膀:"兄弟,不是哥哥说你,你这人惯于对所有事儿都报以冷嘲热讽——我承认这世上傻×处处有,也许你见过的格外多,不过千万别忘了,对生活仍然要抱有一丝敬畏……"

那天晚上房地产公司的人走了之后,我和王大力又在饭馆坐到半夜,喝了一瓶他带来的强尼·沃克黑牌威士忌。王大力停止了装模作样,温厚地与我聊天,很像一个好脾气的兄长。对于罹难者莫大卫的事情,我没再多问。

临走的时候,王大力对我说:"在丽江多休整两天吧,后天我们出发去巴哈村。"

"干吗拖那么久?"我问,"这地方大伙儿都觉得不新鲜。"

"还有一人没来。"

"谁?"

"莫大卫的女儿。她联系上了我,想到山底下祭奠一下她爸。"

"那姑娘叫什么?"

"莫小萤。"

13

我坐在丽江机场候机厅的一角,恍如隔世地望着空荡荡的跑道。那伙房地产公司的菜鸟到了地方才发现,在北京准备的冰镐不符合规格,王大力还得开车带他们到市里现买。临走前,他让我替他到机场接一下莫小萤——莫大卫的女儿。

我藏在人群后面,怀疑莫小萤走进来的时候,我是否有胆量站起来见她。我不知道如何面对分别了五年才知道她没有爸爸的女友。按照王大力所说的,她爸爸是在十年前遇的难,当时她只有十七岁,正在上高三,还不认识我。而她为什么从来没对我说过这件事呢?

当初我问起她爸爸的时候,莫小萤总是哼一声说:"他挺好,无限风光在险峰呢。"

莫小萤向我隐瞒这个真相,是不是因为"信不过我"呢?但在我记忆里,她却又和我是那么贴心。

我曾总结过,大学四年唯一引以为傲的东西,就是和莫小萤的感情了。但现在看来,我在这方面也太高看自己了。我的那段日子一无所获。

当莫小萤和我断了音讯之后,我难免会对她有所怨憎,像条被遗弃的狗一般舔着伤疤。但现在,我认为自己没资格恨莫小萤了——我这个人,有能力代替她爸爸照顾她吗?答案恐怕是否定的。长期以来,我只是一个连自己都照顾不好的人,把懒惰视为超脱,把任性视为孤傲。这样的人并不值得她依靠。她潇洒地把我抛开,反倒是一件大快人心的事。

我也再次感叹,每个美好的女性都是一个谜。千万别自以为你了解她们。

到了晚上六点,莫小萤还是没有出现。高原的夕阳透亮地垂下去,将机场染成金板一块。一架波音737在云端盘旋片刻,像从太阳里滑了下来,这是今天最后一架抵达的班机。

候机厅已经没什么人了,连招揽生意的黑车司机都渐渐散去。我孤零零地站在出站口,看着一群北京游客咋咋呼呼地走出来。等这些人从传送带上取了行李,都走光了,我仍站在那里。一个地勤人员过来问我是不是接机的。

我鼓起希望,问她是不是还有晚点的飞机。她说:"您一定是记错日子了。"

因为出租车都没有了,我只好坐民航的班车到市里,然后再从那儿打车回古镇。路上,王大力突然给我打了个电话。

"兄弟,不好意思,真没涮你的意思。"他说,"那小姑娘有点儿不靠谱,前些天说是今天到,结果早就来了,一人在附近几个镇子转了好几天,一个小时前才告诉我。"

"你们碰头了吗?"我问。

"碰头了。你不会生一个妞儿的气吧?"王大力谄媚地安抚我,"那可是一尖果儿。"

"咱们多大度啊。"

然后,他又告诉我,回来直接奔一米阳光酒吧,房地产公司在那儿包了个厅,为次日的登山壮行。但我刻意在市里吃了饭,又闲逛了很久。最后无所事事,我又到劲霸男装给自己买了件外衣,穿上活像个小县城的成功人士。

王大力连着给我打了几个电话,催我快点儿,最后说:"人小姑娘都快哭了,说你要不来就是记恨她。"

我想:假如我注定要听莫小莹说一句"对不起",那躲也是躲不过的。于是我伸手拦了辆车。

酒吧街永远是丽江最繁忙的地方,灯红酒绿,音乐劲爆,东北口音的小伙子站在路旁招揽过客,盛况堪比北京的三里屯。一米阳光的摊子铺得很大,在街头街尾都有分店,我盯着人群里那些五光十色的后脖颈子缓缓而行,找到王大力说的那个包间,已经是晚上九点多了。一屋子人早已进入了状态。王大力继续扮演一个豪迈的人生导师,一手端杯酒一手攥着麦克风,在凤凰传奇的音乐伴奏下大声朗诵"喂马、劈柴、周游世界"。看见我进来,他忘情地扑过来,给了我一个熊抱,然后让我尝尝今天特地要的好酒——纯正苏格兰麦香。

我接过方杯,跟旁边人敷衍了几个来回,便借故往房间的最里面坐过去。两个身高体壮的男人正搂在一起痛哭:"我真没不把你当我哥。"

他们右侧的拐角里,仿佛还坐着一个人,静静的,一言不发,显得与这毫不搭调。灯光昏暗,人来人往,我看不清她的脸,只看到她穿了件嫩黄色的登山服。

我确定那就是莫小萤,就扒开那俩男人凑了过去。我等着看到她的长腿和温婉的脸。

但是灯光明灭之间,映入眼帘的却是另一个人:半长的头发搭在肩头,眼睛大得让人想起食草类动物,略带婴儿肥的脸,一笑就露出两颗板牙。

我忽然被巨大的荒谬感席卷,甚而怀疑周围的一切都不是真的——酒吧、丽江、王大力……所有这些都是我梦里的幻象。就连这五年的日子也是幻觉,而真正的我正躺在北京北郊的某间出租屋里,梦着这一切。与此同时,一个清脆的女声正在我身边朗读着一本书。

痴痴地愣了几分钟之久,我开口问眼前这女人:"你是莫小萤?"

她点点头。

"你确定?"

再次点点头。

"可我记得,上次见面的时候你不叫这名啊。"

"那你记得我叫什么吗?"她仰头看看王大力还在远处,便挨近我一些,笑着问。

"林渺。"我说,"你现在是玩儿得越来越大了。"

"我真没想到会在这儿见到你。"

"我也想象不到——你图什么呀?"

王大力那一班人闹到深夜才善罢甘休,这期间,我一直和林渺坐在角落里。我们走的时候,他们声嘶力竭地扯着嗓子往山上前进,"咏而归"。不时有人突然抱住另一个人,没头没脑地抒上一会儿情。所有的醉鬼都管林渺叫"小萤妹妹",我只能接受这个事实。

爬到半山腰,那伙儿人就到了。王大力倚在客栈门前的大红灯笼下,光头被照得像流满了血,他神色怆然地问林渺:

"妹妹——大侄女儿,你住在哪儿?"

夜半风大,林渺把登山服的领子拉到了头,脸只露出鼻子以上的部分,活像个裹得严严实实的娃娃。她从衣服里瓮声瓮气地说:"还往上。"同时指指蜿蜒而上的台阶。

"那跟他一路,你们俩同行。"王大力对我歪歪脑袋,诚恳而关切地说,"有什么事儿你就喊,我去救你。"

林渺咯咯一笑,小步踮着往上先走了几步,看起来心情轻松,和刚才在酒吧里判若两人。我正要跟上去,王大力又拽住我,同样诚恳而关切:"你们俩一见如故啊,整晚上都窝在一起,也没理别人。"

"只是都不太能融入你们的气氛,两个孤单的人坐在一起罢了——基本上一言不发。"我答道。这也是实话。

"愿意跟你坐一块儿就是有戏。"王大力神秘地眨眨眼,"看你的本事啊,争取她上坟的时候,你能以准女婿的身份陪同。"

这话让我有一种突如其来的错乱感。假如真正的莫小萤去祭奠她父亲,三年前的我倒的确应该以男友的身份陪同。可惜现在不光"女婿"不是"女婿"了,连"女儿"都不是"女儿"了。我又问王大力:"她是怎么联系上的你?你以前见过她吗?"

"见过见过,那时候还是个小孩儿呢……你管那么多干吗呀?赶紧送人家去,有了机会千万别手软。"王大力又叮嘱我,"她喊你也别停,我不会去救她的。"

我对他挥挥手,快走两步追上林渺,和她肩并肩地往上爬。王大力等人吆三喝四地进了院子,整座山忽然就静了。石阶路上回荡着我们的脚步声,仿佛从半空中传出去,在古镇的瓦顶上回荡。

林渺的嘴巴还埋在衣领下面,露出的半张脸亮而白。几年过去了,她的面容几乎一点改变也没发生,还是当初那副学生模样,眼角更是奇迹般地没有鱼尾纹。她还比我大一点呢。而由于常年风吹日晒,我却老了不少,再加上越发不爱说笑,被很多人评为经典的"沧桑范儿"。

她住的客栈在我住的那家下方,爬几百米就到了。林渺转过身,一言不发地看着我,仿佛在道别。由于是高原,她的喘气声也清晰可闻,衣服下面的身体一起一伏。

我突然又问她："你图什么？"

"你问的是什么？"

"别装傻。你说能问什么呀？"我心里涌上一股愤怒，我以斥责的口吻大声对她说，"你为什么老是编瞎话、冒充别人？以前冒充什么副部长的孩子，这次干脆冒充莫小萤了——你——图什么？"

她低下头，一言不发。在客栈的门灯下，我只看到一副又黑又亮的睫毛在颤动，好像某种昆虫的翅膀。

"要不是我恰好认识王大力，恰好跟着他们到这儿来，是不是就没人知道你在撒谎了？"我继续说，口气像个道德模范一样义正词严，"这么多年你一直在骗人，我觉得你特累。"

"不累。"她漫不经心地说。

"那就坏了，你连心理负担都没有。"我气哼哼地讽刺着她。

然后，我就看到她的睫毛越发黑、越发亮。它们湿润了，她像遭受了批评的女中学生一样悲伤欲哭。那两滴让人揪心的眼泪还没掉下来，我已经后悔了，觉得自己不应该这么说她，尽管她的确骗了人。也许是很多年没怎么和女性接触过了吧，我对莫小萤的那一腔柔情竟然转移到了林渺这个"替身"身上了，让我心软，让我难过。

而不知不觉间，我已经倾向承认"林渺可以作为莫小萤的替身"这个事实了，受骗也好，装傻也好。

林渺有一种柔软但毫不讲理的魅惑力,让我束手无策。

而我正在迟疑,她却开口了:"我……变成他们那些人,不是没有原因的。具体因为什么,现在还不能告诉你,你等我一段时间,行吗?"

我居然点点头,答应了她。

然后,我们心平气和地互道了晚安。她扭过身子进屋了。

当夜,我却怎么也睡不着,便又到一家很晚还在营业的饭馆买了一种用口杯装的青梅酒,吮着,在客栈的露台上看夜景。辉煌璀璨的古镇正在逐渐暗下去,每一盏灯熄灭,都暧昧地暗示着一场男女纠葛的结束或开始。夜凉如水,山河如画。

林渺住的客栈就在几十米下方,二层小楼上的灯光清晰可见。因为我不确定她住在哪一间,便等到那儿所有的窗子都暗了,才疲倦地回屋躺下。

第二天早上七点,就有人敲我的门。我头痛欲裂地穿上衣服,打开一条缝,看见她正乖巧地等在屋外,栏杆上放着一碗面,正腾腾冒着热气。

"你怎么知道我住这儿?"

"问服务员呗。"

我像西北乡土文学里的人物一样,硌蹴在太阳地里吃完了面,端着碗还到隔壁的小吃店。进来的时候,我望了一眼台阶下的拐角,忽然想起前两天见过的那个嫩黄色的身影。也许她早就在这里看到我了。

回到屋里,她正在贤惠地为我收拾行李,一边叠着衣服一边说:"矿泉水我给你买好了,去哈巴的路上不一定有商店。我还给你拿来两包湿纸巾,放在书包的侧兜里了,吃什么东西之前记着擦擦手……"

那种熟悉的、被她当作孩子照顾的气氛又回来了。我准备洗脸时,她连热水瓶都拎了过来。

"仔细点儿,耳朵上还有肥皂呢。"她抖了抖我的毛巾说,"我妈管你这么糊弄叫'猫洗脸'。"

一句话几乎脱口而出:你说的这个"妈",是王如海还是莫大卫的媳妇儿呢——抑或别人?但我停了停,还是换了一种措辞:"这么殷勤,想收买我吧?"

"对,我这个女骗子要收买你。"她毫不生气地把毛巾投了投,绞好,递给我。

在她的监督下,我把自己拾掇得干干净净的。王大力还没打电话来。昨天晚上的誓师大会过于盛大,战士还没出征就被榨干了力气。我们便背着包,到山坡上的"两只猫"咖啡馆喝了杯咖啡。店里放着爵士乐,坐满了懒洋洋的情侣,而丽江这边的男女都有这样一种状态:刚认识的也像熟人,熟人倒像初次见面的了。

正好把我和林渺之间的莫名其妙的关系遮盖了过去。

到了上午十点,王大力才雄心勃勃地打来电话,告诉我:"带上女人出发。"包好的丰田中巴车已经在四方街的广场上等了一个多钟头,司机气得直骂街。我和林渺登上车,自然而然地挤在一排双人座上,王大力意味深长地对我挤挤眼。

"吃口香糖吗?"车开动后,林渺趁着发动机的噪声响起,把头凑过来小声说。

"不吃。我喜欢当一臭嘴的人。"

"也没指望你能说出什么香喷喷的词儿来。"她用手肘顶了我一下,然后又在背包里翻了会儿,让人想起小型啮齿类动物在整理洞穴,最后却拿出一只小巧精致的"苹果"播放器来,"要不咱们听歌儿吧"。

她说着,递过一只耳机来,然后把另一个塞进自己的耳朵。对于这种充满孩子气暧昧的听歌方式,我不自主地抗拒了一下,但扫了一眼前面的王大力,就没说什么,把耳机按到耳朵上。她按了下按钮,一个高亢而清澈的女声唱了起来,听起来像"红五月"歌咏比赛的少先队员,唱的却似乎是爱情方面的内容。这歌手似乎小"红"过两天,但很快就像咱们国家大多数艺术范儿的演员一样,很快就销声匿迹了。

"我听这种音乐的时候最爱你——"她跟着哼了两句,突然没头没脑地来了一句,"哎,你现在还想搞电影吗?"

"我说过这种不自量力的话吗?"我反问她,但迅速反应过来,确实说过。

她果然说:"这有什么不好意思承认的,那时你连电影名字都想好了——《我在路上的时候最爱你》对吧？真够长的这题目。"

"是长了点儿,不过长也有长的好处,唬人。"

"这首歌叫《我听这种音乐的时候最爱你》,跟你的异曲同工。"

"算我抄它吧。"

看到我露出倦色,她知趣地不再说话。我静静地听了会儿歌,然后礼貌地把耳机还给她。

"你不会俗到非要较真儿我是谁的地步吧?"把耳机线缠绕在播放器上时,她低声来了这么一句。

我看到她正盯着王大力,明白了她的意思,便说:"较真儿还是难免——但你放心,我犯不着把外人也牵扯进来。"

她信赖地看看我,又偷偷把手从抱着的书包后面伸过来,拉了拉我的手。我僵了一下,几乎攥住那只软而小的手,但一转念,还是把手拿开,插进了兜里。

路上,王大力又开始渲染哈巴雪山之险峻、登山危险之巨大,一方面是为了吊起同行人的胃口,另一方面也是提前给他们找个心理上的台阶,让他们感到:即使半途而废,也算不虚此行。而从这时开始,我也和其他人一样,管林渺叫"莫小萤"。

哈巴雪山位于云南迪庆的香格里拉自治县境内,名称由纳西语而来,意为"金子的花朵"。它与更为著名的"玉龙雪山"隔虎跳峡相望,金沙江从两山之间蜿蜒而过。雪山峰顶处海拔高度为5396米,每年4至5月草长莺飞,野花遍地,但到了11月和12月的登山季,就被厚厚的白雪掩盖,山上风力可达八级。对于受过训练的登山运动员来说,"哈巴"并不能算作多么难以征服的险峰,基本只作为青年队的训练项目,近十几年来,由于装备和给养水平的提高,民间团体也频频登顶。但这样一座雪山毕竟不是为了游山玩水而存在的,只要大自然显现出凶恶的一面,仍然令人生畏。自从1995年起,已经先后有数支登山队的成员在山上遇难,其中包括莫小萤的父亲莫大卫。

我们沿着国道一路向南,进入了迪庆自治州境内,沿途早已变得人烟稀少、满眼荒凉。丽江古城的颓靡与繁盛是被旅游者堆积起来的,一旦远离那里,便能体会到中国边陲的真正气息。虽然仅有一百多公里的车程,但我们在路上走走停停,随处可以见到山体滑坡的痕迹。在一个不知名的村村口,我们还被一群牦牛耽搁了半个小时。

苍凉的景色也让那群房地产公司的家伙安静了下来,他们像一群没见过世面的土鳖,愣愣地望着远山,不时有男人慨然叹一口气。或许这就是他们所谓的"感悟人生"吧。我很想对他们说:你们的目的已经达到,现在可以滚回去了。

下午三点多钟,哈巴雪山的一角出现在前挡风玻璃中:底部雄浑而平缓,到了山腰处,突然刀砍斧凿般勃然而上,消失在白云的笼罩里。云上,或有登山客迎风而立,但他们的呐喊已属于另一个世界,在山下是听不到的。那个特爱跟处长犯嗲的女秘书提出下车照相,王大力一改常态,严厉地拒绝了她。他告诉大家,我们必须先绕到山北面的登山补给站报到,那里是一家日本户外器材企业赞助国内"登山传统名校"设立的临时机构,只在登山容易发生危险的时期营业,相当于各支队伍共用的"山下大本营"。在补给站,参与攀登的人员不仅需要上一堂求生知识课、进行几个小时的适应性训练,而且每支队伍都会领到山上专用的大功率对讲机。如此周全的准备工作,也是拜以前遇难的人所赐吧。而这时,也可以看出王大力并非一个夸夸其谈之徒——他坚持选择气候相对缓和的 9 月而非 11 月带队登山,也是出于安全的考虑。

中巴车就沿着雪山脚下的土路颠簸过去,我们头顶的白雪已被照成了金黄,才到达了王大力所说的"登山补给站"。这是几栋木板房组成的小营地,位于哈巴村的"山景饭店"东部几公里处,工作人员基本是院校登山队的志愿者,还有 b 大"山鹰社"来的。空地上已经停了几辆越野车,三三两两的人正抱着木柴走来走去,准备晚上的篝火。

"你准备上去吗?"众人下车活动腰腿的时候,王大力对林渺说。

林渺问:"这儿离彝家村还有多远?"

"十来公里吧。"王大力说,"不过我们已经地处海拔2000多米的地方了,又没有像样的公路,面包车开不过去。你要是今天过去,还得看运气,不知能不能找到那种车的司机。"

他说着,指指离我们最近的一辆"三菱"越野车。

"我还是去彝家村吧。"林渺以悠远的目光望望雪山,"最好今天就过去。"

王大力放心地叹了口气,去找那些越野车的司机,以老江湖的姿态和人家商量。我跟上他问:"她要去彝家村干什么?登山的人没什么住那儿的。"

"看看她爸爸吧。"王大力说,"她本来让我带她到莫大卫坠山的地方,但我们那时候是分头行动的,怎么可能知道确切地点?后来了解到,莫老师曾经在彝家村附近捐助过一个希望小学,那所学校给他盖了一个纪念碑,便建议她到那儿去看看,山就别登了——人在情绪不稳定的时候特别容易出意外。"

我将信将疑地回头扫了林渺一眼。

"你也别上山了。"王大力又对我说,"反正前两年你都上去过了,拍了那么多照片也没用完,就按你原来说的,给那帮傻×合成几张得了。他们要照片,也是登在公司内部的简报上,你不署名,坏不了名声。"

我明知故问:"那我干吗去?"

"陪着你那'蜜'啊。"王大力说,"看得出来,你们俩有缘分。她来一趟,能认识你,也算对莫老师有个交代。"

"你这人也有个特点,"我干笑了两声,"拉皮条都拉得义薄云天。"

王大力打个哈哈,忽然郑重其事起来:"你还真得看好了她……我老觉得这姑娘有点儿不对劲……怎么说呢?太过沉静了。这种人让人琢磨不透会做什么。当时我不想带她登山,也是这个原因。现在好了,她自己同意不去了……你在山下陪她两天就行,我不管登不登顶,两天之后都会下来。咱们在丽江会合,再玩儿两天之后我送你们去机场——以后的事儿就看你们俩什么想法了。"

我点点头。

王大力的运气很好,找到两个西进怒江的游客,他们答应不收钱把我和林渺带到一个叫"花家村"的地方,那儿离"彝家村"很近,徒步就能到达。志愿者已经带着登山的人埋锅造饭,我们吃了一顿牛肉罐头煮的汤和压缩饼干,林渺就背着包向吉普车走去。我默默地跟上她,她也没说什么。

虽然我对风餐露宿早已习以为常,但这一路还是被颠簸得直想吐。那条路基本不能称为路,四处险象环生,有些地方干脆只剩下两条载重卡车的车辙印。司机就骑着那些沟壑,让越野车三十度角倾斜,以狗撒尿的姿态爬了过去。林渺拽着门把手,手指苍白,牙咬得紧紧地。冲过一个巨大的土坡时,她一把攥住了我的胳膊,就再也不放手了。

两个小时后,终于找到一条公路。司机停下车,指指通往山下的小径说:"顺着小路下去,有一个镇子,到那儿问问人,就可以找到彝家村了。村里没有旅社,你们吃饭住宿还是在镇上方便一点。"

我问:"确定有人烟吗?我们可别迷了路。"

"迷路了你们就在深山老林里下崽儿,又是一窝儿香火。"司机打个哈哈,"你放心,我们以前住过那儿。"

而他们还要继续向西,从滇藏路去拉萨。我捂着叫苦连天的胃,和这两个坚忍不拔的旅行者挥手作别。车刚消失在尘土中,我就哇的一声吐了。

林渺忙前忙后,又是拿矿泉水,又是递湿纸巾。我把她的手扒拉开:"现在不是玩儿过家家的时候——下山的时候,你跟着我的脚印走。"

当我们一人拄着一根棍子,来到那个不知名的镇子时,天彻底黑了。说是镇子,其实也就是个村,只不过前两年有一条新修的公路经过,将这里变成了一个货车司机和旅行者歇脚的所在。一条小街旁,倒有好几处二层楼的饭馆兼"旅社",脏归脏,食宿总不成问题。很多货车机箱盖被打开,司机愁眉苦脸地更换零件和机油。

饭馆的掌柜是副冷面孔,伙计也没有好声气;把米线端上来的时候,我赫然看见他的一根黝黑的拇指扎进汤里。一碗倒要二十块钱,摆明了是宰过路客。但在这种地方也没办法,我们忍辱负重地吃了,又低声下气地向他打听彝家村的"希望小学"在哪儿。

他像外国人说汉语一样告诉我们,彝家村是离此处最近的一个村子,往北两公里就到。"希望小学"就在彝家村,附近几个村落的孩子都在那儿上学。这倒是个好消息。

我冷冷地瞥了林渺一眼:"你要去的话,也得明天再去了。"

林渺"唔"一声,还没说话,我就拎着包,往镇上最大的一间旅社走去。

开了两个房间后,我仍然沉着脸,独自进了自己的屋子,拿起热水瓶往脸盆里倒水。一会儿,林渺站在了门口,用手敲敲门框,看着我。

我没理她,泄愤一般在水里搓着两只手。片刻,她开口问我:"我是不是给你添麻烦了?"

"没有。"我说。

"是不是你嫌我事儿多,拖着你走了这么远的路,耽误你回去干别的了?"

"也没有。我基本等同无业游民。"

"那你干吗这样——"她嗫嚅了一下,"我是说,这么多年不见,你怎么变得喜怒无常了……"

我霍地直起身,冷笑着,盯着她:"不是我喜怒无常,是你变幻莫测吧?你到底是谁?你想让我把你当作谁?"

"我有我自己的原因……"

"你有什么原因我不管,你不爱跟我解释也无所谓,反正咱们就是萍水相逢——"我的声音突然发狠了,"可是你有什么资格代替莫小萤来看她爸?"

直到昨天,我才知道莫小萤是没有爸爸的。这时再想想和她在一起的时候,回忆起自己对她的那么多"不好",我难受得很。而眼下,捍卫莫小萤作为"女儿"而悲伤的"权利",是我能对她做出的唯一补偿了吧。

"我不是陪你来的,我是来替莫小萤看清你如何说谎的。"我扭过身去,一边擦手一边说。

过了几秒钟,无人应答。我回过头,看见林渺已经走了。

而此后的十来分钟,我没听到隔壁有声音,出门看了一眼,她窗子里的灯也没亮。镇上传来几声狗叫,更远处还有不知是人还是兽的东西在嘶嚎,听来惨烈无比。许多不知深浅的游客曾经在这种地方"出过事儿",想想那些前车之鉴,我蓦地心慌起来,赶紧出门去找林渺。

街上没灯,整个镇子都是黑的,只有几扇窗子里的日光灯像白癜风一样亮着。在泥泞的土路上,我气喘吁吁地跑着,好几次险些滑倒,最后终于在一家"大排档"的桌边看见了她。

林渺面前摆着一口杯白酒,动也没动,就么捂着脸坐着。而她身边还有两个男人,看起来二十多岁的样子,都抽着烟,站也站不稳,想必是喝多了。

"跟我们去缅甸转转……"一个男人醉醺醺地拉她的胳膊。

"滚蛋!"林渺毫不畏惧地挣脱,把那男人的手奋力甩开。

两个男人对视了一眼,骂了句"×",更是一左一右围住了她。店主紧张地缩到一旁,几个货车司机也看热闹似的伸直了脖子。我赶紧跑过去,一把推开男人中的一个:"她让你们滚蛋。"

推搡中,那男人的衬衫被扯掉两个口子,露出一条文得粗制滥造的龙形图案——北京流氓所谓"皮皮虾玩儿球",说的就是这个。再看那俩人都不面善,我心里一惊。这些人不是本地混混儿,也绝不是普通的背包客。随着边远地区的人烟越发茂密,很多不三不四的人也千里迢迢地凑了过来,专门以敲诈甚至抢劫游客为业,很多人都是有前科的"老手",懂得在这儿作了案便于逃匿。再加上这块地方本来就很特殊,怀疑他们是毒贩也未见得冤枉他们。

那俩人果然不是"雏儿",尽管喝醉了,也没当场咋呼起来,而是条件反射般地拉好架势,封住了我的退路。一个男人的手慢慢放进兜里,估计是带着刀的。

"你他妈胆儿够肥的。"手插兜的男人说。听口音,是京郊或者河北人。千里迢迢跑到这里来耍流氓,这是一种什么样的精神啊?

我知道这种时候决不能软——而且真动起手来,他们就算人多,也未见得能占到什么便宜。我没说话,迎着他的方向往前顶了一步,和他鼻子对着鼻子,左手顺势硌住了他拿刀的那只手,右手也插进兜里。我要让他们明白,在动手的那一瞬间,我有能力先把"刀"插进这人的肋下——再不济也能换个同归于尽。

虽然在荒芜的地方跑跑颠颠了几年,我这还是第一次和匪气十足的家伙正面冲突呢。至于对峙中威慑对方的技巧,都是一个老资格的摄影记者教给我的——希望他没有吹牛。

眼前那男人阴森森地盯着我,我则更加凶狠地反"照"过去。几秒钟之后,他忽然哈哈一笑,退开两步。

"谁他妈也不想惹事儿是吧?"他说。

"你说没事儿就能没事儿。"我说。

"那就没事儿了。"

他们轻松地甩甩脖子和胳膊的关节,走向旁边的一个修车店,那儿停着一辆破旧的蓝色"切诺基"。因为小故障多,配件也不好找,这种老式的美制吉普车已经很少有人开了,现在还驾着它往深山老林里跑的只有两种人,一是手头的确不宽裕的旅行者,二是身份可疑的"道儿上的人"。这俩人的车没有牌子,很可能来路不正。

"给俩人'电炮儿'不完事儿了吗?"一个家伙对另一个嘟囔着,说的也是延庆到张家口一代的流氓土话。

"多一事不如少一事。"另一个豁达地说。而他们开车走掉时,从窗外对我的方向吐了口痰:"有妞儿你就看好啰。"

我的后背已经了一身冷汗,我舒了口气,拍拍林渺的肩膀:"回去吧。"

"又给你添麻烦了。"她可怜巴巴地说。

我笑笑:"你太客套了——这些年是不是去日本了?"

次日阳光晴朗,楼下货车的机油味儿在空气中清晰可辨。我和林渺默默地吃了早饭,前往希望小学。陪她过去,这对于我来说已成了一个必须完成又不知为何要完成的任务。

彝家村的确就在不远的地方,我们沿着只容两人并肩而行的乡间小路走了一会儿,就看见村里的炊烟了。村口,一个破败的小院中竖起一面红旗,不出意外的话,是莫大卫捐助过的"希望小学"。

来到院儿门口,我们听到了孩子们早读的声音。三三两两的学生正匆忙地往学校里跑。我们拦住一个,问:"纪念碑在哪儿?"

"什么纪念碑?"孩子用咬着舌头的普通话反问。

如此问了两三个,才知道碑不是碑,只是一块写了字的石板,安放在学校旁的空地上。因为怕它被雨水冲倒,前几届到这儿执教的志愿者还带着学生隆起了一个小土包,远远地看去,竟像个没有衣冠的冢了。

走近了才看清,石板上写的字迹是:莫大卫老师,我们感谢您。莫小萤的爸爸走过千山万水,到头来只在这个地方留下了痕迹。

四野无人。林渺在碑前蹲下,用手轻轻抚摸着它。我站在一旁,点上一根烟。

林渺的表情平静,她端详了几分钟,便打开背包,拿出一瓶白酒在地上洒了,而后又回头问我要过打火机,烧了两沓纸钱。她随身带着这些东西,当是有备而来,整个儿过程肃穆庄严,看不出任何弄虚作假的成分。

她和这个叫莫大卫的男人是什么关系?

完成了"仪式",林渺从周围捡了蓬树枝,仔细地将烧纸的痕迹扫了。一阵山风吹过,卷得纸灰的碎屑像蚊虫一样飞舞。我的心情忽然像古人般高远而悲凉了:不仅是莫大卫,就连我们这些活蹦乱跳的、还算年轻的人,迟早也会变成飞灰,没了形迹。火石光中寄此生,既然如此,又何必执念于偶然遇到的人、瞬间发生的事?在这种心思中,林渺是不是莫小萤,林渺是不是林渺,都仿佛没那么重要了。她是一个姿容艳丽的姑娘,我无论何时与她相逢,都能在人海里把她识别出来,这已经够奇妙的了。

于是,我的口吻对她温情了起来,从这次相遇以来,还是第一次:"好了,你看过莫大卫了。"

"再陪我去一下学校里吧。"林渺的大眼睛瞪得很疲乏似的,"反正时间还有的是。"

相比于我的不负责任的释然,林渺却表现出了更加令人费解的执着。

来到学校里,林渺双手架在肋下,手插进勒在肩膀上的背包带底下,像个小学生似的参观校舍和运动场。这个学校应该获得了相当多的外界资助,在山区学校中,算是条件相当好的。教室是像模像样的一排瓦房,窗子一律涂成了绿色,操场上还摆着两个金属篮球架。某个班上,语文老师正在给孩子们讲《小蝌蚪找妈妈》的故事:"妈妈妈妈,你是我们的好妈妈……"

一个戴眼镜的年轻人在身后叫我们:"你们找谁?"

"没谁,就是路过看看。"我对他说。

"这是学校……不让参观。"

我正想说马上就走,林渺却上前两步问他:"有个捐助过这个小学的莫老师……后来在哈巴雪山遇难了,你知不知道这个人?"

年轻人清脆地回答"不知道",又看了看林渺,迟疑了一下说:"我刚从成都来支教了半年,学校的事情基本不清楚。你们有没有重要的事情,要不找个老教师问问?"

林渺点点头,年轻人便把教案放在窗台上,快步拐进了一件办公室,喊:"赵老师。"

过了半分钟,出来一个五十多岁的男人,头发都花白了,穿着件旧得起球的开领羊毛衫。他问林渺:"你是莫老师的什么人?"

林渺沉静地回答:"女儿。"

赵老师歪着头想了想,又挠了挠乱草纷飞的头发,说:"他好像是有个女儿。"

"我叫莫小萤,萤火虫的萤。"林渺接道。这一刹那,我的心里又别扭了一下。

"哦,莫小萤,莫小萤。"赵老师沟壑纵横地笑着,"我和莫老师见面的时候,你才只有七八岁呢。莫老师给我看过你的照片。"

那应该是真正的莫小萤的照片吧。我冷眼看着林渺热情洋溢地和赵老师寒暄,本想说什么,又口干舌燥地闭了嘴。

"你这次……是到爸爸来过的地方看看?"赵老师问她。

"看看。"林渺道,"那时候的事您还记得吗?我想听您说说。"

赵老师的表情像个暮年才与旧交重逢的老人,感慨得一塌糊涂,忙不迭地把我们让进了办公室。他端详林渺的眼神充满了慈爱,林渺则全然是一副少年失怙的女孩儿家的模样,带着柔弱而刚强的表情。我心生嘲讽:如果自己是一个外人,肯定会被场面感动得热泪盈眶吧。也许因为这个场景,我还会痴心地爱上林渺呢。回头再看看那个年轻的支教教师,他的确站在门外,多愁善感地望着她的背影。

我觉得自己应该出去,给那小子腾地方。对于林渺来说,一个对一切都不明就里而又心地善良的男人围坐在她身边,场面才是完美的吧。

赵老师已经悠悠地开口,讲起了他和莫大卫认识的过程。当时这所学校才刚建立,名义上有相当一笔来自各界的捐款,可因为所有人心知肚明的原因,拨到乡里就剩下了零头。胡乱凑合了两间房,学校就算开了张。老师也是抓丁似的调来两个,剩下的都是"民办"的身份。当时的赵老师还只有四十多岁,因为在县里和教育局的人闹僵了,便被扔到了山沟里来。此时,在他的生活规划中,面临着一个两难的选择:一是写揭发信、控诉信,甚至去上访,给自己讨一个公道;二是托亲戚在"上面"疏通关系,向那个副局长低头服软,灰溜溜地调回县城里去。对于一个读过两年书的人,无论是哪种选择,都会带来痛苦。一种痛苦是身体上的,另一种则是心灵上的。知识分子就是这么娇嫩。

在这种状态下,书肯定是教不好的,他每天做的事情,就是魂不守舍地在山里乱转。有一天,他转到山坳里,碰到了一个个子高高的中年人,就是莫大卫。

十几年前的雪山底下还有一片无人区,看样子,莫大卫刚刚穿越了那里,此刻已经弹尽粮绝。赵老师便把他领回了住处,给他提供了粮食和水。两人一聊,既是同龄人,又都是"教师",不免引为同道。而面对一个航空大学的副教授,赵老师则更多了一份敬仰。他像对待人生导师一样,对莫大卫倾诉了自己的苦恼,而且赵老师还抱着这样一个希望:万一这个"大人物"能对"上面"施加一些影响,帮帮他的忙呢?

莫大卫惭愧地坦言:这个忙哪里帮得上。也许是赵老师的失望之情让他过意不去,他临走时突然又提出:可以为新建的小学校捐一笔款子,而且是直接捐到校方手里,避免上级的截流和挪用;除此之外,他还可以号召自己的同事、朋友也来捐款,积少成多,把学校真真切切地盖起来。莫大卫说到做到,率先留下了几千块钱,而后又当着王老师的面,给几个人写了信,托他到县里的邮局寄出去。

以后的事情,就是我们知道的了:莫大卫离开学校,到哈巴雪山下的营地和一支登山队会合,登顶之后意外遇难。赵老师是寄出了那些信之后,才听到了这个消息的。

行者已去,却在不知不觉间影响了世人的生活。莫大卫的死,也改变了赵老师的想法,让他眼前的"两难"困局豁然开朗。赵老师下定决心,留在这所山里的小学,从此一待就是十年。而他寄出的那些信,也偶然地成了莫大卫的遗愿,得到了生前好友的响应。一笔又一笔的捐款从北京的院校和各个机关单位汇聚过来,"代办人值不值得信任"已经不是一个问题了,那些人只是在替莫大卫完成最后一个心愿。

从而就有了学校现在的样子。校舍建成后,赵老师做的第一件事,就是领着学生,给莫大卫竖了一尊小小的纪念碑。

"碑是简朴了些,"赵老师哽着嗓子对林渺说,"但想来是符合莫老师的心愿的。那些钱我们一分都没乱花,全用在学校的建造里了。"

"我替爸爸谢谢您。"林渺流着两行清泪,沉静地说。

莫大卫的故事,像大团无形、厚重的物质郁结在我的胸口,让我几乎有了长歌当哭的冲动。我也是行走在万水千山的人,并以此作为嗤笑世上俗人的资本——但在此刻,我在莫大卫的面前自惭形秽。

对于我来说,更大的悲哀,还来自对莫小萤的思念。不是眼前这个"莫小萤",而是千里万里之外那个真正的"莫小萤"。我阴差阳错地到了她父亲的葬身之地,命中注定地牵挂起她来。莫小萤啊莫小萤,你在哪里呢?你此刻是哭着、笑着,还是像大多数人一样无聊着呢?

对于林渺,我却再一次怒火中烧了。这女人的模样让我心生刻薄:她在窃取莫大卫的"善",或许还有我对莫小萤的"爱"。

我几乎想要抓住林渺的头发,把她拽出去,质问她:不管出于什么"不能明言"的原因,你有什么资格冒充莫小萤?

而这时,赵老师忽然想起什么:"所有捐过款的人,都是莫老师的朋友吧。我还留着他们的名单呢。"

他打开办公桌最底层的抽屉,把里面的旧课本一摞一摞地码在桌上,从下面找出一张纸来。那是一张登记表,上面稀稀疏疏地记录着十来个人名,此外还有捐款数额。赵老师解释道,莫大卫让他寄出的信只有五封,但此后仍有汇款到来,想必是北京的朋友之间口口相告,形成了一场小小的"捐款运动"吧。

在名单的第一行,我赫然看见了王如海的名字。这是林渺第一次称其为"爸爸"的那个男人。几年过去了,他应该已经荣任建设部副部长了吧——或许已不再是"最年轻的一个"了。

我伸手指指王如海的名字:"莫老师给这个人写信了?"

"第一封就是写给他的。"赵老师说,"你们认识他?"

"太认识了。"我说着,扭头看向林渺。

林渺不为所动,静静地说:"王叔叔是我爸爸的朋友。"

14

中午,我们在学校的食堂里吃了顿小灶,席间,赵老师又感怀了一番,还喝了两杯米酒,眼泪汪汪的。听说林渺是"清华大学"毕业的,他又说:"像你爸爸,一看就是读书人。"

然后,他又提出让林渺"给孩子们讲讲话",也算是一次"思想教育"。我冷眼瞥了瞥林渺,好在她拒绝了。

"来一趟,尽了心就够了。"林渺说,"就不给学校添麻烦了。"

饭后,赵老师和那个支教的年轻人一定要送我们多走一程,听说我们住在附近的那个镇子,他们又说:"那儿到县城的班车只有一趟,每天早上九点发车。你们住一夜赶紧走,那儿是三不管地界,杂人多,怕不安全。"

在茂林遮蔽的山路上,我们挥手作别。

回去的路上,我赌气似的走得很快,碰到高低不平的山坡小径,也径自拉扯着树枝奋力前进,几次三番把林渺甩在身后。后来,刚翻过一座小山,我回头一看,身后竟空空荡荡的,没有了人,只好烦躁地翻回去找她。在一蓬灌木旁边,我看到林渺孤零零地站着,双手拉着衣角,满眼都是眼泪。

她像被人狠狠地欺负了一般看着我,我叹了口气:"走吧走吧。"

她还不动,我只好拽了拽她的袖口,这才把她领走了。

此后,我的脚步便放慢了下来,途中看到一片典型的喀斯特地貌,还停下来拍了一些照片。林渺又不计前嫌地起了兴致,我从背包里拿出便携式三脚架的时候,她摆弄着我的相机。

"你真有闲情逸致。"

"这是我的工作。"

如此拖拖拉拉,回到镇上已是六点多钟。太阳又缓慢地西沉,红得像个薄皮的橙子。在苍凉的地方,日出日落的轨迹格外给人轮回之感,又是一天要过去了。回到旅社的房间里,我才主动跟林渺说起话来,但也是例行公事的口吻:"外面乱,又不干净,我把饭买回来吃吧,顺便还得到长途车站看看票的事儿。"

她点点头,马不停蹄地拎着暖壶打热水,又把我的毛巾搓了一遍:"回来先洗个脸,都跑了一天了。"

这种体贴照顾的态度让我很烦躁。我扭头飞快地下了楼。

小地方的饮食极其简单,除了米线和糍粑,就是和着腊肉、炒得黑乎乎的菌类。我走了两三家排档,发现它们的卫生环境同样恶劣,便只好不再挑拣,随便要了两个菜,又装了一盒米饭。也真幸亏今天想起来去车站,这地方的长途车都是头一天售票的,公交公司要根据订座的情况安排车次。如果出门的人太少,干脆就取消发车。我趴在窗口问了问,售票员给总站打了个电话之后对我说:"加上你们正好一车。"

看出我是外地人,她又好心地提醒我:"明天等不到车也别走开,晚点一两个小时是经常的。"

从车站出来,我给王大力的手机打了个电话,没有信号。他们恐怕正背着一轮太阳下山呢吧。看来那伙儿房地产公司的人还是有点意志品质的,也难怪他们能把房价从一个峰顶"死扛"到另一个峰顶。我到路边的小卖部买了盒"阿诗玛"香烟,脚步轻快地走回旅社去。

在街口,我又碰到了那辆来路不明的蓝色"切诺基",车子已经挂上了牌号,但在光亮处一看,就会发现是个假的。那两个北方农村口音的土流氓抽着烟,冷冷地打量我。一个家伙又想上来挑衅,好在被同伴按住了。

我没看他们,低头快步离开。

回到房间,林渺立刻从椅子上蹦起来,往脸盆里倒热水。我只好在她的唠叨声里洗了脸,她眯着眼睛端详了我两秒钟,说:"干净多了。"然后从身后"变"出一样东西,"你看这是什么?"

那是一瓶半斤装的青梅酒,包装粗劣,连商标都像是油印的。我说:"喝酒就算了吧。"

"累了一天了,喝点酒睡得香嘛。"她坚持道,"不要看不起小地方的酒,在北京你可喝不到。"

"我怕赶上假酒,甲醇中毒。"

"胆小鬼,那我喝。"林渺用虚假的骄纵口气说道,"我要瞎了,你就得把我背回去。"

在裂了缝的木茶几上摊开饭盒吃饭时,她果然用茶杯给自己倒了杯酒,夸张地"滋"了一口,说:"甜哪。"我拗不过她,只好也同样倒了一杯,无声地慢慢喝。她扒了两口饭,又举起茶杯要跟我"碰一个"。我说:"为什么?"

"不为什么呀。"她弯着眼睛笑道。

"不为什么就算了。"我把酒杯响亮地撂在桌上。

看得出来,林渺竭力地营造着一片欢声笑语的气氛。也许她把我当作了一个贴心贴肺的"故人",也要求我以同样的心看待她——她仿佛很享受那种不明就里的傻热络,就像火车上两个素不相识的推销员,三言两语之间就成了"哥哥"和"兄弟",没准下了车还不知道对方叫什么呢。

如果是这样,那她就想得太美了。尽管这几年的苦日子让我越发随遇而安,但我不想当一个彻头彻尾的没头脑之人。尤其是在她冒充莫小萤的情况下。

"干吗呀?你是不是觉得这种态度特酷呀?"她嘟囔着抗

议,"整个儿一小男生心态。"

"你是不是觉得当自己特没劲,当别人才有意思呀?"我怒气冲冲地顶回去。

她的嘴瘪了两下,低头不作声了。但我决心把事情挑开了。也许她明天又会莫名其妙地消失,我不希望自己被人蒙着眼睛当驴遛了一圈儿,到头来还落个不明就里,只好感叹"生活真奇妙"。

于是我放下筷子,像电影里的国民党军官一样笔挺地端坐,盯住她:"咱们说说吧。"

"一直跟你说话呢呀,是你不理我。"

"说说——不是说话,而是说事儿。"我把声音放低,尽量使自己显得郑重,"其实很简单,我就有两个疑问:你到底是谁?干吗要冒充别人?"

"跟你关系不大吧?"她的语气瞬间冷了下来,"咱们只是偶然以前认识,偶然现在碰上。"

"可你冒充的是莫小萤。这就跟我有关系了。"我掏出一支烟来点上。

"莫小萤现在和你有关系吗?"林渺不动声色地看着我。

我从来没把她当作伶牙俐齿的人,也没想到她能如此直接地把我"憋"回去。的确,莫小萤和我已经断了联系。我在烟波彼岸,她在黄金海岸;我在穷乡僻壤,她在资本主义的繁华世界。

林渺的话让我负气,我却无可奈何。我抓过杯子,猛灌了一口。

一轮交锋过后,林渺的脸色马上缓和了下来。她仿佛第一次看到了我的痛处,受惊了。

"不是有意让你难过的。"她说。

"算了算了……"我疲倦地摇摇手,轻而易举地放弃了努力,"你不爱说就算了——我也没资格问对吧?"

林渺轻巧地拧开酒瓶,又给我倒上半杯酒,瓶口与杯沿的撞击之声清脆入耳。

过后,她的口气却沉郁了下来,声音里全没了一贯的装嫩成分:"我知道给你添了不少麻烦……你也一定烦我了。放心,咱们很快就会分开了,也许你以后就再也不会见到我了。"

场面竟提前变成了告别仪式。我心犹不甘,却没来由地感到了一分酸楚。

"麻烦不麻烦的无所谓。"我说,"假如不再见,我一定会觉得遗憾的——我们平白认识了一场,倒头来却还不知道你是谁。"

"以后就会知道的……"她犹豫了一下,"或许莫小萤将来会告诉你。"

这话更让我思绪混乱。我再次将酒一口干了,有些昏花地看着她的脸,忽然笑了:"你们是串通好了捉弄我的吧……"

"随你想。"林渺也抿了一口酒,然后声音猛然清晰了几倍,几乎是一字一顿地说,"你现在觉得我在骗人,这也无所谓——但你得相信我一件事。"

"信你什么?"

"我对你、对莫小萤都没有一点恶意。对所有人都没有。"

我无声地看着这个女人,忽然觉得她沧桑得很。我仿佛看到了她老去之后的模样:鬓发斑白,满脸皱纹,过于大的眼睛失去了支撑,形状一塌糊涂。假如到了那个年岁,我也就没有刨根问底的执着心了吧,所谓"善意"和"恶意"也会不在乎了。

一瞬间,我也仿佛老了,脖子无力地一垂,脑袋向一旁歪过去,靠在沙发背上。

"你答应我了?"她问。

"不答应也得答应。"我说。

然后,我忽然想睡了,便两脚蜷起,缩到沙发上。这地方的酒是有些邪行,喝着度数很低,但几口就上头,特别适合失意的人来买醉。

醉眼蒙眬之中,我听到将老未老的林渺叹息一声,起身收拾碗筷。

这一晚本来会平静地过去。要是那样就好了。

那天的记忆是从什么时候接上的,事后我竟记不清了。我只记得自己口干舌燥地睁开眼,茫然地听了两声镇上的狗叫。又一个早上来临了吗?我支棱着耳朵,搜寻货车的声音。

"夜还深呢。"林渺的声音从对面传来,"你睡着了。"

我弯腰看了看自己的腿——还团在沙发上,鞋已经被她脱了。林渺又问我:"要喝水吗?"

"这么晚了——你怎么不回去睡觉?"我问她。

"怕你难受,就在这儿看着你。"

又是那种任劳任怨的样子,仿佛我有多信任她,她有多心疼我似的。我心里升起一股怨恨——如同孩子在恨过于温柔的妈妈。

"那你回去吧,我好着呢。"我说。

她却咯咯笑了:"你知道自己睡觉的时候像什么吗?"

"像什么?"

"跟一只猫一样。"

我忽然记起,类似的话是在以前听过的。那是几年前,我在病中和她同处一室的时候。那时候我以为莫小萤一气之下要和我"断"了,而现在,莫小萤真的和我"断"了。

为什么每次都有林渺呢?

偏她这时走了过来,挽住我的胳膊,想把我扶起来:"到床上去躺着……"

我在一瞬间忘了一切,却又想起了一切,心里如同有什么东西在激烈地炸开、飞散、汁液四溢——归根结底,脑袋里只剩下一个念头:我要让林渺付出代价。她不是冒充莫小萤吗?那么她就要冒充到底。她不是对我"好"吗?那就好个肝脑涂地。

林渺的身体挣扎了一下,旋即被我牢牢攥住。我像从事一项重体力劳动一般扭着她的胳膊,同时听到她嗔道:"你把我弄疼了。"

拉扯之间,她的外套也松开了,那底下露出的线条更让我怒不可遏。没错,这时我才弄清自己是什么感觉:愤怒。不仅是对林渺的愤怒,就连对窗外那个我无法了解的世界的愤怒,都集中在这一刻了。我的面目一定很狰狞——咬着牙,瞪得眼眶都疼了——再一翻身,轻而易举地把她按在了沙发上,右手不知不觉地卡住了她的脖子。

她开始咳嗽、喘气,腿无力地蹬了我两下,对我而言却毫无知觉。在我手里,她的身体就像一只精工制作的娃娃。

几番徒劳的反抗之后,她索性安静下来,仰起脸。我再次盯了盯她,却不想把嘴唇凑上去。我把脸埋到她的头发里,想去咬她的脖子。

"把我当莫小萤好了。"这时我听到林渺说。

这话让我出了一身冷汗:"你说什么?"同时,按在她肩膀上的手也松开了。

"我说,你应该对我好点。"林渺歪过头来,脸贴脸地看着我,眼神迷离,"把我当莫小萤好了。"

这个时候,她还想当莫小萤。我如同被烫着了一般弹起来,在昏暗的灯下看着她的脸——恍惚之间,她的眼睛缩小了一圈,面部轮廓从艳丽转为温婉,腿也仿佛长了一截。啊,她真的在变成莫小萤。

我见了鬼一样退了两步,碰翻了她放在茶几上的水杯,脚被什么东西绊了一下。那是我的背包。我坐到地上时,不由自主地攥住了背包带。

而沙发上那个林渺或莫小萤则沉静地坐着,如隔云端,目光清澈:"你过来……"

我颓然道:"算了。"

"过来吧。"她叹道,"我还是第一次呢……"

"你不会这些年都没认识什么男的吧?"我咽着口水,嗓音干涩,"陈浩超、王大力……"

"你觉得我会让他们碰我吗?"

我不再听她说话,抓起背包,声势浩大地跑了出去。

我不知道自己为什么会跑。我只记得我的思绪全断了,光剩下一个声音:离开她。这是个近乎条件反射般产生的念头,不是头脑里生成的,而是从脊髓神经中冒出来的——转瞬控制了我的身体。

于是,在这个荒凉的午夜,我像个逃亡的人,奔波在镇上。走出好远,我才掏出手机看看时间,已经是夜里十二点了。街边的灯统统熄灭,只剩下旅馆里亮着一盏。灯下的林渺会是什么感受呢?我已经不想去揣摩了。

我只想离她远点儿,再远点儿。这女人让我心慌。站在空无一人的路口,我又分析起自己那两个莫名其妙的行为来。把她按住,想要占有她的身体,应该是愚蠢的天性所致吧。男性在面对"人"的困境无法自拔之时,最终往往会选择用畜生的方式寻求解脱。要不说我们都是一些低劣的动物呢。而从她身边跑开呢?这看似有些复杂,其实也简单得很。我是个本性懦弱的人,缺乏安全感,对自己不了解的人与事物存有天生的恐惧。当恐惧大于好奇的时候,我自然会选择缩回去。林渺代表着一个未知的世界,我要从她那儿缩回自己的身体里去,缩回到看似广大实则单纯的旷野中去。

远方那黑漆漆的山影与树林,竟像是我的藏身之地。一轮明月正在天空照路。

我慢慢地沿着这条不知名的省道走下去,柏油路面被大卡车轧得坑坑洼洼,硌得我脚心生疼。因为急于逃跑,我连鞋都忘了穿,这个形象是多么狼狈呀!即便如此,我心里仍像立誓一般强迫自己:不能回头。

关于"不能回头"的传说有很多,在那些神话里,主人公回头的后果都很严重:或者城池化为汪洋,或者他本人变成了石头。可见人类自古以来就是害怕回头的。

我也一样。

因为路上漆黑一片,我差点被赶夜路的大卡车碾成饼状物,但也因祸得福,终于在夜里两点来钟搭上了去往昆明的车。那是一辆给肉联厂运输鲜猪的"五十铃"货车,司机是两个内蒙古人。因为驾驶室空间有限,他们把我扔到了车斗里的猪笼旁边。猪们不知死期将至,反倒很同情地看着我。一路上猪吃我吃,猪睡我睡,次日到达昆明郊区的时候,我已经脏得和一只猪一样了。

然后,我找了一家洗浴中心,把自己搓干净,到大厅的躺椅上睡觉。一个东北姑娘好心地问我,要不要做个"大活儿",这样可以睡得香一些。我表示,自己已经可以睡得很香了,"把麻药留给更需要的同志"。

浑然不觉地睡了十几个小时,我终于恢复了精力,却也没有再转车回丽江。某个电视台的昆明记者站有我两个朋友,我买了瓶酒去看他们,谎称自己出差路过。他们带我吃了一顿变味儿的傣家菜,又帮我安排了一个台里在宾馆长期包着的房间住下。作为回报,我给其中一个人的"情儿"拍了一组艺术照,用以参加某卫视的选秀节目。那孙子骗那姑娘说,他"认识人","捧谁谁红"。

盘桓了几天下来,哈巴雪山之行竟像是遥远的往事了。站在房间的窗口默默抽烟时,我也会想:林渺是不是也走掉了?但我的心情已经坦然。我们再也不会见面了吧。就算有过神出鬼没的缘分,也该尽了。我跟她没关系了。

很遗憾,我再一次想错了。

15

王大力给我打电话的时候,我已经买好了火车票,准备途经四川,前往秦岭。传闻那边有一个农民发现了灭绝已久的华南虎,各地媒体都奔过去考证真伪。我的任务不是采访当事人,而是拍一些山里的风景照,"让读者自己去判断"。

"我要是被老虎吃了,是不是也算为'野保'事业做出贡献了?"我问主编邵哥。

邵哥向我打包票:"那照片一看就是拼出来的,有老虎才怪呢。"

从宾馆出来,坐到出租车上,我的电话响了。看到王大力的号码,我有点不好意思。说好了在丽江会合,结果放了他的鸽子,不知道人家介不介意。而他应该从山顶下来两三天了吧,为什么一直没给我打电话呢?这也让我生疑。

"那帮房地产公司的人爬到顶了吗?"我跟他打哈哈,"你又冲着苍茫大地朗诵毛主席诗词了吧?"

"你在哪儿?"王大力没理我的茬儿,话音低沉而短促。

我被他的音调冷却下来,以陈述的口吻说:"昆明。要转车去陕西。"

"最好来丽江一趟。"

"有事儿?"

"没事儿我撑的吗?"他厌烦地嘟囔了一句,挂了电话。

我慌乱了片刻,还是退了去陕西的票,到长途车站坐上了去丽江的旅游巴士。这条路是全程高速,几个小时就到了景区。出乎我的意料,王大力没有待在古镇等我,而是让我去县里的一家宾馆找他。

来丽江旅游和公干的人,几乎没有住这种毫无特色、档次又低的宾馆的,何况王大力又是个纵情享乐的人。顺着水泥台阶走进大堂的时候,我越发慌张,甚至感到一阵没来由的心悸。正想到前台问他的房间号时,我在门口的沙发上看见了王大力。他和一个身材矮小的男人面对面坐着,脖子像断了似的耷拉着,不停地搓着自己的光头。

我小心翼翼地走过去,叫他。王大力看也不看我一眼,指指对面那男人:"让他问你。"

那男人递给我一根烟,示意我坐在他身旁,然后以公事公办的口气发问:"你没跟着登山队上雪山?"

"没有。"我打量着那张胖乎乎却又显得冷峻的脸说。猜到他可能是一个警察以后,我的手开始发抖。

警察的眼睛飞快地转了一下,看了看顺着我的手指飘落的烟灰,仍然不动声色:"你和那个叫莫小萤的女人一起去了彝家村附近的希望小学?"

"对。"

"干吗去了?"

"她说她爸爸捐赠过那个学校。"

"在学校碰到了什么人?"

"一位赵老师,五十多岁。"我说完,忍不住问他,"你们有什么事?"

"有什么事回头再说,现在需要做的是先问你——懂吗?"警察说,"如果你不想回答,只能到局里慢慢聊了。"

我深吸了一口气,不知为何鼻子一酸:"懂了。"

警察继续道:"然后呢,你们去哪儿了?"

我把近几天的行程如实坦白。警察追问了我两遍为什么连夜离开镇子,我的回答是"闹别扭了,不想理她了"。

"这次来云南,没人跟你一起来? 在路上也没认识什么人?"

"没有。"我瞥瞥王大力,"就认识他。"

"你可想好了再说。"警察道,"别胡乱搪塞。"

"我还不知道出了什么事儿呢,用不着搪塞。"我说。

警察站起来,转向王大力:"这事儿还得过两天才能定性,具体的情况你跟他解释吧。"

说完,他把烟掐灭在烟灰缸里,走了。我盯了会儿袅袅烟雾,问王大力:"到底怎么了?"

王大力慢慢扭过脑袋,亮给我一双浮肿的眼睛:"你那天干吗非要走呀?"

"你先说……"

"我就是在说这事儿。我本来觉得你是个信得过的人,才把那姑娘交给你,让你照顾她两天——就两天。你倒好,你他妈拍屁股就走,人家招你惹你了你这么对人家?我不管你们之间有什么事儿,也不管你抽的什么风,你就说说你这么干合适吗?把一大姑娘扔在荒郊野岭……我怎么对她爸爸交代?……"

"她怎么了?"

"抢劫你懂不懂?轮奸你懂不懂?"王大力猛然暴吼起来,声音粗壮得天花板上都有回音。

我只感到一股凉气顺着脊椎蹿上去,蹿上去,蹿到脑子里去,随即开始头晕、耳鸣、两腿发软。

王大力的脸上不知从哪儿淌出了"汁液",他一边抹着,一边怕我不明白那两个词的意思似的重复:"抢劫你懂不懂？轮奸你懂不懂？"

我站起来，晃晃悠悠地往外走。高原的天空仍然是那么晴朗，日光倾国倾城地铺洒在远山之上。我像喝多了一样跟跄着，身后跟着一个光头糙汉，他激动得手舞足蹈，一遍复一遍地向我重复着这两个问题：

"抢劫你懂不懂？轮奸你懂不懂？"

王大力告诉我，那天我刚离开不久，林渺就出事了。她一个人慌里慌张地在深夜的镇上走着，结果被两个男人掳上了车。他们按着她的嘴，把她绑起来，带到了十几里地之外的野地里。天没有亮，那两个男人就急慌慌地走了。林渺从昏迷中醒过来，在石头上磨断了绳子，慢慢地走回了镇上。旅店门被敲开的时候，老板娘看见她的裤子上全是血。镇上的人用拖拉机把她送到了县城的医院，和登山队取得联系后又转到了丽江。

警方也很快给案子定了性，并根据旅店和饭馆老板提供的情况，将嫌疑锁定在两个北方口音的外乡人身上。那两个人都有前科，曾经加入过廊坊一带的"黑社会性质团伙"，出狱后离开所在地，在云南边境给古董贩子跑腿，屡次将国家二级以上文物私带出境，交到国外的买家手里。镇上的人都见过他们开一辆破旧的蓝色"切诺基"汽车。

"那些人肯定是新手。"胖乎乎的警察对我们说,"真正的古董走私犯非常低调,不会在同一个地方停留太久,也坚决避免节外生枝。"

"什么时候能抓着人?"王大力问他。

警察摇摇头,眼神中的意思仿佛是"看来你也是个新手"。他实话实说:"这种人行踪不定,又几乎不到城市里活动,想立刻抓到不太可能。基层的警力少,装备也差,犯罪人开着车跑,警察骑着自行车追,这不搞笑吗?现在能做的,只是在网络追逃的名单上增加两个人,但搜捕范围也仅限于火车站和大一点的旅店。"

也就是说,假如那两个人不进城、不乘坐高度组织化的交通工具,大可以在"广阔天地"里尽情地游荡下去。怪不得常听说,在网络追逃中落网的案犯经常是些逃亡了好几年的家伙。如果不是他们自己认为事儿过去了,麻痹大意起来,在乡下逍遥一辈子都不成问题。

从警察局出来,王大力突然恶狠狠地攥住我的手:"你现在跟我去看'莫小萤'。"

"别抓我,我又跑不了。"我无力地说。

"我已经不太相信你是个男的了。"

这话说得我无地自容。他已经把我看成是一个外强中干的"雏儿",认为我连面对林渺的胆量都没有了。

但来到医院,护士告诉我们:"那女孩已经走了。"

"走了?走哪儿去了?"王大力问她。

"不知道。"护士迟疑着说,似乎在琢磨事情的后果是不是很大,"这两天她一直说走,因为是被害人,我们肯定不允许她这么做。但她的伤并不严重,医院里也不会特殊看护,所以昨天晚上她就溜走了……"

我们往外走的时候,护士还在背后问:"你们是警察吗?"

王大力又给在云南的半熟不熟的人打了电话,问他们可曾见过"莫小萤"。答案自然是没有。我也联系了希望小学,问那位赵老师:"莫老师的女儿后来去过您那儿吗?"

"她还没回北京?出什么事儿了?"赵老师问我。

我赶紧说:"没事儿。"

一个星期之后,北京的俱乐部催得紧,王大力必须回北京和一家帐篷公司洽谈赞助事宜,他也给我买了机票。

"这事儿不算完,回了北京我们继续找她,找不着就再挤出时间到云南来。"他在机场对我说。

我点点头,魂不守舍地盯着地面。

"你们到底有什么事儿?"王大力又问我。

"真没什么过节——就是为吃什么饭吵了两句。都累了,脾气不好。"

"那也是命中注定……"王大力忽然癫狂地拍打着自己的光头,"你让我怎么跟莫老师交代?你说,你让我怎么跟莫老师交代?"

临上飞机的时候,我假装上厕所,独自走出了候机厅。

回到丽江市区之后,我先给昆明那两个"路子特野"的朋友打了电话。前些天听他们吹嘘过,认识一些以赌石为生的人。那些家伙徘徊在中缅边境,虽然和倒卖文物的团伙是两个行当,但也免不了发生瓜葛。

"你们北京人就别琢磨这个了,"那俩朋友以为我也想在赌石圈儿里"试试水",奉劝道,"从长城上扒拉点儿秦砖汉瓦,糊弄糊弄外国人算了。"

"我哪干得了这个?就是采访。"

他们给我介绍了一个赌石行家,那人每次得手就回到丽江花天酒地半年,然后再去边境。我在一个小酒吧见到了他,绝口不聊赌石的事儿,问了他文物贩子的运货行动、交易方式和地点。

那人以为我只是例行采访,大大咧咧地告诉了我,然后又好心地劝告:"凑够一篇文章算了,千万别真去摸底。零星的小角色还好说,要是惹了有来头的大团伙,你真回不了北京。"

次日,我坐上长途车,颠簸了九个小时,来到德宏市西南部的茨水镇。这是个新形成的集市,地图上找不到,根据那个赌石行家的介绍,河北和东北一带过来的"小鱼"肯定会到这里"觅食"。另外两个年头久一些的大镇子控制在陕西人和广东人手里,后来者根本插不进去。

镇子很小,但建筑物倒都是簇新的,饭馆的天花板上挂满了云南特产腊味。街上走着的大多是傣族人、和傣族人分不出区别的缅甸人,他们使用同一种语言交流,就像北京话和天津话。汉人在此处显得分外突兀,尤其是北方来客,如同羊群里闯进了几只骆驼。

我在一家宾馆开了位于三层的房间,确保自己坐在窗口,可以将整条主街一览无余。出于谨慎,吃饭也绝不到街边的饭馆,我给了服务员几十块钱,让她送碗粉上来,剩下的都归她。

我明白,假如那两个人行动快的话,这个时候很可能已经交易完毕,开车离开了。但我仍想在这里"等"一下他们,并给自己规定了三天的期限。三天还见不到,就算我对不起林渺好了。

第一个白天很快便过去了。街景安详、快乐,少数民族群众肩挑手抬,从四面的村寨赶过来交易土特产,还有人喝了酒就唱起歌来。汉人倒是有几拨,或许也是文物贩子,但都不是我要找的人。

到了晚上,我仍然坐在窗前,抽着烟默默地看着这条街。

夜越来越深,人影减少,最终归于空洞。因为僵坐了十来个小时,我的脊椎开始作痛,脑袋也一阵一阵地不清楚:我仿佛看到街上有一个纤细的女人在走,她步伐飞快,面色沉静,因为寒冷轻轻咬着嘴唇。林渺是因为出去找我,才出的事儿吧。

我又好像看到了几年前的她——从甘家口商场出来,捧着两杯热奶茶。我脸上挂着轻浮的笑,和这个甜姐儿去听音乐会,心里充满了被漂亮异性垂青的得意。历历在目却又恍如隔世啊。

然后,我趴在窗子上睡着了。一闭眼,一睁眼,第二个白天就来到了。

古代的高僧面壁之时,心灵未必是平静的吧。果真平静,又何须面壁?他们的心里一定激荡着远超过常人的执念,因此才发狠甩掉一切怨憎会爱别离。我则不想忘记,因此面的不是壁,而是一扇窗,窗里装了一个世界。

五十六个小时之后,我在清空过几次的烟灰缸里捻下一颗烟头。

那辆蓝色的"切诺基"缓缓地开进来了,由西向东,车上两人。

我看到他们停好车,进了斜对面的一家旅社,便也站起来,认真地舒活腰腿、抻一抻韧带。然后,我又洗了个澡,让服务员送碗多加一份荤的牛肉粉来。

对于那两个人，我并不急于下手。一定还有境外的买家或者"下线"来找他们，那些势力最好不要惹。我继续等他们交货。

当天晚上，一个瘦高的汉人和两个矮了一头的东南亚人走进旅社，不出十分钟，拎着一只旅行袋出门。那两个河北土流氓之中的一个抽着烟送了他们几步，旋即被瘦高的汉人喝止。的确是新手。

过了一会儿，从对面旅社楼下的发廊出来两个姑娘，大概是被那两个人叫去"庆功"的吧。一个小时之后，姑娘们嘻嘻哈哈地出来了，看样子刚接了一个"肥活儿"。

晚上九点钟，那两个人出去喝夜酒，十点半回来。旅社二楼角落里的一个房间亮起灯来。我从背包里拿出准备好的铁丝和短棍，在黑暗的房间里注视着。

对面灯灭，我又抽了一支烟，十一点十分下楼。走进他们的旅社时，服务员正若有所思地给谁发着短信，看都没看我一眼。

果然不出所料，我所住的宾馆比他们的旅社高级，宾馆房门上用的都是简易的球形锁，而他们旅社的门锁就更要劣质一些了。由于事先经过揣摩，这种锁根本不在话下，捅开的时候几乎连声音都没发出。除了锁之外，门上的防盗措施只剩下了一根细细的门闩，我用肩膀一顶就断了。

运气非常好，门刚打开，就被我撞上一个。这家伙大概刚上完厕所。出门之前，我特地把自己房间的灯开得大亮，此时透过窗帘也能渗进光来，足够我捕捉到那个乱蓬蓬的脑袋。他还没有叫，我已经给了他一下，随即听到身体跌落到地板上的闷响。

我走进房间，另一个人才从床上爬起来，从枕头底下摸出匕首。对于这种情况，我也早有准备。北京的流氓界长期流传着"铁棍破菜刀"的经验。在狭小的空间里，短棍要比任何带刃的东西都有效。

我手里的棍子来自一段粗壮的钢筋。来德宏前，我找到一个建筑工地请工人截了出来，为了防备脱手，还用布带缠在了腕子上。

那人是个街头斗殴的老手，并不急于用匕首乱挥乱砍，而是反手握刀，撑在床上，面朝着我。和我一样，他也在静候良机。我很庆幸自己的偷袭策划得很完美——如果不是摸黑进来，我绝不是他们的对手。而现在，我一动不动地和眼前这人僵持着，心平气和地等着对方的破绽。他有案在身，绝不敢喊，这对我很有利；他被我"逼住"的时候，一条腿撑在地上，一条腿还在床上弯着，这也对我很有利——他迟早会吃不住劲的，只要重心一晃，我的机会就来了。

对于我而言，只希望刚才被打倒的那个别爬起来。如果被前后夹击的话,挨上一刀就在所难免了。

好在方才那一下敲得很结实,躺在厕所门口的那人全无声息,看来是彻底昏了过去。

几十秒钟之后,床上那人的腿撑不住了,选择了孤注一掷的出击。他往前探了一个身位,匕首刺向我的腹部。我转了个身,让对方的刀尖从自己的腰上划过去,疼痛让我更加清醒而有力,当他的肩膀暴露出来的时候,我一棍子打在他的脖颈上。

十分钟之后,我用带来的帆布绳把两个流窜犯肩并肩地绑在床上,又仔细地掩上了门,然后到卫生间打了两杯凉水,泼到他们脸上。

"妈的,拿走东西又返回来抢钱,你不怕刘哥知道……"刚才拿匕首的人先醒过来,不顾一切地大骂。

我抽他一个嘴巴:"跟买卖没关系,就是问你们点儿事儿。"

那人声音软下来:"你是哪个道儿上的……?"

"不是道儿上的。"我笑着按下打火机,让他们看清我的脸。

看到我之后,他立刻不言语了。

"那女孩儿——是不是你们……?"

"不是。"

"真不是?"

"不是。"

我拎起他的匕首,刀尖向下,从几十厘米的高度坠下,刺进这人大腿的肌肉里,然后仔细地转动刀柄。

"再说不是?"

五分钟之后,那人承认了,并朝尚在昏迷之中的同伙扭扭头:"不是我出的主意——是他。"

"都一样。"我从背包里掏出照相机,对他们说,"要不要笑一个?"

第二天早上,我从他们的房间出来,到街上的小网吧借了个打印机。照片打出来后,我把情况写清楚,和照片一块儿装到纸袋里,送到了镇上的派出所。值班民警问:"干吗的?"

我说:"一封表扬信。"然后转身就走。出门之后,我才摘了墨镜,揉揉一双睡眼。

半个多小时后,一辆"桑塔纳"警车在旅社门口急刹车,两个警察拎着警棍手铐冲了上去。

我在对面的小卖部里喝完一瓶水,往车站走去。

16

在那以后的两三年里,我错过了很多同龄人认为"必不可少"的事儿:买房子、结婚、找个安稳点的工作……算一算,我已经在荒郊野外奔波了六年,弄得杂志社都不好意思了。随着发行量和广告的增多,他们又从一家出版社租了个经营不善的刊号,创办了一个美食类刊物,主编邵哥坚决要把我弄过去。

"这是一美差,干两年保证你变得肥头大耳。"他说,"这些年跟我的人都过得不错,只有你这个朋友的孩子还苦着,让我到南京的时候都没脸让你妈请吃饭了。"

"我不觉得苦不就行了吗?野外摄影挣得多。"

"挣得多也没见你娶媳妇儿。"

我遵从邵哥的意见,在美食杂志待了两个月,如坐针毡。那活儿真不是人干的,我跟一个从时尚杂志跳槽过来的姑娘学了十几遍,也没掌握切牛排时不把盘子碰响的技巧。对于聘来的那几个"美食家",我也有一个刻薄的说法:"从西天回来的猪悟能,干的就是这行。"

经过在办公室摔杯子摔碗的斗争,我终于被调回野外工作。

当然,现在的经济状况比以前好多了,我早已过上了劳动人民之中比较拔尖儿的生活,虽然错过了两轮投资股市和房市的机会,但也给自己买了一辆雄赳赳气昂昂的"雷诺"越野车,还在伪艺术区"七九八"旁边租了一套涉外公寓。随着年龄渐长,我不去跋山涉水的时候,也没什么兴趣在别的城市鬼混了,休假一律回到北京的家里。那个小区住了很多以画画和写字儿为生的人,大家很快混得很熟,就常在一起吃吃喝喝,或者到某人的"loft"(公寓)里开"趴踢"。

聚会的时候,总有人带来一些假装正经或假装不正经的姑娘,她们大多是刚参加工作的"职场菜鸟",还有的是在校学生。"又是一树果儿挂满了枝头。"每当这种花枝招展的场合,"老泡儿"们总会这样感慨。有一次,一个拍纪录片的导演从空港拉来一车干地勤岗位的女孩,很快被糙汉们哄抢一空,各自推心置腹地聊作一团。我看到其中有一个腿很长、长相很温和的,便也涎着脸凑上去搭讪:"每当你望着飞走的班机,是否觉得地上的自己特别孤单?"

"不孤单,追我的人多了。"那姑娘轻蔑地看我一眼,冷冷地说。

"你别多心,我就是想跟你聊聊人生。"我生咽下去一口啤酒,"知道为什么非找你聊吗?"

"因为我长得特像你过去一朋友,还是女朋友?"

"你怎么这么聪明?"

"我还纳闷你怎么那么笨呢,"姑娘笑了,"这种借口用过多少遍了?你自己不觉得烦啊?还有,每次都从人生聊起,你累不累啊?"

"说得有理,那你有什么更好的建议吗?"

"我明天倒休,你先带我到'星期五'餐厅吃一顿吧。"

她这种单刀直入的精神让我感到很新奇,后来才发现,这已经是新一茬儿年轻女孩共同的特点。次日我请她吃了饭,又到"欢乐谷"坐了两趟哭天喊地的过山车。在商场闲逛的时候,她对一只价格不菲的斯洛伐克咖啡杯产生了浓厚的兴趣,我想想又不是衣服和包儿之类的俗物,就买下来送给她。

"知道我为什么那么喜欢杯子吗?"姑娘问我。

"为什么?"

"在乘务学校都得穿制服,鞋子和发型也是统一的,同学们没的攀比,只能比谁的杯子贵。"

她又告诫我说,以后再勾搭女孩,不要从人生之类的话题入手了,那太大而无当了,"透着一股20世纪80年代油印刊物的味道",应该发现一些具体的、触手可及的切入点,比如杯子、手机、电脑什么的。至于人生,她也不是没琢磨过,只不过"看看于丹和毕淑敏的书"也就够了。

"傻点儿好,变得那么聪明干吗呀?伤脑子。"

和她消磨了一天,结束时已经是十点多钟了。那姑娘看看表,迟疑着说她可能回不了宿舍了。我知道她指的是什么,但还是坚持开车跑了趟高速,把她送回了空港。倒也不是嫌弃她看于丹,而是因为她的确长得像莫小莹。临下车的时候,那姑娘气得都快哭了,说我"侮辱了她"。

当然,作为一个不是那么爱和生活较劲的人,我和异性的接触远不止于此。坦白地说,假如生活在刚改革开放那会儿,判我一个"流氓罪"也一点都不冤。对于其他几个姑娘,我就要

"尊重"得多,不仅把她们带回家里过夜,而且还主动"借"给人家钱。有那么一阵子,一个普通话不太标准的姑娘总是往我单位打电话,我不接,她就要"找领导谈谈",说我把她"弄坏了"。主编邵哥好奇地问她:"哪儿坏了?"她说:"怀了,是怀上了!"

我夺过电话,坚定地说:"你猪脑子吧,戴没戴套都忘了?"

她想了想,哦了一下:"那就不是你的孩子啰。不好意思啊。"

这样的事端倒有一个好处,就是朋友和同事会把我当成一个正常人。现在的媒体圈子有个坏风气,你要是个大龄单身女,人家顶多说你"好高骛远",同样的情况要是个男的,他们就会猜测你什么时候会"出柜"——在此之前,已经有人把我评为"摄影界最有沧桑感的一号"了。

于是,好心的"皮条客"又多了起来,以邵哥为首的家伙重新开始给我介绍"正经八百的女朋友",并且力劝我结婚。在那些相亲对象里,还真有两个愿意屈尊的,其中一个北京女孩,家里原是朝阳区某城乡接合部的村民,见了两面就对我说:"我觉得咱们的事儿宜早不宜迟。"

我问:"为什么?咱们有那么合适吗?"

"当然合适。"她说,"拆迁之后,我自己能分到一套两室一厅;你虽然没有房子,但是好歹有门手艺。咱俩凑一块儿,得算标准的中产阶级吧?"

此后又把我们各方面的"硬件"量化评分,进行比较。她早已"农转非",还当上了公务员,得分90以上,我因为不是北京户口,就算是"干部子弟",也只有80多分。但是她大度地说,不嫌弃我。

我把她的原话复述给主编邵哥,问:"我要让她滚蛋,不算伤了你的面子吧?"

"我对不起你。"邵哥悲痛地归纳引申。

好在我仍然频繁出差,每年在外地待两个月,那些有过纠缠的人都会自然而然地把我忘了。在一个人人都不爱较劲的年代,你要想开展一段全新的生活还是很容易的。

奔波在千山万水之中,我清楚地感到自己变了一个人:对生活如此充满激情,同时多愁善感。这个状态在城里的朋友圈子里是很丢人的,不时会有人向你指出:你很二,你很假,你是一个装×犯。只有在独自跋涉的时候,你才会发现敏感和脆弱才是人的本质,哪怕在别人眼里你早已是一无耻糙汉。

我认为,旅行者和所谓"宅男"的本质是一样的,都是有自闭倾向的人。只不过前者的腿脚稍微勤快点。

北京奥运会刚刚结束的那一年,有一群北京的"驴友"在燕山山脉里迷了路,警方动用直升机找到他们时,已经有一个登山爱好者遇了难。

在新闻里看到遇难者的身份是一名教师时,我的心思隐秘地动了一下。第二天,我向杂志社提出,想对国内的民间登山队进行一次跟踪调查,采访的成果可以以连载的形式刊登。

"这是一个挺大的计划啊。"主编邵哥说,"你是不是想要获奖啊?"

"别把我看得那么功利。"我说。

杂志社出面帮我联系了王大力,他不计前嫌地把我推荐到几个老牌登山俱乐部的队伍里,然后又在"基辅"餐厅摆了一桌给我饯行。喝了半瓶"斯米诺"伏特加后,他眼泪汪汪地搂着我说:"年轻人,心别那么重。"

"你错看我了,我早就宣布自己是一浑蛋了。"

"跟谁?"

"还能有谁?前女友呗。"我复述了大学快毕业时,站在汽车顶上对着女生楼大喊"我是浑蛋"的那一幕。在座人等感慨万千,纷纷表示自己"曾是浑蛋,至今仍是浑蛋"。

但我没告诉王大力,听我喊出那句宣言的人就是莫小莹,而且是"真"的莫小莹。

筹备了半个月之后,我跟了第一支登山队,地点在山西的太行山脉。再次目睹了一望无际的大堵车之后,我和队员们一起在山里走了三天,然后转车抵达吕梁市区。这支登山队是20世纪90年代由中国科学技术大学的一个研究生创立的,至今已有十几年,骨干成员也都将近四十岁了。虽然他们岁数很大,体力已经严重下降,但技术非常好,在很多艰险路段,如果没有人家的帮助,我肯定会掉队。

到达吕梁之后,他们也没有举行自吹自擂的庆功活动,只是在宾馆吃了一顿有益于健康的粗粮,然后就淡淡地散伙。队长姓李,现在已经是一家电子公司的总经理,他特地多留了一夜,把登山队的历史讲述给我。

泛泛地记录了几次"值得一说"的登顶之后,我问他:"认不认识一个叫莫大卫的人?"

"认识。但他很早就在哈巴雪山遇难了——阴沟里翻船,听到这个消息的时候我都不相信。"

"他在民间登山的圈子里很有名?"

"很有名。要说资历,比我还长一辈,人家八十年代就上过天山和希夏邦马了,那时候市面上连专用氧气瓶都很难买到。我只在九十年代初见过他一面,当时我们的队伍刚组建,请他'带'过一次云台山。"

"他有固定的登山队吗?"

"没有。莫大卫是个搞工科的教师,经常是在西部一边下厂调研,一边联系队伍。调研结束后,他就随便跟一支。"李队长问我,"十几年前就遇难的人了,干吗对他那么感兴趣?"

"想以他作为线索,把我的调查报告串起来。"我搪塞道,

"又不想找太有名气的人——有借机炒作之嫌。"

李队长认可了我的说法,又耐心地帮我打电话,向无数"圈儿里的朋友"询问莫大卫曾经到过的地方,最后竟然整理出了一张"莫大卫登山路线图":秦岭、太行、林芝……遍布中国西部山区。

随后王大力帮我拉到了一笔"考察赞助",此后的半年,我踏上了最疯狂、最漫长的一次征程。也不知道究竟是想寻找什么、纪念什么,反正我只想把莫大卫曾经走过的地方再走一遍。其中的辛苦自不必说,在海拔4000多米的藏区,我因为高原反应在医院躺了半个月,那年的生日也是在青海的毡包里过的。那天,我所在的登山队集体前往西宁去看"环青海湖自行车拉力赛"的开幕式了,甩下我一个人默默地顾影自怜。照管我们吃饭的大婶儿问我想要什么,我说:"能给我找面镜子吗?"

她翻箱倒柜,才找到一面十来年前作为嫁妆带过来的小镜子。我在跳动不止的油灯下端详着自己:本来已经在北京养得很白嫩了,历经几个月的跋涉,又变得干瘦、黝黑。

这是我的本来面目吗?我很想对镜子里的人说:"我认识你,咱们太熟了。"但镜中人未见得会这么认为。

这年12月,我只身到达了稻城亚丁。此处已经成为著名的旅游胜地,那些以探险为乐的"准专业"登山队都不屑于来这里了,但我仍执意独自前来。稻城亚丁是莫大卫登山之旅的倒数第二站,他来的时候公路还没有通车,跑一趟堪称壮举;而过了三个月,他就在哈巴雪山遇难了。

因为已经去过哈巴,我将这里定为自己此行的最后一站。

攀登已无必要,我坐在岩石上,抽着烟,看着稀稀落落的背包客们。有人打情骂俏,有人埋头苦吟。高原的天空清澈而深远,大地则忍辱负重地承载着生灵。我已大功告成,却又不知道走这一遭是为什么。

莫大卫又是为什么呢?行路者的脚步相似,心里却各有各的感怀吧。但在此时,我突然觉得追随莫大卫的旅程全无意义了。我开始痛彻心扉地思念莫小萤。我虽然与她共度了几年的时光,但根本没有真正安慰过孤单的她。因为莫大卫总在路上,她几乎也是一个没有爸爸的孩子啊。

我再次感到自己是如此亏欠她。与此同时,我还亏欠着另一个女人,就是林渺。她们都曾在我的眼前鲜活地存在过,一颦一笑里装着另一个世界。那个世界曾对我打开过门,但都被我糊里糊涂地错过了。莫小萤抛弃过我也好,林渺骗过我也好,现在看来,都是对我的愚蠢的惩罚。

我是多么想再见到她们啊。

17

完成所谓的《中国民间登山组织报告》后,我向杂志社交了稿,随即提出休长假。主编邵哥手里正好有一个前往泰国的名额,我说:算了,我可能想去趟法国。邵哥欣慰地讽刺我:"好一记强劲的装×。"然后又托我给他媳妇儿捎两个路易威登皮包。

不用到单位点卯的第一天,我又被两个媒体闲人拖到"七九八"的伊比利亚艺术馆参观了一个现代派画展。相比于那些"大脑袋、大嘴巴"的当代名作,这位画坛新星笔下人物的特点是:大鼻子。画展结束之后,自然又要展开一番暴饮暴食。几个月没怎么喝酒,我跟人碰了两轮就"高"了,靠着一个男性裸体雕像迷糊了一下午,没准被别人拍了许多恶搞的照片。

得以脱身之后,我马上把手机关了,又到报亭上买了一个新号码。无所事事地耗过了拥堵高峰,感觉酒也醒得差不多了,我开上车,沿着粗壮的四环路一直向北。

"北航"门口的"四川好吃馆"关了门,原来的"钢院"也更名为"北京科技大学"。我在曾经承办过奥运会举重比赛的体育馆门口停了车,调动着记忆寻找莫小萤家住的那个楼。干道上仍有委培的轰炸机飞行员排着队,"夸夸夸"地齐步走,但回响这脚步的建筑物早已变了模样。

好在现在的大学什么都盖新的,只有教师住宅仍然沿用"文物"。在亮堂堂的、奇形怪状的楼体间绕了两个圈,我来到那个小院门口。院子被铁栅栏隔着,两幢五层板儿楼的外墙上,爬山虎已经开始了新一轮的攀登。夏天又快到了。

几年前,我曾经无数次站在那个自行车棚前,等莫小萤、送莫小萤、在她睡不着的时候为她表演广播体操。现在做操的地方是没有了,空地上歪七扭八地停满了汽车,谁家要想出门,想必得先玩儿一局"华容道"。莫小萤曾经的闺房窗帘紧闭,我充满象征意味地打了两声口哨,然后在一个中年妇女的侧目下钻进了门洞。

她家在二楼,位置我记得很清楚,但这么多年还是第一次登门拜访呢。防盗门已经挤满了灰尘,我迟疑着叩门上的铁环,等着屋里传来脚步声。

两分钟之后,对门却打开了一条门缝,一个戴眼镜的男人出来问:"你找谁?"

"这家人不在啊?"我指指莫小萤的家门问他。

"走了,去国外了。"

"这个我知道。"我说,"女儿早走了,她妈妈呢?我找她们家人有急事。"

"也去国外了啊。"那男人说,"前一阵刚走的。据说女儿在那边找到了工作,接她过去住,估计得在国外养老了。"

"去了法国的什么地方,巴黎还是外省,跟您说过吗?"

"那肯定没有。这家当妈的孤僻得很,从来不跟邻居来往。"

我谢了那人,缓缓往楼下走去。看来莫小萤前段时间回过国内,她找过我吗?找也没用,当时我正沿着她爸爸留下的路线跋山涉水呢。所谓"机缘"就是这样,有时候过于凑巧,有时候过于不凑巧。而我要趁着自己还有心力,再和"机缘"搏斗一次。

回到家,我打开电脑,又翻出上学时用过的电话本,开始了漫长的找人、托人找人、托人找人再找人的工作。第一个打电话的自然是陈浩超,他的号码自然早已成了空号。不知道这人此时仍在满嘴跑火车地创业呢,还是踏踏实实找了份工作,养家糊口。如果还在从事前一个事情,我倒真心地钦佩他。此后,我又给所有当年认识的人打电话、写邮件,拐弯抹角地打探莫小萤的行踪。

过去的熟人大多已经失散,电话和邮件有多一半都被废弃。侥幸联系上的人,也有很多不记得我是谁了。在人们的口口相传中,我了解到他们有些人混得还不错,有些人就要差很多。混得好和不好的人一律对我这个"陌生人"抱着强烈的戒备心,倒是平庸之辈愿意和我多聊两句。

"我是见过你那时候的女朋友,还给她起了个外号叫'仙鹤'。"一个刚被提拔成"主任科员"的哲学系同学说,"不过你找我问她的下落太荒诞了吧,你怀疑我当年暗中和她有一腿吗?"

莫小萤的一个同学则劝我:"回头草可以吃,但也尽量要在时间地点比较方便的时候从容地吃,你这么千里迢迢地追着人家吃,太不像一匹好马了。"

还有个坏家伙把莫小萤的"前前男友",那个胖乎乎的"三七开"分头的电话给了我:"你们俩互通有无吧——一块缅怀缅怀也不失为一件乐事。"

我真的给"三七开"打了电话:"你是莫小萤的男朋友吗?我也是……"

电话里传来孩子的哭声,"三七开"烦躁地骂了一句"傻×吧你",就挂了电话。

功夫不负有心人。三天之后,我终于得到莫小萤"有可能"的下落。当年那个从开水瓶下侥幸生还的"第二名",如今在某个负责中法之间文化交流的机构工作,我通过报社的朋友找到了她。

谢天谢地,她纠正了我在搜寻工作中的一个方向性的错误:"莫小萤现在不在法国。"

"在国内吗?"我心跳着问她。

"想得美。"她说,"她在加拿大呢,好像是魁北克,两年前就过去了。法国那边就业困难很大,欧洲人又排外,中国人毕业之后也找不到什么好工作。正好有个法国广告公司在蒙特利尔的分部招人,她就被导师介绍过去了。去年我到巴黎参加一个电影方面的年会,碰到过她。因为时差没倒过来,她在会场就睡着了。"

在我死皮赖脸的央求下,她帮我查到了莫小萤公司的地址和电话。

"真不知道给你这些信息是好事还是坏事。"她说,"万一人家结婚了呢,你这不是添乱吗?"

"我不做非分之想,小小寰球,知道她在哪儿,也就踏实了。"

"说得这么深沉,其实反了吧,"她说,"我看你是踏实不住了。"

看了看记下来的那串电话号码,我犹豫了一会儿,还是想:别事先联系了。反正休假还有相当长的一段日子——又反正打不打电话,我都决意亲眼看一看她才罢休。

加拿大的签证比法国好办得多,只要申请一个"自由行",交够了钱,旅行社就会很快替你把手续搞定。

酷似鲸鱼的波音飞机掠过太平洋上空的时候,我刚喝完两杯加拿大特产"冰葡萄酒",在两个硕大的洋女人之间睡得香甜。

对于我来说,蒙特利尔是一个非常好的城市。其原因是居民以法语为第一语言,很多人的英文和我一样烂,交谈的时候语速很慢,而且谁也没资格歧视别人的口音。这里自然充斥着"法国风情"的建筑,但街道是北美的规格,又宽又空,简直堪比中国某省的地级市。路上跑的车也多是"本田"和"通用",法国电影里常见的"标致""雷诺"则少之又少。

城市的信息系统很发达,我这样一个半"聋哑"、半"文盲"也能轻易地找到要去的地方。莫小莹供职的公司坐落在商业区一栋写字楼的顶层,抵达的次日清晨,我从街口巴基斯坦人推着的快餐车上买了咖啡和热狗,边吃边看街景,磨蹭到上班的时间,搭了辆空荡荡的公交车过去。

比起北京,这里的"商业氛围"要差很多,写字楼里没几个人,前台的女接待员无所事事地托着腮看门外。我结结巴巴地向她说明了来意,她抄起内线电话,叽里咕噜地说了一串法语,一会儿,电梯里下来一个中国女孩。

"你是她的……唛人?"女孩用鸟儿叫一般的"国语"问我。她大概是个第二代移民。

我也不好说自己是莫小莹的"唛人",想了想,就说是老同学,出差的途中来看看她。

"北京来的?"

我点点头。

"来得不凑巧啦,她颠儿了。"女孩说。

我确定,最后这个词是莫小萤教给她的,不禁笑了:"颠儿哪儿去了?这么早就走了?昨天夜班儿吗?"

"不不,我们这里熬夜加班是违法的。"女孩说,"她请假走了。"

我脖子上的毛竖起来:"走了?"

"对啊。她对我说,要'回国一趟'。"

"什么时候走的?"

"不到一个星期吧。"

几分钟后,我走在街上,暗自感叹:生活啊生活,你这就是恶意作弄我了。难道自当年送走莫小萤的那一刻起,我们就注定要一再错过吗? 如果此时此刻,莫小萤正在北京的夜色里向什么人打听我的行踪呢,那么所谓"机缘"可就真是太奇妙。

我掏出一支烟,刚想点上,发现街边的警察正警惕地看着我。讪讪地把烟盒揣回里头的时候,我最后一次鼓起劲头,折回了那栋写字楼。

好说歹说,我才让那个广东人和台湾人的"串儿"(后代)相信自己并没有恶意,她给了我莫小萤住处的地址。我拦了辆出租车,回到郊区,发现莫小萤住得离我落脚的旅馆并不远。那儿挨着华人聚居的街区,中国移民买东西很方便。当然,在汉字广告越多的地方,环境也就越杂乱。

莫小莹租住在一套五层高的公寓楼里。楼前有一大片草地,几个洋孩子正在草上爬来爬去,大人也不管他们。我在电子对讲器上按下了她的门牌号,深吸了一口气。

一个略显沙哑的老女人的声音响起:"who, for whom?"

"我找莫小莹。"

对方听到标准的汉语普通话,仿佛吃了一惊似的沉默。过了好一会儿,门才打开。我上到顶层的时候,已经看见一个身量不太高的女人站在楼梯口了。这还是我第一次见到她妈妈呢,莫小莹的身高一定来自莫大卫的遗传。

我还没说话,她妈妈就先问我:"是莫小莹的同学吧?"

我点点头。

她随后的问题让我有点诧异:"会开车吗?"

我又点点头。

她妈妈喜气洋洋地跑回屋里,拿出把车钥匙:"你先送我到菜市场。"

"我没带驾照。"我说。

"管那么多干吗?"她决然打断我,"我已经吃了好几天比萨饼了,胃里直泛酸水。"

我只好接过车钥匙,等她穿戴整齐下楼。莫小莹的车是一辆20世纪90年代的"斯巴鲁",长得方头方脑的,车窗上积满了灰尘。我调整座椅的时候,她妈妈兴致勃勃地向我介绍:"八千加币买的,这边的年轻人都开二手车。"

"那太便宜了,在国内得好几十万呢。"我只好搭腔。在莫小萤和她们家邻居的嘴里,她妈妈是一个孤僻的人。因此来的时候,我已经做好了被盘问甚至吃闭门羹的准备,没想到她一见面就把我"当亲人"了。

没准治疗一个女人的坏脾气,最好的方法就是把她扔到语言不通的国度里去。

很明显,莫小萤的妈妈对社区周围的路也不熟,我们绕了好几个圈,才找到她说的那个"菜市场"。其实就是华人集中卖食品的一条街,招牌上居然也写着"烧鹅腊肠""生猛海鲜"之类的字样。还好路上没碰到警察。

我停好车,莫小萤的妈妈跑到后面打开后备厢,回来把一只硕大的塑料筐交给我:"一看你就有力气——要买的东西多着呢。"

我就跟着她,从街东头走到西头,再从西头走回来。一来一去,筐里满满地塞着水果、蔬菜、肉类。莫小萤的妈妈还亲自拎着两只拔了毛的肉鸡。

"这丫头说走就走,拦都拦不住。"莫小萤的妈妈抱怨说,"都没人带我买菜了。"

看见一个摊子上有卖活虾的,她又跑过去问价钱。

满载而归回到家里,已经是中午了。她让我在客厅看电视,自己忙不迭地到厨房做饭。一个频道正在报道美国大选的进展,另一个频道正在转播冰球明星的业余生活。我被迫装作对这些内容很感兴趣,同时打量着这套公寓的布局:是个旧式的两居室,厅不大,沙发和电视之间的距离还不到三米;装修是那种极其厚道的老派"北美风情",能用实木的地方一律用实木,飘窗里的阳光投射在橡木地板上,让人心生暖意。

"我一个人在这儿的时候,不开电视吧,闷得慌,"莫小萤的妈妈把一盘干煸牛肉丝端到餐桌上,仍在自言自语地抱怨,"开电视吧,又听不懂,还害怕,觉得屋里凑着一堆外国人。"

没一会儿,她已经弄好了几个菜,盛完米饭后让我坐到桌上,又从冰箱里给我拿了一支瓶装的"百威"啤酒。

"吃饭吃饭,咱们吃好的。"她既快乐又愤愤然地说,"让她非要走,气死她。"

"阿姨,您还没问我叫什么呢?"

"你不就叫陈骏吗?"她从碗里抬起眼睛,看了我一眼说。

我惊异了一下,但觉得说点儿什么都不合适了,于是埋头吃饭。吃了饭,莫小萤的妈妈把碗筷堆在洗手池里,又让我喝茶。

两个人一人一杯"碧螺春",发出了典型的、中国式的舒服叹气声。这时,我才把问题重新摆上来:"您能告诉我莫小萤去哪儿了吗?"

"无锡。"她说。

"是出差还是……"

"办私事。"

我想象不出莫小萤能到无锡办什么"私事",不由得再次噤声。

莫小萤的妈妈似笑非笑地看了我一眼:"想问什么接着说好啦,问了我就告诉你。"

"那在那儿有亲戚吗?"

"没亲戚,不过她觉得有。"她说。

这话就更让我莫名其妙了:"我不太明白……"

莫小萤的妈妈"咳"了一声:"你要有心,那就麻烦点儿过去一趟。过去一趟不就明白了吗?"

"合适吗?"

"不打个招呼就跑到加拿大,你说合适吗?——不合适就不合适到底好了。"

她的话在我听来,越来越像打机锋了。机锋的答案,应该就在无锡吧? 我点点头说:"那索性去一趟。"

然后,我向她借过电话,查了查机票,当天晚上还有一班去上海的飞机。

"莫小萤在无锡待几天?"

"说不定……"她妈妈迟疑了一下,"现在过去,应该赶得上吧。"

就是说,我还要再与"机缘"抗争一次。年轻的时候错过的机缘太多,不知道那冥冥之中的主宰者是否打定主意继续捉弄我。

我报了自己的信用卡,确定可以跨国支付后,订了票。而这期间,她妈妈从便笺本上扯了张纸,零零散散地写了几行字。

"这是莫小萤在国内的电话,她订的宾馆也告诉我了,地址在上面。"这个五十多岁的女人安详地叹了口气,"我不留你了,你有劲儿跑,就赶紧过去吧。"

我起身告辞,欣慰于这一趟北美总算没有白跑——虽然结果多少让人感到有点"古怪"。

莫小萤的妈妈送我下楼梯的时候,说了一句更"古怪"的话:"你以后得对莫小萤好点儿。"

我回过身,愣愣地仰望着她。

"她这些年都没有个男朋友。"莫小萤的妈妈说。

18

所谓"时间的流逝",是否能在人的感觉系统内留下某种清晰的"质感"呢?对于很多人来说,答案应该是肯定的。在工作和休闲的圈子里,我曾和形形色色的人以"时间"或"生活"为题,进行过或严肃或调侃的讨论,听到过许多装神弄鬼的说辞,但其中也不乏情真意切者。在有些人的感触中,生活是一种浓厚、沉重、呈黏稠状的物质,它缓慢地蠕动,让人胸闷气短,疲倦不堪。还有人则完全相反,认为生活可以和中国古典哲学里的"无"或者古希腊人所说的"以太"画上等号,你在其中却又无法抓到,恰似羚羊挂角般微妙。自然,也有人和上个时代的文人保持了共鸣,认为生活就是"网"、"一条河"或者"酱缸"。

对于我来说,所谓"生活"竟然变得越来越像一种叫作"九连环"的金属玩具了。它精巧却又藏着尖锐、冰冷而又随时可以温暖,它的每个曲线和关节,都散发着某种说不清道不明的美感。我周围的人呢,有些类似钥匙,有些则类似诡秘的机关。我隐隐感到钥匙可以打开机关,但又担心谜题破解之后,得到的结果是分崩离析、遁入虚无。比起"机关"来说,我也更加依赖于"钥匙"——它让我在这个世界上感到安稳。

我没想到,自己回到国内之后会那么轻而易举地再见到莫小萤。更没想到这次见面,还勾连起了我和另一个人的联系。

飞行十个多小时之后,飞机降落在上海虹桥机场。我手里握着莫小萤的电话号码,仍然没有提前联系她,而是找了一家清静的宾馆,踏踏实实地睡了一觉。在短短三天内绕着地球飞行了一个对角,累倒不累,就是生物钟有点紊乱。

次日,我坐上新修建的城际列车,到南京转乘大巴。下午,我在高速路上看到了"三凤桥酱排骨"的广告。

刚进市区,我拿出手机拨通了莫小萤的号码。响了两声之后,她接了。

莫小萤迟疑了一下:"……是你吗?"

"是我。"我说。

"我妈告诉我了。"

"谢谢你妈。"我吮了吮嘴唇,"你如果不想见我……"

"当然想。"她飞快地说了一个地名。

我在长途车站打了辆出租车,向那个吴侬软语的男司机说清楚目的地,然后靠在椅背上,紧紧地闭上眼,不让自己看窗外缓缓掠过的景色。

"你这么想睡觉吗?"司机说,"我给你介绍一个宾馆好不好,蚕种大厦,纺织局开的,条件好得很。"

"不想睡觉。但是我累。"我嘟囔了一声,从此拒绝开口。

那司机肯定存心绕了一圈,下车的时候,我爽快地付了稍显昂贵的车费。莫小萤等我的地方,是一家三星级宾馆的咖啡厅,此处地处市中心,车来车往,但空气里飘荡着桂花的香味。苏南的老城区就算再怎么"现代化",也甩不掉一种柔软、古朴的气息。

我把包儿甩到肩上,一只手紧紧地攥着背带,走进那间大堂。闭了一路眼,我被阳光晃得像个刚刚复明的盲人。进去转了五分钟,我终于在靠窗的座位上看见了莫小萤。

她站起来,看起来想要上来迎我。我干涩着嗓子说:"你别动。"

"干吗?"她抿着嘴笑道。

"让我看看。"

于是,莫小萤便亭亭地立在落地窗前,我借着大团耀眼的阳光,慢慢地、像第一次被她允许细看一般打量着她,从头到脚,从脚到头。她脸上的线条还是那么温婉,而且添了几分明媚,虽然开始化妆了,但眸子还是亮闪闪的。啊,她还是莫小萤。

"看完了吗?"莫小萤像小姑娘一样转了转腰说。

"确认无误。"我说,"但我们可能还得重新认识一下。"

"你好,我叫莫小萤。我是加拿大'弗拉明'电影版权公司的销售员。"

"你好,我叫陈骏。我是中国《爱旅游》杂志的摄影记者。"

"咱们都算文艺界的外围人士吧?"

"没被人潜过规则,也没资格潜人家。"

"哟,好久没回国了,这些新词儿我都不太懂。"

我们眯着眼睛,甜甜地笑了两秒钟。莫小萤有点夸张地叫起来,说"饿了",她拎起挎包,带我重新上街,找了家餐厅。我们点了面筋塞肉、桂花八宝饭,还要了两份外地人必吃的酱大排,啃得满手油汪汪的。

吃饭的时候,她告诉了我这几年的生活。和大部分在地球上飘来荡去的中国年轻人没什么区别,她在里昂大学念完书,拿了一个经济学科的硕士学历,焦头烂额地忙着找工作。确定留在巴黎地区没什么希望以后,她又向法国外省和中国国内的公司投了简历,还去一家在这两地之间贩卖葡萄酒的进出口公司实习了两个月。非常凑巧,导师认识蒙特利尔那个公司的头儿,问她愿不愿意去,她没怎么犹豫就答应了。

"我妈的情绪一直就不好,医生说有抑郁症的倾向。我想着自己安定下来之后,接她过去换个环境也许会好一些。另外,如果能定居的话,那边的福利还是好一些,适合老年人。"莫小萤说。

"你是个很有家庭责任感的人嘛。"我说,"不过我见过你妈,老太太挺开朗的啊,还会撒娇呢。"

"那是对你。我没出国的时候,她就老让我把你带到家去看看,因为我不答应,还跟我怄了一阵子气。"

"你为什么不答应呢?"我迟疑着此时再开"过头"的玩笑合不合适,但最后还是说了,"是不是觉得通奸的感觉更好?"

她毫不在意地说:"你还真说对了,我那时候就是怕你变成一个'常规化'的熟人,觉得那样的话,我们有可能会不喜欢对方了。这算轻微的心理变态吗?"

"不严重。"

"其实还是觉得恋爱是我自己的事儿,不想让家里人过问。等到水到渠成的时候把结婚证'pia'往桌上一拍,那不得了嘛……"

"最后也没'pia'成。"

"你怨我?"

"也怨我自己。我应该到法国找你的,可是那时候实在太穷。"

"我也穷。"

而到了蒙特利尔之后,她就更忙了,成了一个朝九晚五的上班族,经营的业务是和法国电影工会联系,购买艺术电影的版权之后发行到北美的小众院线。那些由居心不良的外国基金会赞助、投其所好的中国地下导演拍摄的片子也在发行范围之内,很多家伙推销自己的作品时,清一色的口径是"这里有很多政治内容"。而有一路外国人专门爱看那个调调。

"这算不算反革命教唆犯?"

"按几十年前的标准,真会有人把你划为民族的罪人。"我替她开脱,"不过现在大伙儿都明白是怎么回事儿了,不就是另一种商业行为嘛。"

工作了三年,她的生活安定了下来。长租了一套公寓、买了车,拿到绿卡后,她把她妈妈接了过去。她还告诉我,那次回北京的时候,她找过我。因为不知道我在哪儿上班,她就给过去的熟人一个挨一个地打电话,却听到不少人说我也在找她。临走的时候,她才在杂志上看见我的照片,就试着联系了我的单位。是个中气很足的中年男人接的。那人告诉她,我人在外地,路上还有事儿耽搁了,三五天之内回不来。她要了我的电话号码打过去,却已经是空号了。

那男人还深为关切地劝告她:"为这种人,犯不着。"

我猜那人正是主编邵哥,想必把她当成"一起流氓案"的受害人了。邵哥的脑袋里塞了两斤烂棉花,忘性大,事后也没告诉我,于是我和莫小萤就这么又错过了一回。再想想她找我的时候,我正沿着莫大卫的光辉道路行进呢——除了感叹机缘的奇妙,我们现在还能说什么呢?

"没想到你还能到蒙特利尔找我。"莫小萤说。

"感动吧?我自己也觉得特壮烈。男版的孟姜女啊。"

"一点也不感动。"莫小萤笑着用手擦眼睛,"这都是你应该做的。你要不找我,等我老得快死了,最后一句话肯定是骂你的。"

"路费没少花,能见着就好。咱们这不都硬硬的还在吗?"我心里化开了什么似的,柔软得像个十六岁小男孩,伸手抽了张餐巾纸递给她。

她仔细地对着镜子检查眼妆是不是花了。

"看见了吧,我可都画皮了。老了。"

"我的前列腺迟早也得出毛病,咱们谁都别嫌弃谁。"我端起茶杯喝了一口,嗓子却仍然干干的,"能问你个事儿吗?"

"说。"

"你爸爸的事儿……我知道了。"

"谁告诉你的?"

我犹豫了一下,还是说:"林渺。"

莫小萤"嗯"了一声,竟然并不显得诧异。她知道我和林渺又见过面吗?

我又问她:"上学的时候……为什么不告诉我?"

莫小萤抬头看着我,表情是一派稚气的认真:"我不想让你因为同情才喜欢我。"

"你怎么会这么想?"

"我就是会这么想。"

这就是答案,我无言以对。费力地忍了忍嗓子深处的酸楚,我才又问她:"那你现在……为什么来这儿啊?听你妈说是办私事儿。"

"对。"莫小萤迎着我,眼里有某种深藏不露的东西闪了一下。

"方便和我说吗?"

"过两天你就知道了。"她说,"先陪我买点东西吧。"

走到街上,我伸手要打车,但莫小萤告诉我,她已经在当地租了一辆"本田"。看来她是真的有什么烦琐的事情要办呢,这让我越发一头雾水。

车载GPS(全球定位系统)系统很方便,莫小萤三绕两绕,把车停在一家新建的大商场门口。我们经过一楼化妆品和二楼女装的时候,她嘟囔着"比国外贵多了",但脚没停,一直把我带到顶楼的童装区。

莫小萤一家店一家店地逛过去,仔细地货比三家。售货员问她:"多大的孩子?"

她熟练地回答:"女孩儿,快两岁了。个头儿不大,八十七八厘米的样子吧。"

"哟,那你恢复得真好。"售货员打量着她的长腿说。

这景象更让我狐疑了。莫小萤有孩子了吗?可我记得在蒙特利尔的时候,她妈妈明明告诉我,她连男朋友都没有啊。难道是那边流行的所谓"代孕"?她找人代孕还是给人代孕了?

"爸爸也看看,别生出来就不上心了。"一个售货员招呼我。

莫小萤抖搂着一条小裤子问我:"怎么样?"

"我怎么就成爸爸了?"

"给你一个机会,你当不当?"莫小萤没心没肺地笑着说。

"亲爸呢? 亲爸跑哪儿去了?"

"管他呢。"

我拎着大包小包的幼儿用品,真的像个尽职尽责的年轻爸爸,跟着莫小萤出了商场。进到车里,我才问她:"怎么回事?"

"就那么回事啊。"莫小萤说,"我要收养一个孩子。"

"不用吧。"我冤枉地叫起来,索性把憋在心里的话也倒了出来,"你要不嫌弃我的话,这事儿咱们不用找人帮忙。我虽然没一亿人民币,一亿精子还是挤得出来——除非你自己需要求助'新兴医院'……"

莫小萤发动了汽车:"还是跟我看看孩子去吧,都跟人家约好了,回头我跟你慢慢说。"

半小时后,车竟然停在"无锡市福利院"的门口。莫小萤打了个电话,又到传达室填好了单子,然后回来敲敲车窗,示意我拎着东西下车。福利院是一个门脸不大的院子,但里面的空间却很宽阔,工作人员正端着大铁锅,给几个神志不清的流浪汉发放馒头,一群貌似孤儿的野小子在太阳地里乱蹦乱跳。

接待莫小萤的是一个个子矮矮的小姑娘,可能常年和苦命的人打交道,才二十多岁就变得慈眉善目的。她把我们带到一栋干干净净的绿瓦平房窗前,隔着玻璃指指里面:"正睡觉呢。"

莫小萤眯着眼睛看了一会儿,又把我拽过去。靠窗的小床里躺着一个白白嫩嫩的小姑娘,乍一看竟像一段藕。她的脸胖嘟嘟的,垂下的睫毛又黑又长。

"可爱吗?"

"可爱,可爱。"我说。

"那就是她了。"

"不再挑挑?"我有点带刺儿地说"货比三家嘛。"

莫小萤很俏地翻了个白眼,从我手里把幼儿用品接过去,递到福利院的姑娘手里,然后和她躲到一边嘀嘀咕咕。我掏出烟来想点上,想想这儿可能不让抽,便又放回兜里。一团浮云从我们头顶几百米的高度飘过,整个儿院子默然暗了,亮了,又旋即灿烂起来,连窗台上的水泥缝都在流光溢彩。我重又趴到窗子上,看那孩子,忽然觉得她很面熟,很像一个人哪。

回到宾馆的时候,天已经暗了。因为见到那孩子,我的心情莫名其妙地低落下来,久别重逢之喜消失殆尽,连饭也不想吃了。莫小萤再三申明她又饿了,我才陪她到旁边的快餐店,随便垫了点儿。那里硬把一种寡淡的褐色凉水称为"柠檬茶",我吮着那东西,低头看着另一种被称为"牛肉饭"的残羹,更没兴趣动筷子了。

而莫小萤仿佛执意要把关子卖到底,飞快地扒拉着白米粥,绝口不再提孩子的事。她不说,我也不想再问,就那么干瞪眼,对着她抽烟。

吃完饭,我到宾馆一楼开了一间房。莫小萤问我:"累了吧？"

我实话实说："累。"

"那歇着吧。"

"歇着。"我负气地重复道。

但才七点多钟，在上海又补过觉，我根本不想躺着。房间里的电视，每个台都在放同一段购物广告，浓妆艳抹的女人嗷嗷乱叫地说："最后三十秒，省下五百元……"看了好几遍也没弄清楚她卖的是什么。我关了电视，拉开窗帘，坐在沙发上发呆。隔壁的客人已经开始打牌了，两个男人刚被剃了光头，正在声势浩大地钻桌子。一对度蜜月的夫妻在走廊里吵架，大概因为丈夫给前女友打了个电话。

我如同入定般坐着，一直坐到所有的声音都消失。窗外高楼的指示灯一闪一闪，不时有夜航的飞机飞过。

莫小萤到底怎么了？她看起来还是大大咧咧的，但明显藏着心事。到无锡来做什么、那个孩子是怎么回事，这些东西她为什么不愿跟我说呢？难道经过了这些年，我们已经彻底生分了吗？

这些疑问让我顾影自怜。我感到自己比独自露宿野外的时候还要孤单。

直到夜里十二点多了，门外有人敲门。我犹豫了一下，疲倦不堪地从沙发里拔出来，透过猫眼往外看看。

是莫小萤。她刚洗完澡,头发已经放了下来,湿漉漉地搭在肩上。妆也卸了,脸色清爽了很多。

我打开门的时候,分明看到她的眼里闪着仓皇之色。她的手上,捏着一只厚厚的档案袋。

"怎么了?"我瞥了一眼那只袋子,问她。

"本来不想告诉你的……"莫小萤嗫嚅着,神情又像当年那个二十出头的女学生了,"但后来想想,如果不跟你说,我就没人可说了。"

我不知道她想说的是什么事,但鼻子已经酸了。何德何能啊。我又想:能被女人在脆弱的时候垂青,这是多大的幸运。我自然而然地涌起了抱一抱她的冲动。

"什么事?"我问她。

"一句两句说不清楚。"莫小萤抹了抹从头发上滑落到鼻尖的水珠,"还是让我给你讲几个故事吧。"

"谁的故事?"

"林渺。"

果然是那个人的故事。我几乎如释重负地想。

19

林渺,汉族,籍贯无锡,生于 1980 年。她的妈妈名叫林玉宁,是一名社区小学的代课教师;除此之外,还做过秘书、文员等。林渺自小跟着妈妈长大,没有见过自己的父亲。

虽然是单亲家庭,但是日子过得还算稳当,林渺顺利上完了小学和初中。认识的人,都知道她是一个既可爱又懂事的姑娘。她文静有礼,待人善良,又很体谅妈妈的艰辛。每天放学之后,邻居们都能看见这个小姑娘拎着菜篮出去买菜,烧好饭等林玉宁下班。母女之间的感情自然也很融洽,吃完饭后,她们就会絮絮叨叨,絮絮叨叨,不知道哪儿来的那么多话可说。

应该说,除去学习成绩不是很优秀以外,林渺这个女孩子真是没得挑——而作为一个漂亮的女孩,成绩又有什么重要的呢?她只需要大致上过得去,过一两年,考上一个江苏省内的三流大学,就能够交差了。再往后,她的任务就是挑一个优秀青年做男朋友,如果他足够优秀就抓牢他,如果他不够优秀就赶紧甩掉他——此后会结婚、过日子,给妈妈养老……一辈子圆圆满满。

这也是一个小家碧玉最理想的人生吧。

然而生活中的意外总是令人措手不及。在林渺高三那一年,母亲林玉宁突然去世了。她死的时候并没有征兆,还是像往常一样骑着自行车下班。快到家门口的时候,她下了车,推着它,沿着石板路上坡,旧皮鞋在狭窄的巷子里发出回音,这一切都和以前一样。但是这一天,她才走了不到一半,身体就突然僵了一下,然后慢慢地矮下去,矮下去。当邻居叫出声来的时候,她已经脸朝下趴在石板上了。

林渺系着一条围裙,两手是水地从屋里跑出来的时候,妈妈已经冰凉了。

林玉宁死于突发性心脏病。医生告诉林渺,这种病就是这样突然,事前往往没有征兆的,而致病的原因,大概是劳累过度。邻居们未免唏嘘不已:林玉宁是再好不过的一个妈妈了,她宽厚、文雅,任劳任怨,单亲妈妈的生活很辛苦,但她还总是关心别人家。也只有这么好的妈妈,才能把女儿教养得那样招人喜欢吧。

这么令人同情的一对母女,老天为什么对她们如此不公平呢?

母亲死后,林渺的表现倒是出人意料地坚强。她沉着冷静地料理了林玉宁的后事,自己照料起了自己的生活。好在林玉宁攒下了一点钱,早年还上了一份受益人是女儿的保险,经济上并没有多大问题,足够林渺维持到能够自力更生的年龄了。老师和邻居们鼓励她:还有不到一年就考大学了,学习上抓抓紧,考个好点的学校,也算告慰妈妈在天之灵。对于这些话,林渺都默默地点头答应了。

但就在不久以后,孤儿林渺做出了一个让熟人们意外的决定:她放弃高考,从学校退了学。大家还没有反应过来,她已经锁上门,不知到哪里去了。

此后,就是我所见过的那个林渺了。

因为在生活中了无牵挂,她很容易沿着头脑中的念头前进。离开无锡之后,她去了长沙、广州和上海,在超市和饭馆之类的地方打过工,也试着做过一点小生意,但究竟有没有赚到钱,只有她自己知道了。

在世纪之交,林渺来到了北京,开始在几个大学校园之间游荡,过起了悠然自得的"校漂"生活。因为钱花得大手大脚的,不少人都把她当成了穷极无聊的富家女,其中也包括我。

这样的闲散日子持续了一段时间。没人知道,此时的林渺已经在进行着一项异想天开的"计划"了。

此前,不知通过什么途径,她逐渐掌握了三个陌生男人的详细信息,他们分别是:建设部局级干部王如海,大学老师莫大卫,归国华侨、著名企业家于利东。

王如海本就是一个老干部的儿子,通过家里的关系进入了建设部,仕途上可谓一帆风顺,家庭生活也很和美,妻子是老领导的千金,儿子在国外留学;莫大卫长期在院校教书,已经死于山难,女儿莫小萤仍在北京;于利东随着20世纪80年代的第一波出国潮,移民澳大利亚了,直到20世纪90年代,他才以"外商"的身份重新回国,在广东的惠州市投资了一家规模颇大的电子器材厂……

然后,林渺在三里河附近租了一套房子,公然以"王如海的女儿"这个身份结交朋友。对于姓氏,她解释说,自己跟的是母亲的姓。一个漂亮的"官宦小姐",自然会招来许多趋之若鹜的追求者,这些年轻的男人中,就有我们曾经的邻居陈浩超。为了讨她欢心,这些家伙几乎都曾经送过她价值不菲的礼物,而在"手头紧"的时候,她也管他们"借钱",有的数目还相当大。具体有几个上当受骗者,每个人心甘情愿地被她拿走过多少钱,因为时隔太久,已经无从调查。

因为"骗术"并不高明,很快也有人对林渺产生了怀疑。但令那些人困惑的是,当他们找到王如海"对证"时,那位建设部的局级干部并没有立刻报警。他反而替林渺把钱"还"给了受骗者。

难道身为一个"肥缺"位置上的官员,王如海本身就有什么见不得人的地方,而林渺刚好捏住了他的软肋,玩儿了一把"黑吃黑"? 这都无从推断。如果是那样,林渺这个"骗子"就当得太高明了——高明到了无须精心设计骗局,也能让受害人到了哑巴吃黄连的地步。

但此后,毕竟因为谎话越说越多,林渺本人也感到北京不宜久留了吧。陈浩超这个倒霉蛋,正是她的最后一个"受害者",好在他这个人的特点是善吹牛×,手里并没有什么干货,林渺和他交往了几个月,居然只弄到了几盒进口巧克力和五百块钱。从这个角度来说,他倒是把"诈骗犯"给耍了。

离开北京之后,林渺回到无锡,找了份售货员的工作,踏踏实实地干了三年。当商场的热心大姐开始给她介绍对象时,她却又辞职前往深圳,重新开始了谎话连篇的生涯。

这一次,她的身份变成了"爱国华侨于利东之女",玩儿得也比上次邪乎得多。她以陈浩超那些云山雾罩的"创业策划书"作为蓝本,开始进行地下融资活动——在几个靠缝鞋补袜子起家的土财主之间发起了一个"会",每股五万,入会者可以成为惠州市罗孚县一个"新技术开发区"的股东,并拥有必然升值的土地租赁权。

和上一次的情况一样,没过两天,就有人跑到惠州去向于利东质询。听到林渺这个名字之后,于利东同样没有报警,而是对受骗者给予了补偿。好在只有四五个人受了骗,金额二十多万,这点钱对于于利东这个"大老板"来说,应该不算什么。

但因为已经有受骗者找到警方报了案,林渺从此被列为通缉犯。从此她的生活就要在提心吊胆的潜逃中度过了。

两年后,当林渺出现在"登山爱好者"的圈子里时,身份变成了教师莫大卫的女儿。由于前科在身,她这一次使用的是"莫小萤"这个现成的名字,也就可以理解了。莫大卫非官非商,又已经去世了,利用他的名头又能获取什么呢?难道是号召"山友"们给已故前辈的遗孤募捐吗?比起上一次诈骗的行为,这也太小儿科了。或许她只是不愿意浪费碰巧弄到手的"资料",抱着"闲着也是闲着"的心态重新"出山"的吧。

但是很不巧,这一次,她还没来得及有所作为,就在云南省"哈巴雪山"附近的一个偏僻小镇遭到两个流窜犯的侵害。被送到医院后,她逃跑的举动引起了警方的怀疑。

三个月后,林渺在无锡被抓获。被捕后,她对自己的罪行供认不讳。

以上,是莫小萤告诉我的第一个故事。

讲这些事情的时候,莫小萤歪着身子,坐在床上,面朝着我。她一直把那只档案袋抱在胸前,就像油画里的大学女生抱着书本的那种姿势。我则瘫在沙发里,把一支香烟拿在手中转来转去,一直也没有点上。

我应该震惊吗? 一个曾经的熟人居然是诈骗犯,这个事实本该是令人震惊的。可是相反,对于莫小萤的讲述,我却越听越心平气和,到最后居然产生了一丝木然的倦怠感。回想过去和林渺的接触,就连我这么愚笨的人都看出了许多"端倪"。那些不对劲的地方,正好与"林渺诈骗"的实情吻合。我所需要的只是在回忆里印证一遍。

同时,我还在迟疑着该不该把自己的故事也告诉莫小萤。林渺在"云南的小镇"遭遇意外期间,我是在场的。而且可以说,是我造成了那场意外。

那么今天下午看见的那个孩子呢?会不会是……

看到我长久地不作声,莫小萤淡淡地笑了一下。她起身拿起茶几上的水杯,到卫生间涮了涮,给我倒了一杯水,又给自己倒了一杯。

"看起来是一起很普通的诈骗案,而且相当不专业。在警方眼里,林渺这种犯人几乎就是胡闹。"她看着我说。

"是啊……"我无力地应道。

莫小萤的声调隐秘地波动了一下:"可是你有没有想过,就算她笨得连骗局都设计不好,事情还是显得蹊跷。那么多可以'冒充是他女儿'的男人,林渺为什么偏偏挑选了我爸爸呢?他已经死了啊。还有王如海和于利东,林渺以前与这两个人并没有接触,她又是怎么挑上了他们呢?"

"那应该是另一个故事了吧……"

"对。"莫小萤说着,有些突兀地伸出两只手,把那只牛皮纸袋朝我推过来,"你可以先看看这些。"

我迟疑着接过纸袋,打开它,从里面拿出一沓陈旧的纸张。那是一只日记本和十几封信。日记本明显是 20 世纪七八十年代的产物,纸质在今天看来颇为粗劣,封面上的版画是两个小朋友乘坐"少年先锋号"飞往太空的情景。

我翻开扉页,看见一个带日期的签名:林玉宁,1978 年 10

月。字体娟秀。

而那些信封上的收件人,写的一律都是林玉宁的名字。寄件人的位置,则有"王缄""莫缄"和"于缄"的字样。如果没有猜错的话,他们应该是王如海、莫大卫和于利东。三个男人都写了一笔好字,王如海的字迹工整圆润,莫大卫则遒劲有力,于利东是潦草中带着几分潇洒。

我试图在吱吱响的日光灯下阅读那些故纸。先从日记开始,粗粗扫一眼,那个叫林玉宁的女人的流水账里,充满了"课堂""读书""课外活动"之类的字样。很容易判断,她是恢复高考后的第一批女大学生之一。

1978年,她一定很年轻。我认真读了几个句子,文字没有什么奇特之处,笔调也单纯、稚嫩,简直像我们这个年代的初中生写的。很多篇日记都是以"我要在知识的海洋里畅游""要做一个对人类有贡献的人"这样的励志句子结尾的。考虑到年代,我相信她是真诚的。

读了几篇之后,我逐渐丧失了耐心,便合上日记本,转而打开一只信封,想读里面的信。

"没兴趣看就别看了,看着挺累的。"莫小萤打断我,"反正我都看过了。"

"既然如此,何必给我看?"我问。

"怕你不相信我讲的第二个故事,因为它……太离奇了。"

她说,"如果不是看了这些东西,当初我也不会相信。"

原来是率先提供的"证据"。我笑了一声:"你那么不信任我?"

"你毕竟是个男的。"

"男的怎么了?"

"夸你呢——理性啊。"莫小莹说,"如果你还不相信,可以慢慢核对,在日记本和信上都有证可考的。"

"我相信你,你说吧。"

莫小莹却忽然站起来,四下打量了一下房间,嘟囔了一句:"太亮了。"她走到门廊,关了灯,房间里瞬时只剩下了对面高楼指示灯照进来的微光。经过我身边的时候,她轻巧地从我手中把那支香烟拿走,给自己点上,然后躺到床上。我仍然一动不动,看着她那模糊的曲线一起一伏。

在忽明忽灭的香烟火光中,莫小莹开始讲第二个故事。这个故事离我们要遥远得多,也要离奇得多。

林玉宁是一个出生在 1958 年的女人,汉族,祖籍无锡。她的父母在新中国成立前就是当地一所中学的老师,更早的时候还上过教会学校,用中等城市的标准来看,够得上书香门第了。因而在林玉宁出生的时候,那对老夫妻经过群众的"民主推荐","当选"为学校里的唯一一对夫妻"右派",也并不稀奇。但是林玉宁的故事和她的父母并没有太大关系,因为当她还在上中学的时候,她的父母就一个病死,一个"畏罪自杀"了。

林玉宁的生活转折从1978年开始,当时国家恢复了高考。正所谓龙生龙,凤生凤,"右派"的孩子会打洞,她以一名街道工厂工人的身份报名,考进了位于南京的某所工科大学,读的是机械系。这个成绩自然让很多人愤愤不平,但也说明那个时候"风向开始变了"。上了大学的林玉宁"风头很健",因为她年轻、漂亮,周身洋溢着一种既青春又有书卷气的味道,她有理由开始一段新生活。

虽然学生们普遍刚刚摆脱营养不良的身体状况,从表面上看,他们也按照"团结紧张,严肃活泼"的半军事化标准来安排生活,但是实际上过得风起云涌的。这指的当然是精神层面。关于那时候的特质,我也屡屡听到过很多"过来人"满腔深情的追忆。比如我的主编邵哥,就是一个20世纪80年代从b大毕业的老大学生,他向我讲过他们听说中国女排豪取"三连冠"时的情景:青年们点燃扫帚,高举火把,从食堂摔锅砸碗地出发,一路高呼"振兴中华"。

对于林玉宁的故事,以上是一段题外话,但可以帮助我们了解她所处时代的人们的精神风貌。林玉宁风起云涌地改变了个人命运,进入了风起云涌的大学。前两个月,她尚且惴惴地回忆着早年间的苦日子,告诫自己要"夹着尾巴做人",但很快就按捺不住了。她多才多艺,她备受瞩目,她要融入滚烫的洪流。

而在当时的校园里,风头最劲的人物除了漂亮女生,就是所谓的"诗人"了。"揣本油印刊物就能睡遍全中国",这也是邵哥这个"过来人"告诉我的原话。林玉宁加入了大学里的文学社,认识了社里的几个"诗人",他们分别是:建筑系的王如海、动力学系的莫大卫和外语系的于利东。他们一见如故,很快结成了密不可分的小团伙,成了文学社里的"社中社"。尽管他们对外宣称,这种紧密的结盟是源于"对诗歌的见解相同",但在外人的眼里,这完全就是一群"资产阶级狗男女的臭味相投"。

林玉宁自不必说,长得很像旧中国的女明星,父母是刚摘了帽的"右派"(注意,这个头衔开始变得光荣了);另外三个男生的出身与性格各不相同,但有着相似的特点,那就是"拥有脱离群众的资本"。王如海长相英俊,"一边一块疙瘩肉",来头也最大,父亲是北京某部委的一个司局级干部;莫大卫是一个体育明星,保持了两年校运动会的跳高纪录,父母都是另一所大学的教授;而于利东虽然不显山不露水的,但是熟识的人都知道,他家是华侨,他也是全校唯一一个定期收到美元汇款的人,美元啊。

我们还是怀着宽容的心,善意地理解这组"四人行"吧:他们志趣相投,惺惺相惜,卓尔不群。他们上演着那个特定时代的"青春万岁"。在课堂上,总会有一个两个男生经过了冷汗淋漓的思想斗争,终于把小纸条塞进林玉宁的课桌,可她连看都没有看,铃声一响起就收拾好书包,投奔她的朋友们去了。那些小纸条就寂寞地在桌斗里堆积,等着校工当作垃圾清扫出去。

她和三个朋友在一起做什么呢?现在看来几乎像是一场喜剧了:他们正在朗诵诗歌呢。往往是一个人捏着一张纸,在某个空荡荡的教室里或湖边高声地读,另外三个人则静静地听。被朗诵的诗作有北岛、顾城、舒婷等人的名作——"我不相信天是蓝的,我不相信雷的回声"云云——此外还有他们自己的习作。在朗诵过后,他们常常表现出偏执、颓废或者抑郁的精神状态,因为他们认为诗人应该是偏执、颓废和抑郁的。

除去诗歌,还有更加伟大的命题在等着他们。那个时候,几乎每个人都要聊一聊"中国向何方去"或者"蓝色文明和黄色文明"之类的东西。不管怎么说,这是王如海和莫大卫等人施展才华的时刻:旁征博引,挥斥方遒。

就像如今满街都是口头流氓犯一样,那个年头满街都是口头革命家。

上述这些也没什么太稀奇的。让我们觉得有意思的,其实还是这四个人之间的关系。他们如此亲密,饭在一块儿吃,书在一块儿看;每逢周末,还会骑上锰钢自行车,结伴到中山陵、玄武湖之类的地方去郊游。最远的一次,他们去了安徽境内的天柱山,三个男的骑着车,林玉宁则轮流坐在他们的后座上,右手自然地搭着他们的腰。饶是如此,却没有擦出男女之间的"火花",这恐怕才是今天人眼中的奇妙之处。

按照中国人的逻辑,林玉宁必然会从三个人里面挑选一个,作为正式的男友,这期间或许会有痛苦的抉择,更会有争风吃醋、兄弟反目之类的套路;而按照法国人的逻辑,他们这一小撮儿艺术青年,大可名正言顺地乱搞一气,就像萨特和波伏瓦、萨冈等人一样。但是林玉宁他们是如此特别,竟然把纯洁而又密切的关系保持了下来,从始至终激情洋溢。

我们或许能够这样理解:那个时候,学校里飘荡着太多让人澎湃的巨大字眼儿,诗歌呀,自由呀,真理呀,这些概念一旦把人裹挟住,就会以强劲的气势把年轻人的内分泌转移到抽象方面去。具体地说,是一个"催精上脑"的过程,化性欲为思想。沉迷于炫目的思想,林玉宁等人居然无暇顾及其他了。

"纯洁的灵魂群居",这是我对林玉宁等人关系的概括。这种说法有它的合理性,但又缺乏其他的例证支持。相反的例子倒是比比皆是。再拿我的主编邵哥打个比方吧,当邵哥有了钱、地位和"话语权"之后,身边的女人自然比当年更多、更奔放。但这个时候,他又了无兴致,连碰也不想碰她们了。这真是一个奇妙的辩证法。邵哥说:"不是哥哥身体不行——身体不行还有药呢——是我实在没兴趣了。男女那点事儿,跟伟大的理想一点儿都沾不上边儿,你让我怎么搞?怎么搞?"邵哥就这么活活被理想给阉了。

但是换个角度一想,"理想"既然能把人变成流氓犯,那么应该也能把人变成清教徒。无论是清教徒还是流氓犯,他们都是纯洁的人,只是同一理念的两种极端表现形式。从邵哥的例子逆推,能够帮我理解林玉宁等人的关系实质。

不管怎么说,他们在此期间关系就是如此微妙,引而不发却耐人寻味。我也猜测:他们相处的时候,有没有过爱情的一闪念呢?但是有没有都不太重要了,很快,他们就演变成了另一种奇特的关系。

那是林玉宁即将进入大学三年级的那年夏天,一则谣言给她的生活带来了不大不小的风波。她已经两年没回无锡去了,这期间,她原来当工人的那个街道小厂的厂长,因为强奸少女被抓了起来。说强奸也不是真的用强,而是以用工、进城等等好处为幌子,把他自己的"表小姨子"推到了床上。事情还是厂长的老婆揭发出来的,那女人的原则性非常强,眼里揉不得沙子,抓到一个"现行"并不满足,还要深挖狠挖继续挖,把丈夫以前的劣迹也挖出来。每个和厂长关系好一点,或者受过他好处的女工,厂长太太都不放过,她要找她们去面谈、深入交流,质问她们有没有"被搞过"。

本来不是什么大事,被她这么一闹,反而沸反盈天了。厂长痛心疾首地向老婆保证:"真没别人了,真没了。就弄了你表妹一回,也是因为熟。别人,我并没有那个胆量。"但是厂长太太不信他这一套。搞了一个为什么不能搞两个?搞了两个为什么不能搞三个?因为厂长任职时间比较长,接触的女工颇多,她的调查走访就变得极其漫长。

连区里"专案组"的同志都劝她:"您想划清界限那是好事,不过抓住一个已经够了,不需要那么多。"

她说:"我又不是为了判他才去问的。"

用厂长太太的话说,她就是想把事情"弄清楚",不弄清楚就"难受"。她已经变成了一个偏执狂,调查本身也越来越具有行为艺术的色彩。她直接跑到人家家里,问对方的老婆和女儿有没有"被搞过",怎么说都不够礼貌。这项"艺术活动"的危险性也可想而知。

在无锡转了几个月以后,厂长太太终于鼻青脸肿地跑到南京来了。林玉宁是她的最后一个走访对象,她在课堂上找到了她。

厂长太太问:"你是怎么上的大学?"

林玉宁说:"考上的。"

厂长太太问:"谁让你考的?他有没有给你写推荐信?为什么答应给你写信?……"

颠三倒四地说了一大通，林玉宁才听明白了对方的推测：厂长以"推荐报考大学"为由奸污了她，或者说，她为了报考大学色诱了厂长。

突然冒出这么一个事，林玉宁自然感到很慌乱。她眨了眨眼，反问道："你头脑坏掉了吧？"然后就走回教室去了。

厂长太太可不会善罢甘休。她已经质询了几十个女工，都没有质询出结果，林玉宁是她实现心理自虐的最后一个希望了。而且看到青春勃勃的女大学生，她更加坚信自己的猜测：那么多工人，为什么只有她想起来考大学？为什么她偏偏又考上了呢？这里面一定是有鬼的。在臆想中，她过度夸大了丈夫阳具的能量，认为是那根东西把林玉宁这只鲤鱼精顶过了龙门。

于是她决定大闹到底。当事人林玉宁不与她对质，她就要找组织。从保卫科转到后勤处，又从后勤处转到了教务处，最后她才弄清，此类事端归系党委直接抓。闹到系党委，林玉宁的身份就从受害者变成了罪魁祸首，校方的同志们还以为是自己的学生破坏了人家的家庭关系呢。

兹事体大，必要严查。林玉宁开始频繁地被指导员老师、系党委副书记找去谈话。在那个年代，对于破鞋，大家都是热情高涨的。没过多长时间，传言自然也就不胫而走，半个学校都在传她被"人家老婆打上门来"的事情了。而且林玉宁自己在日常生活中的表现,也给她自己造成了不利影响:一个机械系的女生,平时不钻研机械,反而要搞什么诗歌;不跟女生相处,倒同时跟三个男生打得火热——这说明了什么?

不仅是林玉宁,就连王如海、莫大卫和于利东也遭到了组织上的谈话呢。校方详细地询问了他们这组新时代的"四人帮"到底做过些什么、想过些什么,并且鼓励他们"谈一谈林玉宁"。在这种情况下,林玉宁的压力是可想而知的,幸好三个男生表现得颇仗义。他们的答复如出一辙:我们是一个诗歌团体;我们在一起的时候,除了文学艺术,并没有对别的事情感兴趣;我们相信林玉宁是一个纯洁的、脱离了低级趣味的人。

不仅如此,三个男生还用行动支持了他们的同路人。即使是在"审查"最密集的时候,也能看见他们站在办公室外面,等待着林玉宁。她一出来,他们就上去把她围住,和其他同学隔离开来,然后一起走到湖边或者树林里,继续朗诵诗歌。流言越不堪,诗歌越嘹亮。这个姿态,虽然在校方的眼里属于无声的示威,但也博得了很多同学的同情。纯洁的友谊,是多么让人感动啊。

据说,三个男生分别找到林玉宁,说了一句话。王如海说的是:"不要想那么多。"莫大卫说:"自己踏实就好。"于利东则道:"我们是相信你的。"

林玉宁沉静地对他们点点头。诗人必将遭受生活的磨砺,她也许将这次的事件看作一次灵魂升华的旅程。在淤泥中昂起高贵的头,这又是多么符合20世纪80年代的"艺术辩证法"啊。我想,不论是林玉宁,还是其他三个男生,在这个时期都会思如泉涌,可惜他们的旧作早已不知道丢到哪里去了。

而风波的结束,源于一张医学检查报告。在一个阳光灿烂的午后,林玉宁从南京妇产医院出来,先把那张纸向三位男诗人展示了一遍,然后,四个人又一起前往机械系党委办公室,把它呈交给了党委书记。

报告很简单:处女膜完整。

其实这个时候,事情的始作俑者,那位锲而不舍的厂长太太,已经被送到无锡的精神病院接受治疗了。她闹得太过分了,因此很多女工又一起去向组织"讨公道"。这时才知道,对林玉宁的继续调查,完全是校方主管人员自己的兴趣所致了。"看来你没有辜负组织上的信任。"

为了庆祝这一次"胜利",诗人们自然又举行了一次激情澎湃的朗诵会。这次朗诵会搞得相当盛大,不仅本校文学社社员、附近学校的诗歌爱好者,就连社会上的几个有名的诗人都出席了。林玉宁本人被赋予了极大的象征意义,甚至有人为她作了一首《圣女贞德之歌》。

可是四个年轻人没有想到,这样大好的局面,恰恰成了另一场风波的起点。

在此之前,北京那边发生了几起不大不小的波澜:有些干部子弟在部委宿舍开办"秘密舞会",导致不少无知少女上当受骗,还有些所谓的文化人在大专院校之间秘密串联,煽动学生们化意淫为手淫,去实践"西方资产阶级的生活方式"。因为控制及时,这些活动在社会上并没有什么反响,但足以让全国的很多高校如临大敌。林玉宁他们所在学校的领导本已精神紧张,此时又风闻学生们自发举行了一次抗议式的诗歌朗诵会,把两根神经搭在一起,也是自然而然的了。

"这股歪风再不抓一抓,就要演变成非法集会了。"一个主管领导说。

暂时解散文学社等社团、停止一切课余文艺活动的通知很快就被传达了下来。这个举措,被学生们视为恼羞成怒的报复,一时间,学生和校方的关系显得非常紧张。而在这种情况下,林玉宁他们四个人,又自然而然地变成了"重点工作对象"。

又是新一轮的谈话、交心、循循善诱。只不过,这一次校方的视野就不局限于男女关系,而是更加丰富的"倾向问题"了。负责"做工作"的是一名复转军人,他要求"诗歌四人帮"上交全部诗作,经过通宵达旦的研读,他提出了这样一个问题:"你们一定要把诗歌写成别人看不懂的话——为什么那么怕人看懂呢?这里面藏有什么不可告人的思想呢?"

平心而论,校方在处理这个问题的时候,总体的调子还是宽松的,以"挽救青年"为主的。把林玉宁等人质问得哑口无言之后,校方又重申了"科学有艰险,苦战能过关""做一个四有新人"之类的套话。这个意思很明确:我们既往不咎,你们好自为之,大家互相给一个面子也就好了。

然而,校方自以为"工作"做得很成功,却没有考虑到这几个学生的特殊情况。那可是几个"诗人"啊。他们联想丰富、性格敏感,并以此为荣;假如不再次做出反应,那么他们就愧对那个光辉的头衔了。

在一次集体谈话之后,四个青年人悲怆地游走在校园里。这个世界竟然容不下诗歌,这是一个什么样的世界?于是,不知是谁先提了一句:"不如我们逃走吧。"

他们就真的逃走了。

我是这样推测的:逃走,对于林玉宁等人而言,也是一个抽象的、具有象征性的行为。就像从20世纪80年代过来的人提起"流浪",精神深处总会颤抖一下。他们没有计划,没有目标,只是急于用"逃走"来表明对这个世界的态度。

于是,这四个人没带行李和衣物,非常轻率地离开了校园,向着不知在哪里的远方进发了。逃走当天,有人看到他们在校门口的大路上边走边聊,还有人听见他们在公共汽车站哈哈大笑呢。其实换一个角度来想,你也可以认为他们只是烦了,集体出去旅行一次,散散心。

但是有些人可不这么想:说重点,这可是畏罪潜逃啊。那个时候的大学,和现在最大的不同,就是逃课很容易被发现。第二天,林玉宁等人失踪的情况被汇报给了校领导。第三天,校方就火急火燎地召开了一个紧急会议,讨论如何处理这个突发事件了。

校方迅速决定,向公安局报案,并且发动一切兄弟单位,帮助寻找四个"走失的年轻人"。

好在是虚惊一场,又过了两天,林玉宁他们自己又跑回来了。走进校园的时候,四个年轻人已经风尘仆仆,头发打绺,浑身上下又脏又皱。辅导员老师和蔼地带他们去吃饭、洗澡,然后率先表示:就算学校的工作方式鲁莽了一点,你们也不应该这样任性啊。

林玉宁他们也承认了错误,并且主动交代了自己的"逃跑"路线:出了南京城后,他们在郊外的小旅馆窝了一夜,次日又搭上开的长途公共汽车。他们以前是去那里旅游过的,不知是谁很随便地提议:不如我们去攀登一下黄山吧?! 于是便又到一个县城转了火车,向黄山前进了。

那个时候的黄山,还远没有变成人山人海的旅游胜地,除了少数几个景点,大部分地方都是人迹罕至之处。四个失魂落魄的年轻人突发奇想,凭着一时之性摸了进去,竟在里面盘桓了两三天。他们是否体会到了与世隔绝的辛酸与快乐？他们是否"重新拥抱了诗歌"？这就不得而知了。而在我这个后来人的眼里，那次逃跑毕竟是浪漫的，如同美国20世纪60年代的"垮掉的一代"：到荒芜的地方去行走、冥想。

他们很快迷了路，随身带的干粮也吃完了。但那个时期，国家对森林火灾的防范非常严密，到处都有不辞劳苦的护林员，进山的第三天，他们终于遇到了两个巡山的人，被救回了山下的补给站。

经历了一次冒险，他们大概也觉得"折腾够了"，不知又是谁提议：不如我们回去吧！

于是便回去了。

从"破鞋"的传言，到诗歌团体被取缔，再到逃跑进山，对于当事者而言，也许惊心动魄，但在局外人的眼中，却并没有什么过于离奇的。那只是当年的"老大学生"们校园生活中的一个小小的插曲。不要说他们的很多同龄人，就是比起我，也未见得有多么值得炫耀——哥儿们的逃课比率高达百分之九十，这一条足以让他们自愧弗如吧。

一连串的风波也让四个青年身心疲惫，回到学校后，林玉宁等人很是消停了一段时间。他们重新出现在教室、食堂和团日活动的队列中，看起来安分守己。更让老师们欣慰的是，对于诗歌,他们也没有那么狂热了。也许某个人的书包里还藏着一本油印诗集,但在湖边和树林里,已经听不到他们忘情朗诵和高谈阔论的声音。青年人都有走火入魔的时候,只要能够悬崖勒马就好:林玉宁的学习成绩一直很优秀,王如海正在申请成为一名预备党员,莫大卫又在校际运动会上为母校争了光……他们仍然是好青年嘛。

如果不是另一起接踵而来的事件,林玉宁的生活会怎样呢?以她的才华和性格,大概可以顺利毕业、继续深造,成为一个相当了得的女人吧。几十年后的我,也许会在报纸上看到一个女科学家林玉宁,一个商界女强人林玉宁,或者是意外暴露的女贪官林玉宁。可以确定的是,我将不会在二十岁的时候认识一个叫林渺的女孩。

事情的端倪,还是林玉宁同宿舍的一个老大姐看出来的。那是一个三岁孩子的母亲,抛夫弃子地来上大学,因为年龄的原因,自然而然地挑起了照顾几个"小妹妹"的责任。很容易地,老大姐就发现了林玉宁的不对劲:她时常头晕、恶心,饭量大大增加,刚起床的时候还会突然呕吐……更致命的是,老大姐还观察到,林玉宁已经三个月没有清洗过月经带了。这是什么情况,还用说吗?

在那个时代,这又是多么令人震惊的消息。老大姐当机立断,把事情反映给了上级。听到又是林玉宁的事情,想必有人恨铁不成钢,有人却产生了莫名其妙的快意。事不宜迟,还得组织调查、谈话。"再不解决,肚子都要挺到讲台上去了!"一个五十多岁的女教师这样说。

让人们啼笑皆非的是,林玉宁竟然对自己的身体状况毫不知情。听到传讯,她还以为学校仍然记得他们逃跑的事儿,准备"秋后算账"呢。

"如果学校给我处分的话,我也没意见,以后我会把精力放到学习上的。"她开门见山地再次检讨说。

"不不不,"一个老师迟疑着回答,"今天不是谈这个问题。我们想了解的是,你的身体情况……最近没什么不舒服吧?"

林玉宁想了想:"有的时候是难受一点,不过没大事,可能是上自习熬了几个晚上造成的。"

五十多岁的女老师看了看她,悄悄让在场的两个男老师出去,然后关起门来,压低声音问:"你的月经,稳定不稳定?"

林玉宁这才如梦方醒地说:"哎呀,很久都没有来了。"

不要把这当笑话看,考虑到林玉宁的成长环境,她的迟钝并不稀奇。因为早早失去父母,她是被身为"历史反革命"的爷爷养大的。那种"女性的必修课",根本没人想得起来给她上一上。让人唏嘘:一个聪明绝顶的女大学生,连诗歌都懂得了,却不懂得自己的身体。

事情的定性,又是一张妇科检验单来宣告的:妊娠六十日以上。我的天哪,林玉宁这才知道自己怀孕了。

而学校的下一个关注点自然是:谁的?

更让人惊诧的情况发生了,林玉宁竟然说:"不知道。"

"什么叫不知道?"

"就是不知道。"

"不知道……难道你被人强奸过吗?"五十多岁的女老师用人民警察的口吻问道。

强奸是什么含义,林玉宁大概是懂的。她说:"没有。"

老师们焦躁了起来:"那是怎么回事? 你不要装傻好不好? 到底什么时候,和谁发生了性关系?"

看得出来,林玉宁也慌了。她捂着脸,哭了起来,然后真诚地说:"真的不知道是谁。"

林玉宁供述,事情就发生在她和王如海、莫大卫、于利东逃跑期间。第一天,他们住在了一家小旅馆,她一个人一间房子,三个男生挤一间。第二天,他们在黄山脚下废弃了的"护林办公室"窝了一夜,因为那地方不止一间房,他们仍然能够保持男女分卧的格局。第三天,他们迷了路,好在天气晴朗,气温也并不太低,就在树林里停了下来。第四天,他们被巡山小分队搭救下山,又住到了小旅馆。

具体的事发时间,是在第三天。那天晚上,月明星稀,四个青年结束了一整天的跋涉,既疲惫,又慌乱。林玉宁的体力最差,她靠着一棵大树,面色苍白地喘气。王如海已经后悔起来了:"早知道就不要进这座山。"

于利东则担心起切实的问题:"夜里不会有狼吧?"

在四个人中,只有莫大卫的野外经验比较丰富。因此,他的胆子要大很多:"不用害怕,既然脚下还有路,那么说明我们并没有走到太深、太危险的地方。以前我还一个人进过九华山呢。"

听了莫大卫打包票,另外三个人便也稍稍放下心来。事已至此,他们决定先在山上凑合一夜,明天再沿着小路继续前进,去找通往山下的大道。

而入睡的时候,三个男生也保持了绅士风度:他们把一处山石下面的草窠让给了林玉宁,让她拥有一个独立的空间,而自己则分别坐到了位于她东、西、南三个方向的树下,每个人之间的相隔距离都有几米。莫大卫还开玩笑说:"我们在给林玉宁放哨。"

尽管已经很累了,他们并没有急于入睡。夜宿让他们兴奋,浪漫主义情怀大增。不知是谁起头,他们又开始背诵诗歌了——一个人轻轻地吟哦几句,远处的另一个人自然而然地接上;有时还会唱和,在夜风里形成悠远的共鸣。对于林玉宁来说,当时的心境一定是奇妙的:大团的云朵遮住了月亮,四处都是神秘的黑暗,伙伴们也不见了踪影,但他们既遥远而又亲密。

这种状态本身,不就是一段诗歌吗?

她很快就安详地睡着了,以至于后来的事情,竟然有了"难辨真假"之感。向老师陈述的时候,她说得语焉不详、含含糊糊。作为听众,校方的人固然无法理解她那些微妙的感受,但已经可以将关键性的事实剥离出来:她在半夜醒来,发现自己的身旁躺了一个人,因为黑暗,她看不清那人的脸,只感到了一个影子的重量。那人温柔地吻她、抱住了她,林玉宁没有反抗。在做完了顺理成章的事情之后,她居然又糊里糊涂地睡着了。次日醒来,仍是孤身一人,身上的衣服穿得好好的。

老师们听得目瞪口呆:"你为什么不叫?"

林玉宁说:"不知道。"

"你能察觉出是谁吗?……"

"不知道。"

除了在莫名其妙的环境下,莫名其妙地怀上了人家的孩子这个事实之外,林玉宁的表态居然全都是"不知道"。

老师愤怒地训斥起来:"都什么时候了? 你就别给他打掩护了!"

林玉宁则痛苦地甩着脑袋:"真的不知道。"

"那么另外三个人,王如海、莫大卫、于利东,第二天早上有没有异样的反应?"

"没有。"林玉宁说。

次日,阳光照醒了年轻人,每个人的脸色都是如此纯真、灿烂。三个男生兴致勃勃地打趣、聊天,看起来昨天睡得非常好。在按照原计划往山下摸索的路上,林玉宁甚至怀疑:那是不是一个梦呢?

如此虚无缥缈的"葫芦案",自然让校方非常棘手,与此同时,林玉宁日渐膨胀的肚子却已经时不我待。调查,这件事情必须得火速调查。系里又紧急成立了"专案组",对王如海等三人进行了隔离审查。但每个人的供词都是光明磊落,每个人的神情都是单纯无比,即使是经验丰富的政治工作人员,也无法从中找出任何破绽。

的确,如果要想推卸责任的话,是非常容易的:"我睡着了,不知道发生了什么。"一句话就可以"事不关己"。

到底是谁呢?这真成了悬案了。老师们暗自揣测着每个人的嫌疑性:据说王如海以前交过女朋友,是个外校的女生,但大一下学期就分了手,他是三个人中唯一可能拥有过异性经验的人;在山上迷路时,莫大卫表现出来的沉稳和勇气,让他显得更有男性气魄,也更能从容地进行一次诱奸;于利东也不可小觑,他可是"华侨"啊。

同时,林玉宁本人也可能是一个突破口:她在当时没有反抗,"没有叫"。这种反应是很值得重视的——如果不是两情相悦,为什么不叫呢?

调查面也在自然而然地扩大。校方又开始询问文学社的其他成员以及林玉宁和三个男生的同屋、同学:她有没有和某一个人暗中谈恋爱的迹象?但适得其反,非但没有问出什么有价值的线索,反而让事情传了出去,成了校园里的另一大新闻。很多人欣慰地说:看来破鞋终归是要破的。不管怎么说,"不叫"已经足够坏、足够丢人的了。一个老妇女摇头叹息道:"什么叫坏女人?就是该叫的时候不叫,不该叫的时候比谁都叫得欢。"

四个年轻人再一次面临巨大的压力,这自不必说。而且这一次与前两次不同,他们之间的攻守同盟轻而易举地破裂了。男生们不再联络林玉宁,无疑,这是出于自我保护的考虑——这种时候被人看出"瓜葛"来,可就洗也洗不干净了。而他们之间也开始猜疑、避讳,迅速疏远。抛开前途和名声不说,他们毕竟没有做好准备,成为一个父亲。是谁让自己背上了黑锅呢?清白的人肯定会心生怨恨吧。

也许还有更加隐秘的情感交织在其中:如果他们之中的确有人暗恋着林玉宁,看到她这么莫名其妙地被糟蹋了,究竟是一种什么样的感想呢?

在外人的眼里,他们的表面都是冷静、坦荡的,但过去那微妙的关系已经破裂。再见面时,他们形同路人。

被迫承认审讯徒劳无功之后,校方还意识到了这样一个悖论:要想知道孩子的父亲是谁,在现有的技术条件下,只能把他(或者她)生出来,再去做血型鉴定;饶是如此,也不保险,只要有两个以上的男生血型一致,那就彻底抓了瞎。而当前的问题是,探究真相有那么重要吗?为了一个真相,毁掉学校的名誉,值得吗?

再说,抓出那个人之后,事情会变得更加矛盾:他是一个如此卑劣的人,即使强迫他和林玉宁结婚,林玉宁愿意吗?难道要让她独自抚养一个孩子吗?很多老师出于人性的角度,这样考虑着。

于是,校方的决定是:调查继续,但该处理的事情还是要处理。他们决定给林玉宁记大过处分,并联系好妇产医院,责令她迅速把孩子打掉。

但事情再一次超乎了人们的预料:就在宣布这个决定之后,林玉宁从学校里消失了。几天后,系办公室接到了她的退学申请。

她一个人回无锡了。

20

这个故事悠远而漫长,莫小莹讲完的时候,房间里已经重新亮了起来。东方既白,鸟鸣在窗外响起,一股清晨特有的气息正顽强地穿过墙壁,向我们渗透进来。

莫小萤仍然躺着,面朝我,她面色宁静,却丝毫看不出疲倦。

"我一共有三个故事想告诉你。"她略微撑起来,端起水杯润了润嘴唇说,"但是听完前两个,你大概就可以猜出第三个了吧?"

我点点头,但又忽然想问她:我应该相信这些"故事"吗?你告诉我的究竟是不是真的?

"你还想接着听吗?"见我不开口,莫小萤又说。

"看你。"

"唉,我困了。"莫小萤的声音明亮起来。

"那睡吧。"

"你不抱着我睡?"她说。

"那是肯定的。"虽然这么说,我还是犹豫了一会儿。几分钟后,我心里叹了口气,脱了外衣,俯到床上。莫小萤不露齿地笑了一下,敏捷地翻过身去,我就从后面抱着她,把脸埋在她的头发里。

然后,她从下面拽上了被子,把我们盖住。感觉着她薄薄的肩胛骨在臂弯里缓慢地起伏,我很快就睡着了。

梦里,我看到自己身处在大片金黄的麦田之中,林渺裹着一条红披肩,在我前面快步地走着。她不时回过头来招呼我,但无论如何凝神细看,在我眼中总是面目模糊。我突然想到:莫小萤在哪里呢?一回头,便看到莫小萤在身后的远方孤零零地站着。没费什么周折,我就做出了选择,回头朝莫小萤跑过去。但是跑的时候,我伤心地哭了。

此后就没有情节了。我睡得非常香。

我抱着莫小萤,睡到中午十二点才被敲门声叫醒。服务员隔着门提醒我:"您只交了一天的房费,要不要续一下?"

我使劲眨眨眼睛,脸贴着莫小萤的后脑勺独自发愣。

"叫你呢。"莫小萤捅捅我。

"续,续。"我答应了两声,起床穿衣服。

莫小萤也坐起来,说:"还是别续了,浪费。你把东西搬到我那儿去吧。"

"这个要求让我很欣慰。"我说,"早该这样了。"

我们草草收拾停当,睡眼惺忪地开了门。看到屋里出来两个人,又听说我要退房搬到莫小萤那儿去,服务员脸上划过一丝不易察觉的惊诧。她一定觉得这两个客人"搭上"得太快了。

"出去吃个饭,把第三个故事听完?"莫小萤到卫生间洗漱完,又换了身衣服出来问我。

"好。等我也洗把脸。"

半个小时后,我们容光焕发地坐在咖啡厅里,啃着一只硕大的奶酪蛋糕。莫小萤像饿了三天似的,一勺接一勺地往嘴里填充高热量物质,上一口还没咽下去,下一口已经塞进来了。因为怕她噎着,我屡次把热咖啡送到她手边,劝她喝一口。

"丰衣足食的感觉真好啊。"吃饱以后,莫小萤心满意足地靠到沙发里,"我在国外累极了,就会找一家甜食店,狠狠地给自己塞一顿。"

"那些肥头大耳的外国无产阶级都是这么喂出来的。"我搭了一句茬,又愣愣地望向窗外出神。

黄山一夜,林玉宁莫名其妙地与三个男生中的一个做了爱,从而有了林渺。她本可以在刚刚得知怀孕的时候,就按照校方的建议,将孩子"处理"掉,但犹豫再三,她并没有这样做。她选择了退学回到无锡,把孩子生了下来。

在那个年代,成为一个单亲母亲,压力可想而知。又是什么促使林玉宁放弃大好前途,甘心在屈辱之中养育一个"野种"呢?是为人母的天性,还是寄希望于孩子的父亲终有一天站出来,与她们母女相认?

而另一个疑点也让我困惑。我问莫小萤:"在山上,当一个不知是谁的男人凑近林玉宁,对她做出那种事的时候,她为什么没有反抗,连叫都没叫一声呢?要知道,她虽然爱好诗歌,但毕竟还是一个20世纪七八十年代的大学生啊。"

"你觉得是为什么呢?"莫小萤反问。

"难道她和三个男生中的一个暗自生了情愫,与他的关系远远比和另外两个亲密,因此一厢情愿地认为,俯在自己身上的就是意中人?"

"你这么说,只是说对了三分之一。"

"三分之一……什么意思?"

莫小萤拿起林玉宁的日记本,翻到靠后的几页:"我想,林玉宁同时爱上了他们三个人。"

我扫了一眼林玉宁的字迹:一望而知,她正在进行大段的抒情,激动得连笔画都潦草了。"矛盾""焦灼"之类的字眼在字里行间频频出现,有的地方下笔还格外地重。

莫小萤沉静地解释道:"从日记里看到林玉宁与我爸爸他们三个人的交往时,我刚开始也挂着这样一个悬念:她最后会爱上谁呢? 但后来,疑惑就变成了:四个人的交情是怎么维持下来的呢? 好在她没有把秘密带进墓地,看到这里,终于有了答案。那个年代的人特别爱好'自我剖析',林玉宁的剖析结果就是:她承认,同时爱上了他们三个。"

"会有这样的事情吗?"

"你难道没有过吗?"莫小萤笑着问我。

我眼睛躲开她,不语。

幸好,莫小萤将话锋从我身上移开,继续说林玉宁了:"那个年头的人……反而比我们这代人更洒脱点吧。他们不惮于离经叛道——起码是在精神层面。自然,这样的情感状态也让林玉宁很痛苦。她看得出来,三个男生也都喜欢她,但她同时知道,不管选择其中哪一个,都会伤害另外两个。人碰到这种悬而未决的问题,会怎么解决呢?"

"看缘分吗?……"

"就是这样。所谓缘分,既是命里注定的安排,又是人放弃选择的借口吧。"莫小莹说,"林玉宁决定放弃选择——哪个男生先向她表露,她就跟谁。用你们男人的庸俗话说,这就叫高高的树上结槟榔,谁先摘着谁先尝。无限细密的心思,愁肠百结,到最后却只能用最简单粗暴的方法来解决问题。讽刺吧?"

"但林玉宁没想到,当终于有一个男生结束僵持,向她靠近的时候,却是在那样的环境下用那样的方式……"

"她接受了。她觉得那就是缘分,是命运的安排。"

"这女人真了不起。牛×。"我赞道。

"但她没想到男人会那么不是东西,出了事儿一缩就是几十年。"莫小莹狠狠地说。

而我再次想到林渺。可以想象,她从小到大生活在什么样的心境中。"我为什么没有爸爸?""我爸爸去哪儿了?"如此这般的问题,她肯定不止一次问过母亲。死了?怎么死的?走了?去了哪里?林玉宁是怎么搪塞她的?但女儿越大,就越不好搪塞吧。

当林玉宁死后,林渺看到她的信与日记时,又是什么样的心情呢?仿佛揭开了一个谜底,却又展开了一个更加深奥的谜团:她知道了"爸爸可能是谁",却又无法判断"爸爸究竟是谁"。

这么说来,在此后的几年里,林渺先后以王如海、莫大卫和于利东女儿的身份出现,也并不能称为完全意义上的"诈骗"了吧……

我正在想着,莫小萤突然在桌下踢踢我的脚:"现在想听吗?"

"想听什么?"

"第三个故事。"她说。

"第一个故事的主人公是林渺,第二个是林玉宁,那么第三个呢?"我问,"是林丁丁的故事吗?"

"不是。林丁丁是以后的故事。"莫小萤含笑摇摇头,"第三个故事的主人公,是我和林渺——还有你。"

"我……"

"先听我说。我觉得,林渺真的有可能是我的姐姐。"

莫小萤在蒙特利尔住得好好的,却突然跑回国内来找林渺,这里面的缘分,实在像有某种神秘的东西在起作用。也许早就埋下了种子:多年以前,她在北京崇文门的"马克西姆"餐厅第一次见到林渺的时候,就感到了莫名其妙的慌张、迷惘,心情被似曾相识之感笼罩。

"刚一见面,就觉得这人与我之间有一种说不清道不明的联系。"莫小萤告诉我,"打那以后,这种感觉就越来越强烈,甚至觉得这个世界上有另外一个自己,正在别处生活着。"

"你们长得可并不像,怎么会觉得她就是你呢?"

"就是这么奇怪。她就像我在湖水里投下的影子,风一吹,模样就变了,但我仍然感到她就是我——或者我是她的影子?说不清楚啊。"莫小萤说。

而我自从见到林渺,就对那姑娘产生了一种很暧昧的感情——说迷恋不是迷恋,说好奇不是好奇,假如"魅惑"是一个中性词的话,就算我被她"魅惑"了吧。这样的感觉,我虽然藏着掖着,却被莫小萤丝毫不差地看在了眼里。在这儿,我得再感叹一句:惯常用什么狗屁理性考虑问题的男人,千万别觉得自己能在女人面前瞒住什么,她们个个儿都是拥有超常感应能力的小巫婆。

"如果换了是别人,那时候我肯定会跟你挑明了:要我就跟她断,要她就从我这儿滚,少玩儿这套拖泥带水的三角游戏。我甚至还会找她去吵去骂,告诉她你是我的,别跟这儿搅和。"莫小萤说,"可就因为是林渺,我自己也像着了魔似的,不知道应该怎么办才好了。我看得出来她喜欢你,也害怕她把你抢走,却不敢点破你们,因为我恐惧着另一件事——如果她走了,我会不会失去'另一个自己'呢?"

相应地,林渺会不会对莫小萤也存有同样的"感应"呢?不止如此。那时候的林渺,是知道莫小萤和她的特殊关系的。她当时正在冒充王如海的女儿,并且已经从日记和信件中得知了莫大卫的身份。

而当她的"诈骗活动"逐渐败露之时,林渺为什么没有马上离开呢?回想起她在出租房里照顾我、给我念书的情景,这让人很容易认为:她是为了我才冒险留下来的。但现在看来,我又一次自作多情了。她是为了莫小萤啊。

她有可能是我的妹妹——林渺这样想。

"我"本该就是"她"的——林渺也有可能这样想。

她们是一对"姐妹",甚至互为影子。而这两个女孩之间的隐秘感应,却体现在了我的身上。莫小萤断然地离开我,要回宿舍去住,是因为被林渺这个横插进生命中的特殊的存在搅得心烦意乱。她想要离开。而林渺呢?在知道莫小萤是我女朋友之后,她对我的好,是由于喜欢我,还是仅仅想要体验"作为莫小萤"的滋味呢?但在最后,她也离开了。

我招谁惹谁了?

我何德何能啊?

"说起来,真是对你不公平。"莫小萤咬了咬嘴唇,手伸过来,搭在我的胳膊上,"后来我坚决要出国,其实也和这件事情有关。一想到这个国家里还有另一个'我'在不知何处行走,我就觉得'自己'的存在感被稀释了。就像同一勺糖,分别溶进了两杯水里。"

"在国外,感觉就好多了吧?"我问她。

"好多了。踏实多了。"她说。

"因为隔得远了?"

"因为忙。"莫小萤吐吐舌头,"没时间琢磨那事儿了。"

"你觉得踏实就好。"

而就在几年之后,林渺的确"成了"莫小萤。在云南,她替莫小萤与我重逢,又替莫小萤去给莫大卫扫墓。但从这个时间段开始,她的运气也终结了:先是被我心慌意乱地丢弃在小镇上,遭遇到了歹人,后是被警方迅速抓获。在狱中关押期间,她被发现怀孕,保外就医生下了女儿林丁丁,然后回到监狱继续服刑。

我想象着林渺亮出两条纤细的腕子,等着手铐铐上去的情景。不知为何,我感到在那一刻,她的眼神竟是如愿以偿的。

"她不是为了钱才去诈骗的。"我对莫小萤说,"也不是为了报复……"

莫小萤对我点点头:"我知道。"

"被抓获"也是林渺当初的计划之一吧。她故意在医院留下真名,离开后也没有潜逃,而是回到无锡老家,坐等警察上门。

入狱以后,她开始给王如海、于利东和已经死去的莫大卫写信。她告诉他们:我可能是你的女儿,我犯罪了。

"从那些信看来,林玉宁活着的时候,一直在问那三个男人同样的问题:到底是不是你的孩子?一遍复一遍。"莫小莹的声音低沉下来,"但他们的回答也是一样的:不是。那晚不是我。他们长期和林玉宁保持着联系,也给她们母女寄钱。我父母的关系一直不好,想必也是因为妈妈看到过我爸爸和林玉宁的通信吧。"

王如海、莫大卫和于利东,他们之中肯定有一个在撒谎,而且将那个谎话维持了几十年。现在评价一句"铁石心肠",未免太过泛泛——任何一个谎话都是有原因的。也许"他"已经有了稳定的家庭,也许"他"迫于事业和舆论方面的压力,也许"他"仅仅是不敢面对"当初撒了那个谎"的懦弱的骂名。但不管怎么说,"林渺的父亲"早已被钉在了耻辱柱上,时光里流走的每一秒钟,都让他的"罪"深重了一分。

在漫长的岁月中,林玉宁一定早已对"那个男人"失望了。我想,即使她没有死,"他"突然有一天前来相认,她也不会让林渺叫一声"爸"的。

"你不配。"她会说。

但林渺没有死心。她想要破解那个谜,让亲生父亲自己站出来。

"爸爸什么时候才会要我呢?"这个问题促成了林渺的"计划"。得知亲生女儿用那样的方式自我虐待,最终面临牢狱之灾的时候,再无情的人也不可能没有反应吧。

林渺在等"他"良心发现呢。或者说,她给了"父亲"一次机会。

然而"父亲"仍然没有出现。

莫小萤低下头,自言自语一般说道:"王如海和于利东很快给林渺回了信,告诉她,他们不是她的父亲。如果他们说的是真话,那么我爸爸……"

"也许他们之中的一个还在撒谎,毕竟这谎话已经说了几十年。"我打断她。

"也有这个可能。"莫小萤说,"但我爸爸死了,因此成了嫌疑最大的一个人。他已经没有能力辩解——或者撒谎。林渺为什么还要给一个死去的人写信呢?我想,她是寄希望于我爸爸生前会把实情告诉家人吧。如果他是林渺的父亲,再如果他向我妈妈和我坦白过,那么也可以解开林渺的身世之谜——可惜没有那么多如果。林渺的信寄到了我在国内的家里,被我妈妈收了起来。接妈妈去蒙特利尔之后,我在整理东西的时候才发现了它。我问过我妈妈,林渺对我爸爸的怀疑是不是真的。"

"你妈妈怎么说?"

"我爸爸一直否认自己是林玉宁的'那个男人',直到他死。我妈妈也不知道他是不是在撒谎。"

也就是说,林渺的"计划"最终落空——而且因为当事人之一莫大卫已死,她的身世彻底死无对证。林渺可能永远也没法找到她的"父亲"了。

而莫小萤仍然被一种鬼使神差的"感应"牵扯着,从大洋的另一边赶回了国内,了解了整件事情的前因后果。

或许在此时,我们应该相信莫小萤的"感应",承认她和林渺是一对同父异母的姐妹?

我有些无力地说:"其实还有一个办法。林玉宁那个时候不可能做到,现在就容易多了……不是还有基因鉴定吗……"

这话听起来却像是强词夺理。我仍然想为莫小萤辩解什么吗——替莫大卫?话一出口,我再次发现自己是多么愚蠢。

"没那个必要了。"莫小萤轻声说。

"为什么?"

"过两天,我们一起去接林渺,你就知道了。"

此后的两天,我和莫小萤绝口不再提及林渺的事。我们像两个真正的游客,在无锡城里闲逛,还开车去了趟鼋头渚。

"太湖绝佳处,毕竟是鼋头。"在游人如织的拍照点外面,我朗诵了郭沫若先生的名句,"鼋头,也就是一种龟头。"

莫小萤无忧无虑地朗声大笑。

从景区回来,我们已经很累了,但还是去了趟福利院,又给那个叫林丁丁的女孩送了些奶粉和营养品。女孩白皙漂亮,一双大眼睛像极了林渺。我想,林玉宁也有这样一双眼睛吧。

我第一次抱了孩子,两臂僵直,吓得一动不敢动。

从福利院回宾馆的路上,莫小萤突然把车拐进了一条小街。片刻,她指指坡上一栋斑驳的旧房子,对我说:"就是那儿。"

那是20世纪五六十年代建造的小砖楼,看起来摇摇欲坠,门柱上的漆早已看不出颜色,有些窗户四仰八叉地敞开着。原有的老居民早已搬走,两个工人正在往墙上涂写硕大的"拆"字。

我却仿佛看到一个女孩静静地站在窗前,望着母亲回来的路。

回到宾馆,我突然疲惫极了,迅速洗了澡,把自己藏在了被窝里。莫小萤窸窸窣窣地又忙活了很久,才钻进来,躺在我身边。我从后面抱住她,迅速睡着了。

半夜,我迷迷糊糊被惊醒,听到她在小声地哭。

"怎么了?"我问她。

"没怎么,就是做了个梦。"

"梦见什么了?"

"梦见我就是林渺。"

我戛然无语。片刻之后,莫小莹转过来,开始吻我,两只胳膊勒得我的腰隐隐作痛。

我回应地亲了她的眼睛和嘴唇,忽然撑起来,摸着她的脸说:"你不是林渺。"

"嗯。"

"你是莫小莹。"

"嗯。"

得到肯定的答复后,我继续做我该做的事。我和莫小莹分别了七年,现在她又是我的女人了。

第二天早上,她很早就起来,打电话向服务台叫了早餐。我们慢慢地吃了饭,然后出门。莫小莹告诉我:"可以去接林渺了。"

如果林渺是由于诈骗而被捕的,现在怎么又可以被"接"出来呢?我疑惑了片刻,但最后还是决定不问。这是莫小莹留给我的最后一个悬念,让它多持续一些时间吧。

而我和林渺的重逢,又会是怎样的场景呢?她将对我、对莫小莹说些什么?

发动汽车之后,莫小莹缓缓地向无锡城外开去。我们很快出了城区,江南的田野是那么碧绿,日光倾泻在车窗上,像化了一块金子。我坐在副驾驶座,歪靠着车门,感到身体越来越懒惰,一动都不想动了。

一路上,莫小萤一言不发。

半个多小时以后,车从公路拐上一条小道,最后停在一座小山的山脚下。显而易见,这里并不是监狱,没有高墙、铁丝网,也没有荷枪实弹的哨兵,汉白玉砌成的大门上写着"公墓"的字样。

我没想到,最后一个悬念是这样的结局。

尾声

林渺死于监狱里的一场意外。

同来送葬的狱警介绍,在那些女犯中,她是性格最文静的一个,从来不惹事。但众所周知,犯人们有着他们特殊的关系网,每个男犯的牢房里都有一个"老大",女犯也有。林渺那个房间的老大,是个块头很大的女人,她本来是一个家庭暴力的受害者,但后来忍耐不下去,就把丈夫给杀了。在牢里,这女人总是看林渺不顺眼,动不动就打她,究其原因,也许是从她的沉默里感到了某种孤僻吧。出事的具体时间,是两个月以前,当时林渺又在看她母亲留下的日记,却被那女人突然抢了过去,还要撕了它。

在扭打中,林渺咬住了对方的手,那女人就按住她的脑袋,狠狠地往窗台上撞,声音大得隔壁房间都听得见。

当狱警赶来时,林渺已经昏迷了过去。初步的诊断是脑震荡,但后来,情况就越来越恶化,她开始频发性地昏厥,视力也逐渐下降,一个多月以后,竟然失明了。具体原因不明,医生大致判断为"剧烈冲撞损害了脑神经"。

当莫小萤看到她写的那些信,从蒙特利尔赶回来之时,林渺已经保外就医。作为唯一"亲属",她获准与林渺见面。

将林玉宁的日记、莫大卫等人的信件交给莫小萤之后,林渺对她说:"把自己弄到这个地步,就能知道谁是我爸爸吗?从一开始,我就觉得自己真是太傻了。"

莫小应问她:"那你又何苦……?"

"我只是想作为他们的女儿再活一遍。"

这是林渺的最后一句话。几天后,她停止了呼吸。

我看着莫小萤将林渺的骨灰盒放进墓地,然后,墓园的工人开始往里填土。山风吹过来,仿佛把漫长的时间从我身边吹走。当坟墓砌成的时候,我感到自己的年轻时代彻底结束了。

此后的仪式简短,我们一起向林渺的墓碑鞠躬,默然看了片刻,就下了山。

"你准备去哪儿?"在公墓门口,莫小萤问我。

"看你。"

"接孩子去?"她的脸色忽然像天空般晴朗。

我点点头。从此以后,我就是一个父亲了。我们的父辈行过善,也作过孽,享过福,也吃过苦,指点过江山,也涂炭过生灵,揭开过一些谜,也留下过一些谜。我们没兴趣依附于他们,也没资格指责他们,我们只能在印迹斑斑的世界上继续活着,把离开者留下的"因缘"代代相传。

恍惚中,我仿佛看到莫小萤身后站着一个人影,啊,是林渺,她做"嘘"的动作如电视画面一样飘忽不定,却又客观实在。当莫小萤对我露齿而笑的时候,她也对我笑了。她们花开并蒂地催我前行。